左子興先生遺像

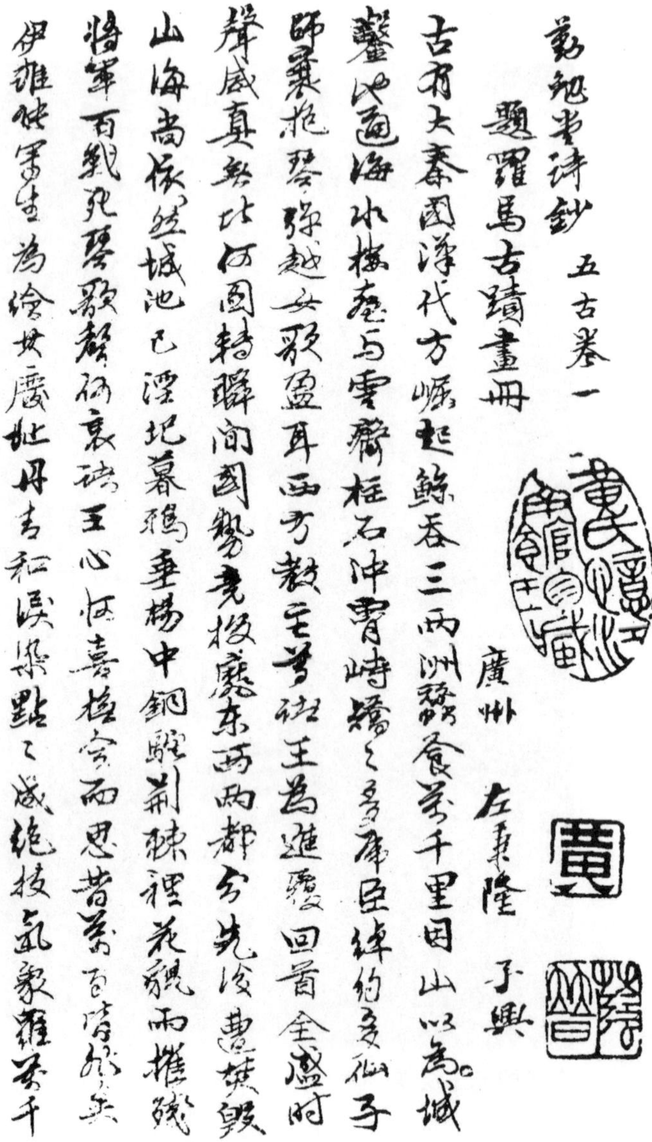

勤勉堂詩鈔 五古卷一

題羅馬古蹟畫冊

廣州 左秉隆 子興

古有大秦國漢代方崛起蠶吞三兩洲發蒼若千里因山以為城
鑿地通海水樓臺與雲齊柱石沖霄峙牆々高庫臣緯約多仙子
師襄抱琴彈越女歌盈耳西方數出英王為遊覽回首全盛時
聲威真無比何圖轄聯國國勢竟微衰東西兩都分先後盡焚毀
山海尚依々然城池已湮圯暮鴉垂楊中銅駝荊棘裡花飄雨摧殘
將軍百戰死琴歌聲何哀王心何喜極而思昔若百情於乎矣
伊誰傳寫生為繪此廢址丹青和淚染點々滅絕技氣象雄若千

原書各卷開頭有左秉隆表甥孫黃薩普的藏書印章

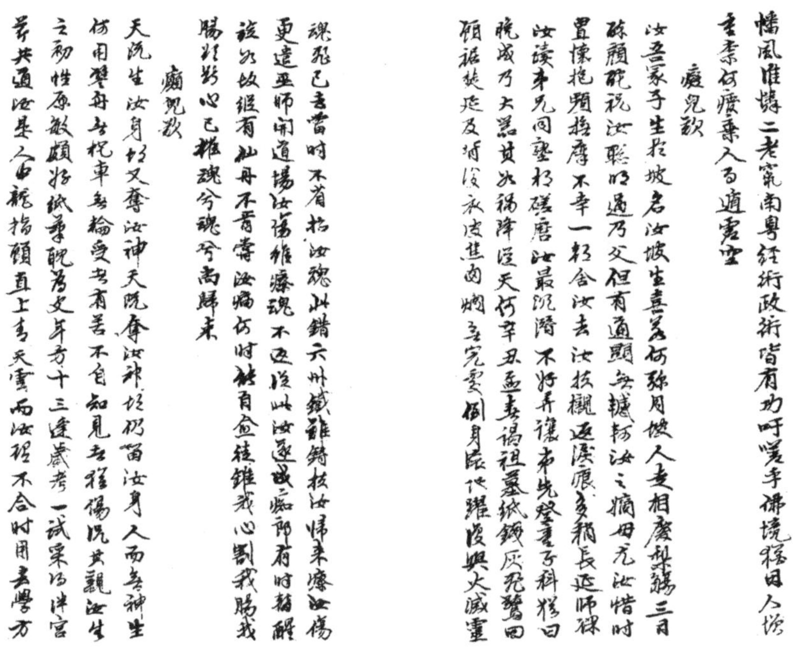
慵風雅懶二老窮南粵經術政術皆有功吁嗟手佛境猶因人拋
重索何處乘入為適虛空
癡兒歎
汝吾家子生於坡名汝坡生嘉為何弥月娘人生相慶歡騰三日
睇顏貌視汝聰明過乃父但有通顯無撼於汝之嫡母光汝惜時
置懷抱頻撫摩不幸一朝舍汝去汝孩襁返溪源多稍長延師課
汝讀書兄同塾於磋磨汝最沉潛不好弄讓弟先登童子科稍曰
晚成乃大器貴必福降從天何辛丑孟春謁祖墓紙錢灰飛驚回
頭掘糞疵及將沒衣皮焦肉爛至完處倒身滾地躍復與火滅灌
魂飛已去當時不省於汝魂此錯六州鐵難鑄救汝歸來療汝傷
更遣巫師開道場汝傷雖療魂不返從此汝遂成癡即有時稍醒
旋即故絕有如舟不肯歸汝病何時能自愈徒離我心割我腸我
腸斷心已摧魂兮魂兮尚歸來
癡兒歎
天既生汝身何又奪汝神天既奪汝神何仍留汝身人而無神生
何用譬舟無柁車無輪爱者有苦不自知見者猶傷況其觀汝生
之初性原敏頗將紙筆既為文年方十三逢歲考一試棄而泮宮
芹共道汝是人中龍指顧直上青天雲而汝理不合時用去學方

新加坡南洋歷史研究會1959年版《勤勉堂詩鈔》書頁一

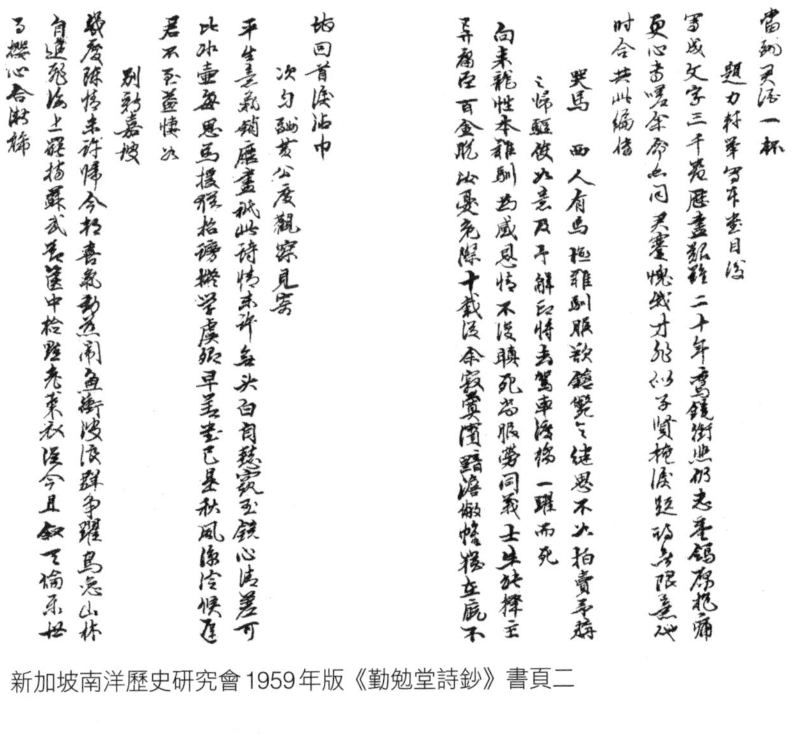
當効靈澆一杯
題力村筆寫本書目後
寫成文字三千卷歷盡艱難二十年磨鐵鑄典刑志垂鴻荊抱痛
更心書嗜余命如同靈臺愧我才非似子賢撫讀疑難無限意他
時合共此編摩
哭馬 西人有馬極難馴服歎聽覽之徒恩不次拍賣爭購
之歸驅使如意及乎解旧將去駕車滑倒一蹶而死
向來乘性本難馴為感恩情不復驕死為服勞同義士生於擇主
再屬臣百金買汝要兌驛十載從余寂寞濱踏溶微蝶猿在廐不
始回首淚沾巾
次勻鎡甫公度觀察見寄
平生豪氣消磨盡祇此詩情未許無頭白自慈窮至鐵心清差可
比外壺無恩為擾猿格猿機學虞狼早暮書已是秋風涼冷候蓬
君不至益悽然
別新嘉坡
幾度隨情未許歸今朝喜氣動孤闈魚衝波浪群爭躍鳥念山林
自遠飛海上盤桓蘇武老篷中檢點老萊衣從今且飲天倫樂好
為櫻心合斷棉

新加坡南洋歷史研究會1959年版《勤勉堂詩鈔》書頁二

浮羅人文

高嘉謙｜主編

勤勉堂詩鈔

清朝駐新加坡首任領事官左秉隆詩全編

左秉隆——著

林立——校注

「浮羅人文書系」編輯前言

高嘉謙

島嶼，相對於大陸是邊緣或邊陲，這是地理學視野下的認知。但從人文地理和地緣政治而言，島嶼自然可以是中心，一個帶有意義的「地方」（place），或現象學意義上的「場所」（site），展示其存在位置及主體性。從島嶼往外跨足，由近海到遠洋，面向淺灘、海灣、海峽，或礁島、群島、半島，點與點的鏈接，帶我們跨入廣袤和不同的海陸區域、季風地帶。而回看島嶼方位，我們試著探問一種攸關存在、感知、生活的立足點和視點，一種從島嶼外延的追尋。

臺灣孤懸中國大陸南方海角一隅，北邊有琉球、日本，南方則是菲律賓群島。臺灣有漢人與漢文化的播遷、繼承與新創，然而同時作為南島文化圈的一環，臺灣可辨識存在過的南島語就有二十八種之多，在語言學和人類學家眼中，臺灣甚至是南島語族的原鄉。這說明自古早時期，臺灣島的外延意義，不始於大航海時代荷蘭和西班牙的短暫佔領，以及明鄭時期接軌日本、中國和東南亞的海上貿易圈，而有更早南島語族的跨海遷徙。這是一種移動的世界觀，在模糊的疆界和邊域裡遷徙、游移。檢視歷史的縱深，自我觀照，探索外邊的文化與知識創造，形塑了值得我們重新省思的島嶼精神。

在南島語系裡，馬來—玻里尼西亞語族（Proto-Malayo-Polynesian）稱呼島嶼有一組相近的名稱。馬來語稱 pulau，印尼爪哇的巽他族（Sundanese）稱 pulo，菲律賓呂宋島使用的他加祿語（Tagalog）也稱pulo，菲律賓的伊洛卡諾語（Ilocano）則稱puro。這些詞彙都可以音譯為中文的「浮羅」一詞。換言之，浮羅人文，等同於島嶼人文，補上了一個南島視點。

以浮羅人文為書系命名，其實另有島鏈，或島線的涵義。在冷戰期間的島鏈（island chain）有其戰略意義，目的在於圍堵或防衛，封鎖社會主義政治和思潮的擴張。諸如屬於第一島鏈的臺灣，就在冷戰氛圍裡接受了美援文化。但從文化意義而言，島鏈作為一種跨海域的島嶼連結，也啟動了地緣知識、區域研究、地方風土的知識體系的建構。在這層意義上，浮羅人文的積極意義，正是從島嶼走向他方，展開知識的連結與播遷。

本書系強調知識的起點應具有海洋視角，從陸地往離岸的遠海，在海洋之間尋找支點，接連另一片陸地，重新扎根再遷徙，走出一個文化與文明世界。這類似早期南島文化的播遷，從島嶼出發，沿航路移動，文化循線交融與生根，視野超越陸地疆界，跨海和越境締造知識的新視野。

高嘉謙，國立臺灣大學中國文學系副教授，著有《遺民、疆界與現代性：漢詩的南方離散與抒情（一八九五—一九四五）》、《國族與歷史的隱喻：近現代武俠傳奇的精神史考察（一八九五—一九四九）》、《馬華文學批評大系：高嘉謙》等。

目次

卷一 五古

卷二　七古

卷三

五律

卷四　七律

卷五

五絕

卷六　七絕

卷七　雜體

補遺

卷末

序
使節和詩
——新馬華文文學裡的左秉隆

高嘉謙

使節文學的傳統，其來有自。在中國歷代朝貢政治和貿易脈絡裡，派出的冊封使、使臣、領事、參贊、翻譯官等各類外交官及隨行人員，除了留下紀錄行程或異國見聞的日記、筆記文獻，難免有詩。而東亞的日本、琉球、朝鮮、越南各國往返中國的使臣，自然也不乏能詩者，留下近三百年使節交織的詩文網絡。而來到晚清時刻，世紀之交，民間跨洋行旅已趨頻繁，官方使節絡繹出訪，輾轉多國的經歷更顯常見，逗留異國的時間相對更長。使節因此有詩，除了表述各種跨境現代性的體驗，無論是新奇器物、體制、文化，甚至異國城市地景和自然風光，值得注意的還有流寓和移居期間的地方感。以上種種攸關詩人與詩的境外感覺結構——經驗、知識與文化跨界的轉換，常體現在詩人主體感受，甚至詩語言的變異。尤其當使節駐足之地為日臻繁盛的華人移民社會，使節與詩的觀察，自然就多了一層離散華人（chinese diaspora）的向度。

在新馬漢詩譜系，使節漢詩向來頗具份量。其中以左秉隆（一八五〇—一九二四）、黃遵憲（一八四八—一九〇五）和楊雲史（一八七五—一九四一）的名聲最大。三位曾任職清廷駐新加坡的領事館，左、黃二人為總領事，楊雲史是領事館的書記官。黃遵憲更是揚名晚清的嶺南詩人。三人寫於新馬期間的漢詩多寡不一，但都有詩集留世。相對其他名聲無聞的文人散落於報刊或亡佚的詩作，這些外交官的漢詩得以流傳，除了外交官本身的才學，以及在華人移民社會具有更高的文化和象徵資本，他們的南洋漢詩面對殖民地景觀和離散華人社會，有著不同的眼界和意義值得觀察。在帝國使命、異地體驗和文化宣教等脈絡下，使節任務和漢詩的脈動有了巧妙結合。

左秉隆是清朝直接派駐新加坡的第一任領事，那是一八八一年九月。在此之前，清廷於一八七七年在新加坡設置領事館，那是中國最早設置於海外的少數幾個領事館，尤其是在擁有大量海外華人的移民城市，別具意義。[1]為了順應英殖民政府，領事館設置之初以當地僑領胡璇澤（胡亞基）擔任。胡氏祖籍廣東黃埔，約一八三〇年跟隨兄長抵達新加坡，努力習得一口流利英語，開辦黃埔公司，領事館就附設在黃埔公司。他具有英殖民政府非官方立法委員身分，同時兼任俄羅斯、日本的領事，並非單獨為清廷服務。一八八〇年胡璇澤因病故出缺的位子，暫時由領事隨員蘇溎清暫代。蘇溎清一八七八年從北京南來，經歷是鹽提舉，布政司頭銜，沒有外交官歷練。直到一八八一年三月，曾紀澤（一八三九－一八九〇）認為左氏「熟悉英國情形，通曉西洋律則」[2]，向朝廷推薦，清政府正式委派左秉隆為領事官。左秉隆為曾氏舊日出使英、法等國的同僚，任翻譯官。左氏任職三年期滿，曾紀澤再上疏力薦其續任，理由不僅是「通英國語言文字、律例規條」，更進一步指出左「系駐防廣東漢軍，於新洲流寓閩粵人民言語性情，易於通曉」。[3]這是對使節功能的具體考量，既要求可以跟海峽殖民地政府交涉，同時亦能懂閩粵移民的民情風土。左秉隆的任命意義，凸顯了十九世紀末，清廷對新馬華人移民社會的態度改變。左秉隆首三年的工作績效甚佳，「清理華洋訟案，勸諭富商捐資，設立義塾，獎掖紳民」[4]，這大體揭示了領事在華人移民社會的積極功能。除了跟英人交涉和護僑，同時為朝廷行之有年的鬻官事業張羅，另在教化、再華化的意義上，為新馬華人帶來了長遠的影響。前輩學人對左秉隆於新華社會的貢獻已多所論述，此不贅述。[5]

回顧十七世紀大航海時代的香料貿易，西方海上強權的東渡和殖民，新加坡於一八一九年開埠，受英國管轄。一八七六年郭嵩燾出使歐西，航路途經南洋，新加坡在地緣政治和華商、僑民的重要性才明確見諸使臣的紀錄，遂促成領事館之設置。清朝對南洋各處的掌握與部署，顯然遠遠晚於民間的遷徙。但設置領事館和領事，卻意圖在英殖民勢力內佈局，為在地華人帶來迥然不同的新局面。清廷設置領事館之際，英殖民政府率先幾個月成立華民護衛司署（Chinese Protectorate），派遣之首任護衛司畢麒麟（William Alexander Pickering, 1840-1907），既是通曉官話，且熟悉中國南方方言。他曾任職臺灣海關稽查員和洋行，一八六七年

1 據統計數字，一八八一年新加坡華人人口約八萬六千七百六十二人，到了一八九一年已達十二萬一千九百零八人，那年也是左秉隆和黃遵憲領事任期交替之時。到了一九〇一年已高達十八萬四千零四十一人。換言之，清廷領事館設置的這些年，恰恰是新加坡華人人口激增的重要時期，且多來自移民的湧入。參見崔貴強，〈乘風破浪下南洋：早期華族移民浪潮〉，收入柯木林主編，《新加坡華人通史》（新加坡：新加坡宗鄉會館聯合總會，二〇一五），頁五五。

2 曾紀澤，〈揀員補領事疏〉，《曾紀澤集》（長沙：岳麓書社，二〇〇八），頁四八—四七。

3 曾紀澤，〈懇留新嘉坡領事疏〉，《曾紀澤集》，頁八一—八二。

4 曾紀澤，〈懇留新嘉坡領事疏〉，《曾紀澤集》，頁八二。

5 陳育崧、朱傑勤、葉鍾玲、李慶年、柯木林等前人研究成果，可見林立，〈使節、詩人、遷客——論左秉隆及其《勤勉堂詩鈔》〉一文的註釋。另外，林孝勝，〈我視新洲成舊洲：中國駐新加坡領事〉，收入柯木林主編，《新加坡華人通史》，頁一四七—一七〇。

還協助處理發生於臺灣恆春半島的羅發號事件，協助美軍登陸跟斯卡羅部落的原住民交涉。換言之，熟稔英國語言、律法的左秉隆，外交現場應對的是畢麒麟這位中國通。左秉隆到任的那一年，新加坡最重要的華文報刊《叻報》創立，他配合私塾書室的設立，組織文社，發起徵文，評選優異，在報刊公布課題和得獎名單，儘管仍不脫四書五經的傳統教化議題，但在以官方訊息和新聞導向為主的報刊裡，另創造了一個文學場。使節、文社和報刊，可以視為文學建制的一環，同時也是一套華人移民社會的教化機制。在接續的二十年內，學堂、書室、報社、出版、孔教運動蓬勃興起，改變了新加坡華人社群面貌，形塑了移民社會內的新興知識階層和文學教養。左秉隆領事任內的具體作為，在啟蒙的前提下，護僑和重塑僑民忠君意識，整合為思想和文化的宣教內涵。從這個角度而言，他主要改變了一個移民社群的流寓生態，開啟了一個「華文」的在地現場。那不僅是海外華人的意識形態認同，恰恰有文化與文學的交織空間，讓「華文」扎根。

左秉隆一八九一年卸任之時，民間商人士紳歡送時的頌揚之詞，替使節的異地教化與文學結合的功績做了總結：

> 初，叻民習於洋俗，不知帝力，公蒞叻後，身為表率，宣播朝廷威德，於是叻民知漢家儀制自有不同，乃漸知心戀宗邦。
>
> 而以叻地文風為未足，爰創會賢之社，每月以詩文課士。紅氍絳帳，教澤日新，自愛之士，爭拜門牆。故治叻十年，民俗翕然以適，不必稍事勉強，而遂就我範圍。雖刑政出自洋官，而教化之功，則悉資公任也。蓋公學術純粹，品行端和，寓嚴於寬，鎮譁以靜。故自能使異邦臣庶，咸知朝廷大一統之尊者，公之力焉。（〈恭上卸新嘉坡領事府

左公秉隆屏敘〉)

左秉隆肩負的政治與文化身分，凸顯了外交與教化任務的能動性，讓新馬華人對領事角色、中國情感和文化教養因此有了新的想像。然而不能忽視的是，在海峽殖民地，無論華人社群對教化或文學教育的熱烈重申，卻同時揭示了一個華夷雜處的社會存在的危機與斷裂。這不是一個單向思考的文化南來播遷和灌溉，箇中的生存感受，文化存續，以及環境互動，值得我們重新檢視。因而從領事派駐以降，民族主義與文化情感交相激盪、生成的新馬華人社會日漸壯盛，爾後二十世紀上半葉在新馬兩地興起的僑民意識與本地意識的拉鋸，恰恰可回到領事館設置的脈絡說起。

左秉隆第二次派駐新加坡任總領事（一九〇七—一九一〇），已顯得難以施展抱負。他在三年任滿離職，外交前線和清廷官場上的矛盾，可從現存的清朝總理各國事務的衙門及外務部檔案看出端倪。例如一九一〇年五月，左秉隆因清廷民政部要求分兩月或半年或一年調查華僑戶口姓名籍貫住址營業等事項，上簽文說明英殖民政府已有人口普查的藍皮書為據，各國領事均據此回報。但該書十年出版一次，無法如期呈現最新普查資料，而領事礙於資源和權力，無法自行調查，實難照章辦理。清廷民政部則指責領事「跡近推諉，殊與定章不符」、「何得恃藍皮書以為塞責之據」。左秉隆有苦難言，只能再三強調「限於權力，且恐釀成交涉，罪無可逭」、「各國領事之權不能及坡督（筆者按：海峽殖民地總督），然坡督之調查戶口也僅十年一次，書記傭用數百人，公款開支十餘萬，經年累月乃告成書。試問領事有此權力耶？」，同時力陳在新馬外交現實的微妙之處：「況今革命保皇等黨散處各埠，煽惑人心於國家一切行政，肆意反對，動生阻力。若派人四出稽查戶口，彼必造言生事，致令英官干涉，不可不慮也」[6]。透過此例，亦可看出領事受限於英殖民者與華人各方政治勢力的牽絆，其中的難處和窘境，只能在公文裡長篇申覆。領事的無力感表現在詩，就成了犬儒式的自嘲，或無奈喟嘆：

世無公理有強權，舌敝張蘇總枉然。外侮頻來緣國弱，中興再造望臣賢。自慙銜石難填海，差信焚香可告天。謾罵輕生徒憤激，何如團體固相聯。（〈華僑有以受侮投訴者作此示之〉）

頻年奔走欲興周，壯志應知老莫酬。傲雪誰憐松節勁，拜風都愛柳腰柔。未能搖尾終垂尾，但肯低頭即出頭。顧我痴頑成痼疾，功名付與水東流。（〈書懷二首，擇一〉）

透過詩的感受，相對具體貼近南洋早期華人移民社會的生態。彼時局勢物換星移，領事的政治身分，反而呈現出生活於殖民地夾縫裡的憂患。林立提及左秉隆詩裡經常以「客」自居，凸顯其身處外邦卻沒有家的感覺。[7]從更廣義來看，這些「客」的情感結構，恰恰指向了移民群體，一股無法言及的飄零、流離和神傷的生命體驗。爾後黃遵憲的著名詩作〈番客篇〉除了勾勒一頁南洋華人史，篇名的「客」所展現的格局，何嘗不帶有「客愁」、「客感」、「客恨」的複雜客居情緒，原鄉和異地皆流離的雙重拋擲。以下兩首左秉隆詩裡「客」感，牽掛兩地卻又寂然無依。

南去亞洲盡，蒼茫孤島間，遊蹤羈舊吏，隔岸是新山。（〈客息力作〉）

孤嶼新秋風雨頻，官衙寂坐自傷神。何堪客裡聞邊警（時聞法夷正犯福州），更向江

千哭故人。（〈輓陳松生〉）

使節的「客愁」，直指時局裡的憂患，以及在南洋邊陲，那無法自處，且充滿不確定性的情感反應。左秉隆遭遇家庭變故的傷懷，混雜在使節身分裡，其凸顯的流離與喪亂，卻也指出「客愁」作為新馬華文文學最初的情感政治的象徵意義。

一九〇七年左秉隆到新加坡領事館履新，其時常熟詩人楊雲史（鑑瑩）為遠離晚清官場的鬥爭，透過擔任駐英使臣的岳父李經方（楊的第一任妻子）推薦，分派到新加坡領事館，擔任二等書記官。也許同為詩人身分使然，共事期間，二人交際頗多，山居對飲又見賦詩。左秉隆的憂思，楊雲史應該有所感受。但閒情雅興間，其實別有懷抱。以下是楊雲史和左秉隆交往酬酢之間，在客居現實裡，相互理解的失意和落寞。

去矣中原事，哀哉天下才。不因燈濁滅，那見夜光杯？（楊雲史，〈喜左子與來山舍清話竟夕〉，頁四二）[8]

文字風流近，功名老大期。酒闌閒館靜，山雨漲秋池（楊雲史，〈約左公飲即席賦

6〈新加坡總領事左秉隆為調查華僑戶口困難太多事致民政部文〉，收入中國第一歷史檔案館編，《清代中國與東南亞各國關係檔案史料匯編》（北京：國際文化出版公司，一九九八），頁四八〇—四八二。
7 參見本書林立，〈使節、詩人、遷客——論左秉隆及其《勤勉堂詩鈔》〉一文，頁六二。
8 楊圻著，馬衛中、潘虹校點，《江山萬里樓詩詞鈔》（上海：上海古籍出版社，二〇〇三）。後文不再詳列出處，只標示詩題和頁碼。關於楊雲史於南洋期間的使節漢詩特點，參拙作〈南溟、離散、地方感：楊雲史與使節漢詩〉，《成大中文學報》第四十二期（二〇一三年九月），頁一八三—二一〇。

贈〉，頁四四）

肯為療貧疎骨肉，狂教多病惜風流。百蠻春色濃如酒，應憶中原一客愁（楊雲史，〈東左子與觀察星洲時乞假回蘇〉，頁四八）

中原或領事事務似已無力回天，壯志未酬的抱憾，在詩人唱和間浮映清晰。對於左的離職，楊雲史曾寫到：「三年辭宦海，自覺賦詩清」（〈晚晴酬子興〉，頁九一）。但左秉隆詩集裡目前可見訪楊雲史山居的詩句，多屬清麗自然之作，帶有一種客居裡飲酒作詩的愉悅與寄情。

密樹環窗翠，疏燈照檻紅。夜涼初遇雨，山寂亂鳴蟲。酒力微醺後，詩情欲動中。瓶花齊吐艷，作意媚春風。（〈春酌楊雲史山館〉）

這跟他追求的隱逸或幽居的心態很接近，諸如以下這首，在熱帶風景裡潛藏一抹閒趣，以景寫情，興之所致，心之所安。

四面芭蕉護短牆，小樓深掩碧陰涼。日高旗影橫窗過，風細鐘聲隔院颺。依草落花紅間綠，穿林啼鳥白兼黃。官閒不減惟吟興，覓句憑闌興更長。（〈遣興〉）

左秉隆在客居心態下的憂患與閒情，對照其在海峽殖民地，作為官方使節的倦勤和困頓，詩裡的雅興，恰恰映襯了「客愁」的地方感。那種只能透過詩語寄存的存在感，透過跟傳統的自然、隱逸詩學美典對話，以詩的自然閒情「對譯」幽微的內在處境，重寫了生活在赤道國度的「地方感」。

嚴格說來，左秉隆在新加坡的文學生命不算太短。前後擔任領事一職十二餘年，卸任後仍居新加坡六年餘，在這麼長的時間裡，他始終寫詩。相較於二十世紀的南來作家或歸僑作家，左秉隆寫於新馬及周邊經驗相關的詩篇粗估也近三百首，份量不輕，可以看做「此時此地」的寫作。跟同期的流寓文人或過客詩人相比，左秉隆在南洋漢詩的版圖，自然有其不能略過的重要意義。

左秉隆《勤勉堂詩鈔》得以從原刊印的手抄本行草書體，重新以正體排版、標點、校注，林立教授及其團隊出力甚大，新加坡華族文化中心、全球漢詩總會贊助出版，臺灣科技部「南向華語與文化傳釋」計劃承擔部分印刷費，時報文化出版公司總編輯胡金倫、編輯鄭莛鼎力支持，各方因緣匯聚，終得以讓此書在一甲子後重新面對讀者。使節與詩，希望可以帶給讀者一個新的南方視野，重新認識新馬華文文學的重要起點，以及清朝外交官與新加坡華人史的互動脈絡。

高嘉謙，國立臺灣大學中國文學系副教授，著有《遺民、疆界與現代性：漢詩的南方離散與抒情（一八九五—一九四五）》、《國族與歷史的隱喻：近現代武俠傳奇的精神史考察（一八九五—一九四九）》、《馬華文學批評大系：高嘉謙》等。

卷首語

筆者以研究新加坡舊體詩之故，數年前披閱南洋歷史研究會一九五九年印行之《勤勉堂詩鈔》。因其為手抄本，且無標點，識讀不便，遂將全稿輸入電腦文檔。雖耗神費時，而不失諷誦之樂，於左秉隆之詩藝閱歷，乃有更深體會。期間辱承海內專家學者協助鑒辨，如朱添壽、許夢豐、鍾振振、王運開、陳泰福、郭鵬飛、洪若震、陳煒舜、程中山、卜永堅、徐晉如及全球漢詩總會理事諸公，申謝之悃，勝於言表。余初無出版之計劃，今獲新加坡華族文化中心及全球漢詩總會贊助，臺灣時報文化出版企業允予付梓，又得臺大高嘉謙教授主持督印，博士生張玉為輸入附錄內多篇文章，玉成之功，豈可或忘。

本書據《勤勉堂詩鈔》一九五九年版編訂。按作品體例分為七卷，增列編號，並附補遺一卷。注解以近代人物及史地為主。其他較著之人名及典故，除特殊情況外，不另作注。筆者庸駑淺薄，雖蒙各方析疑解惑，舛漏固仍難免，尚祈識者賜正。

林立記於新洲寫蘭亭

二〇二〇年十月三十一日

使節、詩人、遷客

——論左秉隆及其《勤勉堂詩鈔》

林立

前言

頻年奔走欲興周，壯志應知老莫酬。傲雪誰憐松節勁，拜風都愛柳腰柔。
未能搖尾終垂尾，但肯低頭即出頭。顧我痴頑成痼疾，功名付與水東流。

——〈書懷二首〉之一

這是清朝派駐新加坡的首任正式領事官左秉隆（一八五〇—一九二四）的作品，當中抒寫了他的抱負以及失望、憤懣之情：他本欲在政壇上有一番作為，卻因為秉性堅剛，不喜逢迎，以致一直沉淪下僚。終其一生，大致可以用使節、詩人、遷客三個身份來形容。使節是他的公職，詩是他公餘的愛好，而遷客則是他一生行跡的概括，亦是他在詩中經常塑造的自我形象。

由於官運不佳，又長期身居海外，左秉隆在中國近代史的名聲並不響亮。但他在早期的南洋華人社會，卻建樹良多，頗有聲望。他曾經倡設義塾、開辦文會，又親自評改諸生的課藝，並捐出部份薪俸以勗士子。[1] 李鍾珏（一八五三—一九二七）的《新加坡風土記》便稱：「近年領事官倡立文社，製藝外兼課策論，稍稍有文風矣。」[2] 新華文學的歷史亦由是展開。作為詩人，他存世的詩作達七百多首，其中二百餘首與新加坡或南洋有關。[3] 從新馬華文學研究的角度來看，實有討論的價值。高嘉謙即注意到左秉隆等人的漢詩寫作，是「馬華文學古典時期最早的樣態」，他們「藉由漢詩描述自身流離體驗和異地景觀，深刻紀錄了馬華文學的『南來』起源情境」。[4] 從抒情文學的角度而言，左秉隆的作品也頗值得一讀，非止是考究其生平事跡的平板史料而已。「南園今五子」之一的曾希穎（一九〇三—一九八五），在一九五六年為左氏詩集《勤勉堂詩鈔》所作的序中即云：「詩之奇，殆所謂辭不滯意，意能吸新，深入淺出，集元、白、蘇、陸諸家，冶為一爐。自見性情，隨在揮寫。」[5] 左秉隆的表甥孫黃蔭普（一九〇〇—一九八六）所撰的〈記事〉，亦稱其「詩格清麗雋潔，尤多新意，雖囿於時代思想及歷史條件，而其憂民傷時之思，振聾發聵之作，有可傳者」。另蔡鈞的《出洋瑣記》記云：「左司馬〔秉隆〕以詠懷詩見示，纏綿跌宕，情韻斐然。司馬既精英文，而漢文又如此超卓，殊令人欽羨無已。」[6]

但左秉隆的詩至今在文學界仍未獲得足夠的注意，而在新馬華文文學的論述中，他的詩名亦總被其繼任者、近代詩壇的明星黃遵憲（一八四八—一九〇五）蓋過。高嘉謙就如此說：「（左秉隆）詠詩自娛和酬唱作品居多，少有大手筆的長篇和聯章巨構。不像黃遵憲早已揚名晚清詩壇的身份，以史家手筆寫詩。」[7] 此話誠然不差，但左秉隆詩作的個體獨特性，亦很容易被類似的優劣評比所淹沒。事實上，高嘉謙並非沒有注意到左秉隆作品的可貴之處，首先是對南洋華人社會的觀感：「如果我們在黃遵憲詩發現的是一頁華人離散史，那麼更早抵新的左秉隆卻以使節個人情懷映襯了另一種的南洋華人面目。先後兩次派駐新加坡的左秉隆，最能看出使節勢力和華人社會之間的微妙改變。」這是因為左秉隆第二次擔任領事時，新加坡的華人社會已分裂成保皇與革命兩派，他身為使節，時刻要站在清廷的立場，與華社的關係自然不若從前融洽。[8]其次，高嘉謙從新馬的風光書寫著眼，認為「相對黃遵憲的風土視野，左秉隆在新加坡多年，作詩不刻意著眼風土，卻足跡遍及馬來半島和印尼，詩題總難免觸及異地風光。……但真正令人印象深刻的，倒是以息力〔筆者按：即新加坡〕為題的詩作，描寫自己派駐十餘年的新加坡小島，反而有一種雅致的清優美感。」另外，高嘉謙亦注意到，雖然貴為使節，左秉隆的飄泊生涯和生活憂患，「實在跟許多南來謀生者無異」。[9]生活上種種的不如意，讓他使節的光環褪色不少，亦加深了他的飄零感。本文意圖

1 參閱陳育崧，〈左子興領事對新加坡華僑的貢獻〉，載左秉隆，《勤勉堂詩鈔》（新加坡：南洋歷史　究會，一九五九）（以下簡稱「手抄本」），前頁四。

2 李鍾珏，《新加坡風土記》（新加坡：南洋編譯所，一九四七），頁一〇後。

3 關於左秉隆的南洋詩作數目，李慶年認為有三百一十八首，何奕愷認為只有二百五十五首。見李慶年，《馬來亞華人舊體詩演進史》（上海：上海古籍出版社，一九九八），頁九八；何奕愷，〈左秉隆《勤勉堂詩鈔》中南洋之作考〉，《南洋學報》二〇〇九年六三卷，頁一三二。黃蔭普稱左秉隆的詩作，止截錄到一九二一至一九二二年，「所缺尚多，然吉光片羽，亦彌足珍矣。」手抄本，〈記事〉，頁五。

4 高嘉謙，〈帝國、斯文、風土：論駐新使節左秉隆、黃遵憲與馬華文學〉（以下簡稱〈論駐新使節左秉隆、黃遵憲與馬華文學〉），《臺大中文學報》二〇一〇年三二期，頁三六八。

5 手抄本，序頁。

6 蔡鈞，《出洋瑣記》，收入王錫祺輯，《小方壺齋輿地叢鈔》（臺北：廣文書局，一九六四，據上海著易堂一八九七年本影印），頁九前。

7 高嘉謙，〈論駐新使節左秉隆、黃遵憲與馬華文學〉，頁三七六。

8 同上，頁三八三。

從左秉隆的生平行跡入手，展述其詩學理念，探討其不限於南洋的、有關其他地方的作品，藉此盡量還原「詩人」左秉隆的完整性，並看出在時代變易的大潮下，左秉隆如何以詩歌勾勒出一個近世文官遷徙流離的生活經驗和感受。筆者固有意加強左秉隆在近代詩史及新馬華文文學史中的曝光度，但亦不擬刻意抬高左氏的文學地位，其本身有多少份量，則以多少份量秤之是也。

一、從左秉隆的詩看其生平行跡

左秉隆，字子興，別署「炎洲冷宦」。他的遠祖原籍瀋陽，入清改隸漢軍正黃旗駐防廣州。他不像一般清代的文人那樣由科舉考試得官，而是通過廣州同文館肄業踏入仕途，曾任北京同文館英文兼數學副教習。他的〈我且歌〉是一首記述前半生的詩作，大概寫於第一次在新加坡任職時期，裡面提到他加入同文館的原因和過程：

> 是時余年十三四，甚欲學文掇科第。但思身已列戎行，報國豈必在文章。清書與騎射，根本不可忘。朝從仲兄習國語，暮從伯父學挽強。十五學得技藝成，方欲登壇角短長。無端世局忽更變，中學寢衰西學熾。大開學館曰同文，招考生徒身入選。初習方言算術與地圖，繼讀化學格物公法書。

可見他早年繼承祖業，既習文又練武。但後來順應西學東漸的潮流，才加入同文館攻讀。一八七九年，左秉隆因為精通英文，隨曾紀澤（一八三九—一八九〇）出使英、法等國，任駐英使署三等繙譯官，曾對其「倚畀甚殷」，而左氏亦以師禮事之。[10]在〈我且歌〉的後半部，左秉隆如此說：

> 倫敦富厚甲天下，巴黎繁華冠九洲。其間名勝尋難盡，何事最不負此遊。在英曾入石炭洞，在法曾坐輕氣球。炭洞之深深如墜無極，環顧四圍皆墨色。氣球之高高如上青天，下視人寰幾點煙。

詩中概括了他歐遊的經歷，其中石炭洞和輕氣球，給他留下的印象最為深刻。一八八一年，曾紀澤推薦左出任駐新加坡首位正式領事官，稱其「年力正富，學識俱優，通達和平，有為有守，熟悉英國情形，通曉西洋律例，以之充補新嘉坡領事官實屬人地相宜」。[11]而左氏亦不負所托，在任期間的表現，有口皆碑。

左秉隆前後在新加坡擔任領事官十二年，第一任由一八八一至一八九〇年，第二任由

---

9 同上，頁三八九，三八三。

10 見朱傑勤，〈左秉隆與曾紀澤〉，《南洋雜誌》，一九四七年一卷四期，頁七五。

11 引自朱傑勤，頁七五。此前英國要求清廷只能在新加坡設置臨時領事，而且只可在當地華社中物色人選。為加快設使的計劃，清廷只得遷就英方之意，在一八七七年委任新加坡僑領胡璇澤（一八一六—一八八〇）為首任領事，但胡同時亦被俄國和日本委派為駐新領事，身份相當駁雜，在任時亦無甚建樹。胡去世後，繼任的蘇溎清在當地華社聲望不高，曾紀澤遂趁機提出正式由清廷委派領事官，不再選用僑領充任。關於清廷在新加坡設使的經過與細節，見蔡佩蓉，《清季駐新加坡領事之探討（一八七七—一九一一）》，頁二六—四〇，一六八—六九；另參姚楠，〈中國駐新加坡首任領事胡璇澤的得官原因和政績評價〉，氏著《南天餘墨》（瀋陽：遼寧大學出版社，一九九五），頁一一九—二六；陳育崧，〈新加坡中國領事設置史〉，氏著《椰蔭館文存》（新加坡：南洋學會，一九八三），卷一，頁一一三—二〇。

一九〇七至一九一〇年。關於他在任時的事功，前人多有提及，例如取締貶賣豬仔、設保良局保護由香港被拐賣到新加坡的婦女、破獲海盜、創辦同濟醫院贈醫施藥等。[12]至於他在新加坡振興華夏文教一事，更值得大書特書，皆因這些舉措不但提高了當地的華文教育水平、推動華文創作風氣、開通民智，還凝聚了海外僑民的華族集體意識，加強了他們對清廷和中華文化的向心力。而英語雄辯會（Celestial Reasoning Association）的設立，則吸納了受英語教育的土生華人和華人上層社會菁英，使他們重新認同自己的華族身份與文化。因此柯木林認為，左秉隆是「新華文化的奠基者」，讓新加坡的化外移民接受「再華化」（Re-sinolisation）的洗禮。[13]而高嘉謙則更精闢地指出，像左秉隆這樣的使節，從事的不僅是外交任務，還負有傳統士大夫的教化使命，意圖藉文教、護僑等工作凝聚華人士階層對清廷的歸屬感。[14]

透過左秉隆的〈為諸生評文有作〉一詩，我們可以看出他對新加坡華族文教事業的熱心：

> 欲授諸生換骨丹，夜深常對一燈寒。笑余九載新洲住，不似他官似教官。

「笑余」兩字不無自嘲的況味，畢竟教學和評改諸生的課業，原不在外交官的職責範圍，但是開首的「欲」字卻顯示他確有心提攜後進。[15]〈送學生回國肄業〉一首，則提到端方（一八六一—一九一一）在南京設置暨南學堂，專門招募海外特別是南洋的僑生歸國讀書，時維一九〇七至一九〇八年間。[16]詩末有句云：「願移桃李栽中土，散作千紅萬紫春」。表達了坡中士子的期盼，希望他們能學有所成，回饋祖國。

左秉隆在新加坡推行的一系列政績，著實為他贏得了不少稱譽。當地士子曾製了一個「海表文宗」的匾額予他，感謝他在文教事業方面的貢獻。另外，英語雄辨會在一八八九年借光緒大婚慶祝會的機會，向左秉隆獻上頌辭。一八九一年他第一次離任時，士紳們復為他送上「萬民傘」、「德政碑」。[17] 薛福成（一八三八—一八九四）、曾紀澤等著名的外交官，均對他讚口不絕。其他如當地報章對他的稱道，亦屢見不鮮。[18]

在僑民眼中，左秉隆固然是值得推戴的使節。但他的個人心境與遭際，卻是另一副面貌。首先新加坡領事一職，對他而言並非優差，他本有更宏大的抱負。田嵩岳的《中外述遊》提到左秉隆，說他「倜儻有大才，居此不得展，鬱鬱非其志，故自號為炎洲冷宦。」[19] 感受如同遷客的他，一但被調離新加坡，即歡喜若狂，其〈別新嘉坡二首〉之一即說道：

---

12 陳育崧，〈左子興領事對新加坡華僑的貢獻〉，手抄本，頁六—七。黃蔭普，〈記事〉，手抄本，頁二。

13 柯木林，〈我視新洲成舊洲：左秉隆與新中關係〉（以下簡稱〈左秉隆與新中關係〉），《南洋學報》二〇〇九年六三卷，頁一一四。

14 高嘉謙，〈論駐新使節左秉隆、黃遵憲與馬華文學〉，頁三六三—六四，三六六—六七，三六九—七〇。

15 此詩被認為是與左秉隆創設的文社「會吟社」有關。會吟社活動的詳細記載，參閱梁元生，〈十九世紀末期新加坡華人社會之士人雅集〉，氏著《新加坡華人社會史論》（新加坡：新加坡國立大學中文系，一九九七），頁九—三〇；另見葉鍾玲，〈左秉隆與會吟社〉，《中教學報》，二〇〇一年二七期，頁一一五—一二八。

16 參考柯木林，〈左秉隆與新中關係〉，頁一一六。

17 陳育崧，〈左子興領事對新加坡華僑的貢獻〉，手抄本，前頁五、八。

18 同上，前頁七；另見柯木林，〈左秉隆領事與新華社會〉，氏著，《石叻史記》（新加坡：新加坡青年書局，二〇〇七），頁七七。

19 田嵩岳，《中外述遊》，收入王錫祺輯，《小方壺齋輿地叢鈔》（臺北：廣文書局，一九六四，據上海著易堂一八九七年本影印），頁二後。

幾度陳情未許歸，今朝喜氣動慈闈。魚銜波浪群爭躍，鳥戀山林自退飛。
海上罷持蘇武節，篋中檢點老萊衣。從今且叙天倫樂，世事攖心合漸稀。

大中原意識以外，詩中還不乏舊體詩慣用的傳統事典和辭句：他的歸國就如留滯匈奴多年的蘇武歸漢一樣。但他萬沒想到，他和新加坡的緣份尚未終了，輾轉十七年後，又回到了這個「蠻荒之地」。他的〈重領新州七律四首〉中的一、四首云：

一：
十七年前乞退休，豈知今日又回頭。人呼舊吏作新吏，我視新州成舊州。
四海有緣真此地，萬般如夢是茲遊。漫云老馬途應識，任重能無顛蹶憂。

四：
贏得頭銜一字榮，翻令心緒萬愁生。同來舊館人何在，獨宿空牀夢自驚。……

詩中充滿了牢愁與抑塞之慼。左秉隆當時的銜頭，是「駐新嘉坡兼轄海門各處總領事」，較前多了一個「總」字，因而後一首說「贏得頭銜一字榮」。然而他一點不引以為榮，反倒是有種酸溜溜的滋味。一方面領事館已經人面全非，一方面他的妻子亦已亡故（「獨宿空牀夢自驚」）。第一首中的「舊吏」與「新吏」、「新洲」與「舊洲」的對比，頗有一種「似是而非」的自嘲意味，亦很自然地帶出了後面「四海有緣真此地，萬般如夢是茲遊」兩句。這種與新加坡的「緣份」，其實他並不希望去再結一次。而此時清廷的威信在華人社會已受到動搖，雖然市面商業繁榮，學風已「漸開通」（〈重領新洲七律四首〉之二），但保皇與革命兩派，時相衝突，讓他束手無策。李慶年談論左秉隆的詩時，對他謹慎處事的態度，多有責難，尤其批評他在外交方面缺乏抗爭。[20]其實設身處地，不難想像左秉隆可以做的並不多，特別是在清朝日薄西山的時候：一個末代的領事官，內受同胞抵制，外受英人鄙視，加上對仕途意興闌珊，他的鮮有作為，也就不難理解了。[21]

卸去第一任駐新領事後，左秉隆在官場兜兜轉轉，始終不能扶搖直上。在駐新期間，薛福成曾保奏他「晉道員分省先用，加布政使銜」，後又曾兩度推薦他出任駐香港及仰光的領事官，但都因故未果。[22]此後他曾總辦廣東洋務，及上京任外務部頭等繙譯官兼戶部計學館教習。一九〇六年，清廷派五大臣出國考察，以順應國內要求立憲、推行改革的呼聲。[23]他以頭等參贊的身份隨行遊歷日本、歐美各國，訪問英國時獲牛津大學贈以名譽學士學位。旅途中他寫了不少詩歌記述見聞，除了名勝古蹟，西方社會的政治面貌，亦成為他的寫作題

20 李慶年，《馬來亞華人舊體詩演進史》，頁九八—九九。柯木林的意見恰好相反，他認為左氏在處理外交事務上「恰如其份，不亢不卑」。見柯木林，〈左秉隆與新中關係〉，頁一一七。

21 黃蔭普稱左秉隆再任駐新領事時：「清社將屋，民心杌隉。公〔左秉隆〕目覩國政昏憒腐朽，不欲同流合污，履任之後，保僑惠民，雖未稍懈，然已萌退志。」〈記事〉，頁四。

22 駐仰光領事一職，他以親老推辭未赴。見〈左子卿先生年譜節錄〉，手抄本，年譜頁二—三；黃蔭普記述左秉隆曾兩次拒絕向執政的親貴行賄，以是無法升遷。另見黃蔭普〈記事〉，頁三。丁新豹博士嘗向筆者指出，由於左秉隆在新加坡對僑胞的「統戰」工作做得相當成功，英國對此頗為忌諱，因而極力阻撓清廷委派他到香港擔任領事。

23 參閱陳丹，《清末考察政治大臣出洋研究》（北京：社會科學文獻出版社，二〇一一）。陳丹在整本書中，甚少提到左秉隆，只說他「曾隨曾紀澤出洋」（頁三六七），及擔任英文翻譯（頁二一九、二三三）。

材，如〈英國婦女要求選舉之權〉一首云：

鼓鼙動地旗摩霄，聒耳雌聲恣叫囂。共道婦人能議政，不應男子獨登朝。
空王說法都平等，大律繩民只一條。漫詡文明多熱血，可憐冷水向花澆。

左秉隆對婦女爭取選舉權的態度是頗為曖昧的，一方面說她們在「叫囂」，一方面又似乎同情她們的訴求。不過像這樣關切到西方社會文化的作品，左秉隆在此行寫得並不多，反而〈隨使各國考察政治作二首〉之二，隱約提到五大臣及隨員之間的分歧：

五鳳齊飛百鳥隨，可憐趨向總相歧。聞聲我亦耳頻掩，顧影誰能心不疑。
竹好豈容穿徑入，花深只許隔籬窺。閒翻歷史思前事，彼得伊藤實可師。

「趨向相歧」、「聞聲掩耳」、「顧影心疑」都若有所指，而作為隨侍官員，他亦往往無法參與決策（「花深只許隔籬窺」）。即便如此，在詩末，他仍甚為讚賞日、俄（雖然他沒有到過俄國）兩國的立憲制度，認為兩國之所以能夠復興，正是由於執政者曾長期留學國外，思想較為開明之故。

隨使出洋之後，左秉隆便於一九〇七年第二度出任駐新加坡領事，三年任滿即堅請辭職，但仍在新加坡寓居至一九一六年，原因大抵是由於中國政局動盪，加上他有前清遺民的身份，於是暫且寄身海外，採觀望之策。此時他的生活頗為悠閒，讀書、飲酒、遊歷是這一時期作品的基調。不過他並非完全不問世事，歐戰與中國政局的變遷，在他的詩中仍偶有反映，如〈歐戰〉、〈聞歐洲大戰感而有作〉、〈聞粵東起事感而有作〉、〈聞選定正式總統感而有作〉、〈聞政府屈從日本之所要求感而有作〉等。

一九一六年，他終於起程歸國，先是徙居香港，住在九龍彌頓道九十二號，同年九月回廣州。[24]在港期間，他最值得注意的活動，便是認識了陳伯陶（一八五五—一九三〇）等清遺民，有關作品包括〈題祖坡居士宋臺秋唱圖八首〉、〈寄九龍真逸〉等詩（陳伯陶號「九龍真逸」）、〈遊九龍城〉等。宋臺即宋王臺，原址在九龍馬頭角海濱一座小山上，相傳南宋末年為逃避元兵的追擊而流亡到九龍官富場的宋端宗趙昰，與其臣僚曾於此休憩。清亡後陳伯陶等遺民，有意識地重新發掘（或構建）有關史蹟，又向港英政府申請保護遺址，並招引文人登臺雅集唱詠，以寄寓他們的亡國之痛，這些詩作後來收入一九〇七年蘇澤東（一八五八—一九二七，號祖坡）等輯錄的《宋臺秋唱》中。[25]左秉隆的〈題祖坡居士宋臺秋唱圖八首〉，懷古傷今，對傾危的國運表示關注，亦略有追念前朝的意味：

其三：「片石摩挲空涕淚，九州瞻眺尚風煙。」

24 黃蔭普，〈記事〉頁四。沒有資料談及左秉隆為何短暫停留香港。他在〈徙居九龍〉一詩寫道：「為避羊城亂，全家徙九龍。……回看桑與梓，妖霧障重重。」按一九一六年三、四月間，革命黨人在廣東發難，攻擊支持袁世凱稱帝的廣東將軍龍濟光，迫使龍宣告獨立。至六月袁病卒，十月龍濟光撤出廣州，禍亂始稍平。左秉隆很可能為此將家人暫時遷到九龍。見《廣州市地方志》編　委員會，《廣州市地方志》（互聯網版），網址：http://www.gzsdfz.org.cn/dqzlk/，卷一，〈大事記〉，頁一二〇—一二五。

25 有關陳伯陶等清遺民對宋王臺史蹟重新發掘的過程、目的及《宋臺秋唱》的唱酬意義，詳參高嘉謙，〈刻在石上的遺民史：《宋臺秋唱》與香港遺民地景〉，《臺大中文學報》二〇一三年六月（四一期），頁二七七—三一六。

其五：「大地於今無淨土，遺民從古老荒村。」
其六：「我來無限滄桑感，弔古詩成引恨長。」
其七：「悵望千秋同一轍，何堪袖手看殘棋。」

不過左秉隆此後的詩作，並沒有很強烈的遺民意識。他回到廣州後悠游卒歲，作品內容大都是追念平生，或與友朋酬詠。如〈七十自壽詩四首〉之三說：

風霜飽歷尚餘生，投老深思見太平。恩沐五朝殊未報，年高三葉竟何成。
國中許我今扶杖，海內憑誰早息兵。願借麻姑一杯酒，澆腸酩酊到河清。

雖然仍念念不忘前朝的「皇恩」，但隨即說「國中許我今扶杖」，似乎對自己現下的生活狀況並沒有太大的抱怨，只是不安的局勢仍使他憂心不已。他把所居顏曰「安樂窩」，並題詩一首曰：「天地一窩，我於此託。有禮則安，無欲便樂。」要獲得所謂的「安樂」，前提便是「有禮」和「無欲」：這頗能反映出他告老還鄉後的心態，亦可視為他對自己一生處世為人的總結。在宦海浮沉、飄泊了大半生後，他似乎終於在故土覓得了一個安樂窩。

二、左秉隆的詩學觀與詩藝

要了解「詩人」左秉隆，就不能不談他的詩學。左秉隆雖然不是近代詩壇的大家，但在南洋總算是曾經獨當一面的文壇領袖，對當地的創作風氣想必產生過一定的影響，其詩學趣味，亦與時人有相合之處。故在此稍作分析，庶可填補學界的缺漏。

首先，左秉隆對元稹、白居易最為推賞，他在〈讀書雜詠二首〉之二說：

> 詩人毀元白，動謂其輕俗。何異彼蚍蜉，公然撼大木。
> 元白自有真，感深入心目。羊質而虎皮，適形中不足。
> 天籟本天然，吾愛山僮曲。

元、白「輕俗」的詩風一向被人咎病。但像韓愈維護李白、杜甫一樣，左秉隆認為那些批評者，只如蚍蜉撼大木，不自量力；而元、白詩的可貴，正在於感情真摯，容易引起讀者的共鳴。一味在字句表面下功夫的作品，只會暴露出內容方面的貧瘠（「羊質而虎皮，適形中不足」）。同樣的看法，亦見於〈題《談苑》白樂天事後〉一詩：

> 我思感人心，惟有詩最易。讀者倘茫然，語妙竟何濟。
> 寧笑我無文，不用艱深字。欲令老嫗解，遑恤大雅棄。

宋代孔平仲的《談苑》，提到白居易的詩淺白易懂，連老嫗亦能解讀。[26]左秉隆對此大表贊同，情願被譏訕為「無文」、遭大雅之士所棄亦在所不計。

另外，陶潛亦是左秉隆的學習對象。〈讀陶詩〉、〈自題愛吾齋〉、〈讀陶淵明傳書後〉、

---

26 孔平仲，《孔氏談苑》卷四（臺北：新興書局影印，一九七八），頁二一〇三。

〈讀陶淵明歸去來辭書後〉、〈劉少希以陶潛集及杭世駿《嶺南集》寄贈賦此以謝之〉等篇，都表達了對陶潛的人品和作品的嚮慕。例如最後一篇開頭即直稱：「我於古詩最愛陶，謂其可以繼風騷。後來作者多凡響，不為鳥噪即蟲號。」左氏自己比較傾向質直簡樸的詩風，這無疑是受到了陶潛的影響。試看〈首夏散步北郭觀農人分秧〉一詩：

苦雨催春去，還我清和天。久在城市居，對此興悠然。
策杖出北門，樹杪日初懸。徘徊石路上，瞻彼負郭田。
田中有農叟，隱隱立蒼煙。手握秧盈把，分插陌與阡。
涼風一披拂，萬頃翻碧鮮。吾懷豈不暢，顧爾實堪憐。
豐收未可必，四體勞悴先。望望復行行，歸誦豳風篇。

題材固然與陶潛的田園詩相類，遣辭措意，亦間有陶潛的影子。例如「涼風一披拂，萬頃翻碧鮮」，頗有陶詩「平疇交遠風，良苗亦懷新」之意；而末尾的「四體勞悴先」，亦借用了陶潛的「四體誠乃疲，庶無異患干」一句。[27]

左秉隆似乎亦有意仿效王維的詩風。〈和王摩詰七律六首〉，是他唯一追和前人的作品，當中帶有沖淡和平的氣息和頗濃厚的隱逸思想。除此之外，《勤勉堂詩鈔》中亦有為數不少表現閒適的篇什，例如：

〈山居雜詠六首〉之六：「夜涼還釣月，春暖且耕雲。……閒來石上坐，麋鹿自為群。」

〈閑吟〉：「齋小僅容膝，心閑別有天。……虛窗無夢寐，松月自娟娟。」

〈幽居〉：「我愛幽居好，幽居事事幽。……嬾逐塵驅馬，閒看野放牛。」
〈題所居樓〉：「……清宵香自爇，白晝戶常關。試問紅塵客，誰如此老閑。」
〈閒居〉：「靜聽鐘聲敲乙乙，閒看簾影動頻頻。箇中佳趣誰能識，獨有心栖物外人。」

這些詩句裡面都有「閒」（或「閑」）字，而與這種「物外」的生活氛圍相對的，便是「紅塵」：他一直想揚棄的公共空間。像自古以來很多有關隱逸的作品一樣，左秉隆亦在這些詩中，通過描寫不為世塵滋擾的居所（「虛窗」、「幽居」）和悠遊自在的行為（「釣月」、「耕雲」），營構了一個屬於自己的私人生活空間。

要之，左秉隆寫詩強調自然率性，不刻意斧鑿，以下詩句可以為證：

〈自題詩稿〉：「興至漫揮毫，風雨獨來往。」
〈興到〉：「興到即成詩，何須苦構思。寄懷誠不俗，得句自然奇。」
〈興到〉：「我生性本愛山林，興到時時還一吟。人得清閑詩易好，境惟平淡味彌深。」
〈得句〉：「句好每從無意得，文奇最忌有心求。但逢興會恣揮灑，不向巉巗索隱幽。」

27 陶潛，〈癸卯歲始春懷古田舍二首〉之二、〈庚戌歲九月中於西田獲早稻〉，收入逯欽立校注，《陶淵明集》（北京：中華書局，一九八二），頁七七、八四。

看來他比較偏好「無意」得之的作品。他甚至還表示，不想把詩寫得太「離奇」，是為了不讓作品流傳後世（見〈率成二首〉之一、〈自題詩稿〉）。一般詩人都希望能寫出千古傳誦的作品，但他卻反其道而行，確實出人意表。無怪乎高嘉謙說左秉隆「創作的企圖心不大」。[28]總體而言，他不是那種唯艱澀是尚的詩人。

左秉隆詩另一值得注意的現象，是有關新名詞的採用和新事物的描寫。這一點與晚清的「詩界革命」頗為相近。繼左秉隆出任駐新領事的黃遵憲，一向被公認為是這場運動的先驅。左秉隆與黃遵憲在詩學方面，似無甚交流，因此很難說他有否受到黃遵憲的影響。[29]但對於詩歌改革，左氏顯然與「詩界革命」同人不謀而合。他的〈新名詞〉便道：

> 新理日以開，新思日以發。不有新名詞，焉能意盡達？
> 老宿拘守舊，誓欲斬藤葛。豈知創造功，未容概抹煞。
> 我初亦惡之，目釘恨難拔。習久乃相安，喜其簡而括。
> 誠哉字訓孳，生機不可遏。

大意說不採用新名詞，就無法表達日漸湧現的「新理」和「新思」。此外如〈戲作番詩〉、〈飛機〉、〈潛水艇〉、〈飛船〉、〈觀海上試電燈〉、〈詠自來火〉、詠自鳴鐘〉、〈到禪山見火輪車〉、〈舟載火車渡河〉等，都是與新事物有關的作品，有些辭意俱新，有些仍不免恪守舊風格而無法涵融新意境。〈潛水艇〉是較為獨特的一首，前半篇寫人類仿效自然界生物，研製出「伺敵於暗」的潛艇，它發射出的魚雷，可令「裹以鐵甲」的戰艦馬上「化作灰飛」。接著寫到潛艇得勝歸來，人們大事慶功。不過作者隨即筆鋒一轉，說應該摒棄這種殺人於無形的利器。最後他希望可以「埽除潛艇」，令海不揚波，表達了強烈的反戰思想：

> 我欲然犀來照水，照徹深淵窺見底。鐵網橫江鐵鎖沉，埽除潛艇永銷弭。寰海從此不揚波，聖人首出萬邦和。飄然駕我扁舟去，俯仰鳶魚嘯且歌。

另有一詩寫世人擔憂彗星與地球相撞，而左秉隆卻處之泰然。詩中有聯云：「出本應期何所主，行原順軌詎相侵。」可謂辭意俱佳。從這些作品可以看出，左秉隆亦像「詩界革命」的成員那樣有創新的意圖，但這類作品的數量畢竟不多。

紀遊與述懷之作，無疑是左秉隆集中更常見的題材。由於他有多次出使的經驗，故描寫域外（包括新加坡、歐美、日本）自然與人文景觀的紀遊之作頗多，北京、香港，尤其是廣州的紀遊詩亦不在少數。而他在官場和家庭生活方面的不如意，以及對時事的感慨，都使他寫出了不少牢騷滿腹的感懷之作。這類詩充滿抑塞不平之氣，但往往較為質直，以至氣魄不甚沉雄，不像前人如杜甫、蘇軾、陸游等能善於借物、借景抒懷。惟〈新置圖書萬卷有遭蟻蛀者感而賦此〉一首，是此中佳作：

---

28 高嘉謙，〈論駐新使節左秉隆、黃遵憲與馬華文學〉，頁三七六。

29 左、黃二人只有過一次贈答。黃遵憲寫有〈寄懷左子興領事〉一詩，左秉隆酬之以〈次勻酬黃公度觀察見寄〉一首（頁一二九），但兩人都沒有談及詩歌改革。見黃遵憲著、錢仲聯箋注，《人境廬詩草》（上海：上海古籍出版社，一九八一），中冊，頁五三四。左氏另一首提到黃遵憲的作品是〈別新嘉坡二首〉之二（頁一三〇），這首詩只在末句稱讚了黃遵憲在吏治方面的才能，與詩學無關。

插架新添萬帙緗，呼童朝暮採芸香。何啚惡蟻鑽新楮，更甚飢蚕食嫩桑。
一遍尚難容我讀，百年況欲付兒藏。明知破甑顧無益，檢到殘編心自傷。

此詩或有借物言志的意圖。圖書可能是國家或自我生活環境的比喻，而蛀蝕圖書的「惡蟻」和「飢蚕」，則指某些不利的因素。詩人慨嘆儘管設法保護圖書，但仍然遭到蟲蟻的侵蝕，殘破的書本固然難以卒讀，要傳諸兒孫更屬奢望。雖然詩人意識到這些書本多看「無益」，但仍滿懷婉惜地去檢閱。忠厚之心，溢乎言表。左秉隆又有〈雜詠七首〉，都是諷刺時局之作，其中第三首曰：

不下堂階令自行，惟王出禮萬方驚。置之高閣能無罪，應以露文亦寡情。
幾輩天良真激發，大都家國太分明。如何綸綍從天降，也似風吹柳絮輕。

此詩感嘆清室衰微，皇權旁落，臣僚置詔令於「高閣」亦不獲罪愆，甚至以「寡情」的露布來回應。五、六句痛斥官員天良已喪，罔顧國家利益。最後再次慨嘆皇帝的詔令如風中柳絮一樣被輕視。與前一首相比，此詩無疑相當憤激，或由於積鬱過甚，不吐不快乎？可見他並非如李慶年所說那樣不關心國家大事，只是他採用的多是這種概括性的抒情話語，將自己對史事的感觀涵括其中，光看詩題並不能馬上察覺。這與黃遵憲經常使用敘事模式，並配以醒目的標題（如〈悲平壤〉、〈哀旅順〉、〈馬關紀事〉等），手法自是不同。

左秉隆的詩，大抵律勝於古，而以五絕最下。古詩每乏跌蕩搖曳之姿，而律詩往往屬對精工，佳句迭出。如「紅日滿江鼓，綠楊兩岸旗」（〈珠江競渡〉），聲色俱麗；「夾道高椰張似蓋，沿溪短竹剪成牆」（〈郊外晚行〉），寫景如畫；「宦情深夜雪，詩思早春花」（〈種瓜〉）與「詩情濃似花時酒，宦味冷於雪後冰」（〈憶昔〉），抽象的情思，與具象的冰雪、花酒並置，宛然在目；「人呼舊吏作新吏，我視新洲成舊洲」（〈重領新洲七律四首〉之一）、「未能搖尾終垂尾，但肯低頭即出頭」（〈書懷二首〉之一）與「少來愁日皆歡日，老去增年是減年」（〈新歲作〉），迴環往復，感慨繫之，使人嘆息不已。被譽為「海表文宗」，果然並非浪得虛名。

三、「遷客」左秉隆的苦惱

「飄飄同梗泛，何處是蓬萊。」這是左秉隆在〈渡海〉一詩中的結句，它讓人想起了杜甫〈旅夜書懷〉中的「飄飄何所似，天地一沙鷗」。[30]飄洋過海，美其名是當外交使節，卻畢竟離開了自己的母國：一種被外放的飄零感油然而生。固然，使節的社交生活有其熱鬧風光的一面，如〈夜宴柔佛王宮二首〉之一，寫得堂皇華麗，席散時還「滿戶擁珠輪」，一點也不寂寞。但最後卻得出了這個結論：「回首追歡會，華胥一夢空。」（前題之二）一切都歸於虛幻了。而實實在在揮之不去的，是私底下對親友和故土的牽念：

〈次韻和張綰良見贈四首〉之四：「亦戀君恩厚，其如母老何。秋風不須起，鄉思已

30 杜甫著、仇兆鰲注，《杜詩詳注》第三冊（北京：中華書局，一九九五），頁一二二八－一二二九。

先多。」

本文開首引高嘉謙所言，指左秉隆的「生活憂慮，實在跟許多南來謀生者無異」。但高嘉謙只是點到即止，沒有詳細介紹左秉隆的這些詩作。以下且作若干補充。

左秉隆在詩中好幾次提到母老在堂，有病則憂，無病則喜。他辭去第一任新加坡領事及拒絕出任仰光領事，亦由於母親之故。其母姜太夫人，在他出任領事時一同前往新嘉坡居住，黃蔭普的〈記事〉嘗提及：「公莅任奉母姜太夫人板輿以行，太夫人年逾古稀，去國日久，懷鄉心切，一八八九年公駐新將九年，陳疏請終養者三，明年乃奉母還鄉。」可以猜想，他對故土的眷念，亦是受到母親的影響。而能夠隨侍於母親之側，對他來說是人生一大堪慰之事，有詩為證：

〈壬午生日二首〉之一：「海角天涯寄此身，年年客裡度生辰。今朝一事差堪慰，躋彼萱堂拜老親。」

壬午是一八八二年，即左秉隆在新加坡履新的第二年。他寫於海外的作品，經常以「客」自居（如這一首和〈遲書不至〉中的「客至亞洲南盡處」，以及〈客息力作〉等），可見外邦對他而言，並沒有家的感覺。

除了母親外，左秉隆在詩中亦提到與其他家庭成員的生離死別。他的原配夫人姓劉，於一八八六年病逝於新加坡領署。左秉隆在〈歎息〉一詩中，提到劉氏早已有病在身：

眼前春去又春還，歎息吾生萬事艱。久病妻如梅影瘦，初來妾似石頭頑。
出門落落誰知己，對戶蒼蒼有闕山。我亦欲隨仙子去，燒丹採藥白雲間。

衰頹的語氣，完全不像出自一個獨當一面的領事，而與一般流寓士子相近。他所謂的「吾生萬事艱」，具體從中間四句表現出來，包括染病的妻子、頑劣的侍妾、疏落的朋友、荒涼的居處。在這種處境下，左秉隆唯一想到的解決辦法，就是躲到深山修仙學道。這樣坦白地交代自己的家庭狀況，一則能喚起同情，一則亦讓人覺得他的詩確是自然流出，無矯扭之態。他為劉夫人所寫的悼亡詩〈哭內〉，亦真摯動人：

有緣結髮為夫婦，無命齊眉學孟梁。數載病纏身化鶴，一帆風送柩還鄉。
慈親痛哭頭都白，稚子悲啼口尚黃。嗟我生平原曠達，鼓盆今媿不如莊。

讀起來只感到他是有話便說，無意賣弄辭藻。若干年後，他隨使出訪歐美時重經新加坡，對劉夫人還是念念不忘：

〈舟過息力〉：「經過冷署頻回首，蝶去樓空樹半傾。」（內人卒於領署，彌留之際蝶集滿樓須臾散去）

結尾有關「蝶去」的自注，為他這段傷感的回憶平添了一抹哀艷的神話色彩。

左秉隆與其姊姊柳氏一家情誼甚篤，在新加坡時曾寄詩慰問其姊夫柳麗川。[31] 麗川亡故時，他曾寫了〈哭麗川姊倩二首〉痛悼，第一首最為悽婉動人：

家書火急遞新洲，忽報君歸白玉樓。不住雨從燈外灑，無窮淚向紙中流。
生前為我多招怨，死後何人更作仇。最是恨難消遣處，一杯澆不到山頭。

此詩最精警的地方，在五、六兩句，前句突出麗川「生前」對左氏的維護，後句感嘆其「死後」的撇脫與寂寞。結句寫兩地空間阻隔，表達了不能親臨祭奠的遺憾。更可哀的是，時隔五日，左秉隆又接到另外兩位親人的死訊。〈得家書知麗川介亭兩姊倩與蔭堂姻兄於五日內相繼謝世感而作此〉云：

天涯歲暮雨霏霏，兀坐蕭齋燭影微。萬里一書驚忽至，三人五日悵同歸。
泉臺應喜得相伴，稚弱何堪失所依。極目鄉關淒欲絕，不將淚灑老萊衣。

前人有對子曰：「舍弟江南歿，家兄塞北亡。」為了對仗工整而虛造其事，徒惹人噴飯。[32]而左秉隆「萬里」一聯，卻是實情，便使人嘆婉不已；「泉臺」一聯，以「喜」寓悲，則一倍增其悲痛。結句仍像前一首一樣，道出受地域所限的無奈。

不過最令左秉隆痛心不已的，還是他幾個兒子的不幸遭遇。他有六子四女，六子分別為如夫人陳氏所生的鈺、鏐、鉞、錕，和黎氏所生的鏞、銘。[33]其中左錕早卒，左秉隆寫有〈哭錕兒二首〉。長子左鈺生於新加坡，故另有一名曰坡生。一九〇一年孟春，在祭掃祖墓時，左鈺不慎被火燒傷，因受驚過度，從此精神失常（見〈癡兒歌〉）。所謂禍不單行，幾年後，不幸又降臨到左秉隆的三子左鉞身上。他的〈癲兒歌〉記載了事情的本末，開首即呼天搶天，令人神傷：

天既生汝身，胡又奪汝神。天既奪汝神，胡仍留汝身。人而無神生何用，譬舟無柁車無輪。受者有苦不自知，見者猶傷況其親。

接著左秉隆自述左鉞少時甚為聰敏，頗有大志，且能洞悉時態，棄科舉而學外語，又執意要到牛津大學攻讀。想不到左鉞在牛津時因用功過度，腦筋受損，不得不輟學回國，途中經過新加坡，正值左秉隆六十閏壽：

歸舟過我息力島，是我甲子重花時。我見汝病我亦病，何心更把葡萄巵。溫語相慰勸汝返，望汝家去尚能醫。汝曰兒去將終隱，數行淚下沾裳衣。

時維一九一〇年，左秉隆已第二度辭去新加坡領事一職。他回鄉後，看見左鉞瘋癲的情況，傷心欲絕：

31 見〈寄柳麗川姊倩〉、〈聞柳麗川病詩以慰之〉。
32 見胡仔纂集、廖德明校點，《苕溪漁隱叢話》（北京：人民文學出版社，一九八四），前集，頁三七七。
33 黃蔭普，〈記事〉，頁四。

汝歸依母心鬱鬱，有時怒發驚群兒。計不獲已遂析居，家貧膏火費躊躇。及我歸來貧逾甚，仍挈汝歸住一廬。時見汝以首觸牆，穢塗滿面口還嘗。晝夜呼號如見鬼，我心匪石能無傷。嗟汝何時罪方滿，嗟我何辜罹此殃。況今天日慘無光，我欲問天天茫茫。不如我與汝同死，早離苦海歸上蒼。舉凡塵世憂患兩相忘。

「不如我與汝同死」，可謂絕望到了極點。這樣的敘事詩，在文字上不矯扭作態，只是自胸臆中噴吐而出，便已感人至深。即便是開篇「神」與「身」的重複使用，看出是經過一定的推敲，但如非發自內心，亦無法產生這樣出色的抒情效果。

以上關於家庭不幸的陳述，讓人看出左秉隆是個篤於親情的士大夫。這種對親人的關愛，延伸開去，或許能解釋為何他在新加坡任上會竭盡己能，扶助華社的子民，急其所難，濟其所需；而他詩中常見的思鄉之情與遷客心態，亦不僅只是傳統的帝國或大中原意識在作祟，還有他自身的家庭考慮在內。

作為使節，左秉隆注定要時常被派駐海外。域外與故土空間的隔閡，人面的睽違，由此滋生了不少遺憾和有家不得歸的鬱悶。這原是自古以來無數奔走於仕途的文人士大夫共有的悲哀，而到了左秉隆那一代的外交官，空間與飄泊的涵義大為擴闊，他們的遷調不再限於偏遠的國土之內，而是要飄洋過海，離開「聖朝」治下的疆域，遠赴名副其實的「蠻夷之地」，而且一去多年。那種茫然若失、孤立無助的現代離散經驗，是前代的士大夫鮮能體會的。高嘉謙在討論黃遵憲的南洋詩時指出：「這些詩句當然已不能看做傳統的宦遊鄉愁，而是使節清楚意識到世界版圖疆域的變化，西方勢力與華人移民共同存在的南洋現實。」[34]或許，左秉隆亦有同樣的意識。可以說，是時代與外交方式的改變，讓左秉隆這位天朝使節，嚐到了十九世紀末一般海外華人的辛酸。

結語

左秉隆的詩，為我們展示了世紀末一位外交官的抱負與挫折、志趣與抑鬱。其遷徙的經驗，在某程度上，亦是新世代的華人在海外飄泊、離散的縮影。在新加坡，左秉隆有「海表文宗」之譽，但僅此而已。他不但未被納入中原文學史和近代詩史的研究視線，在其揚名立萬的新加坡，亦未受到足夠的重視。原因很簡單，在新興的國族文學殿堂中，一位代表前清、具有大中原文化意識的使節詩人是無法立足的。左秉隆因此變成了在兩地都不被肯定的「無主孤魂」，像他在世時一樣。雖然新馬華文文學的研究少不免要提到他，卻把他歸類為使節詩人、或早期南來流寓的詩人之一，而非在地的本土詩人。

柯木林曾指出左秉隆對促進新、中兩地關係扮演了重要的橋樑角色，並建議新加坡政府及文化團體可透過幾方面去紀念左秉隆這位先賢，包括成立「左秉隆研究會」，將兩塊左秉隆手書、置放於廟宇內的匾額轉由國家文物局保管，重刊《勤勉堂詩鈔》，在左秉隆駐足過的芳林公園樹立其塑像等。[35]但這些建議似乎都沒有引起注意。

左秉隆的作品，誠然將「南洋主題」透過「炎荒」、「荒島」等辭　帶入了中原視域，但實際上他在「南洋色彩」的營塑方面，既沒有下什麼功夫，亦沒有像後來新加坡本土的文

34　高嘉謙，〈論駐新使節左秉隆、黃遵憲與馬華文學〉，頁三七七。
35　柯木林，〈左秉隆與新中關係〉，頁一二〇—一二二。

人那樣有意識地去提倡。或許這是因為他對新加坡缺乏歸屬感，以及開創詩風的企圖心不大。這方面的不足，要等到黃遵憲，以及邱菽園等流寓本土的詩人才得到填補。儘管如此，他仍是新馬華文文學的先驅，當地的文學史論述中，開首的幾頁，始終不能缺了他的名字。

題辭一

久慕公豪俊，星洲歸去來。高歌金石裂，妙語笑顏開。
風月收詩卷，壺觴入雅懷。一編今晚出，後起亦賢哉。

己亥[1]暮春三月　八十九老人商衍瀛[2]

1 己亥：即一八九九年。

2 商衍瀛（一八六九—一九六〇），字雲亭，號蘊汀，廣東番禺人，屬漢軍正白旗。光緒二十九年（一九〇三）癸卯科進士，殿試二甲第十八名。同年閏五月，改翰林院庶吉士，散館授編修。工書法。光緒三十二年（一九〇六）派赴日本考察政治，次年調任京師大學堂教務提調。一九〇八年，再赴日本考察大學學制，次年兼任京師高等學堂監督。清亡後尚效忠溥儀。抗戰爆發後，從事慈善活動，任紅十字會副會長。中共建國後，被聘為中央文史研究館館員。

題辭二

愴懷父執誦遺編，學裕中西海內傳。清秘舊堂思小阮（謂雨泉同年），迷離故宅悵南天。不堪往事京華語，猶有搜殘後輩賢（蔭普欲將詩鈔付梓）。會見流行愉眾口，聲名定與共樊川。

子興丈勤勉堂詩鈔蔭普[1]屬題　商衍鎏[2]

1 黃蔭普（一九〇〇—一九八六）：廣東番禺人。左秉隆表甥孫。古籍收藏家。一九二二年畢業於清華大學。一九二七年自歐洲留學回國。歷任中山大學教授、廣州商務印書館經理、商務駐港辦事處協理、商務西南辦事處主任。一九五一年任商務香港辦理處總編輯、廣東省政協委員、暨南大學校董等職。戰後在廣州於冷攤中購得左秉隆手抄書稿數冊及手訂《勤勉堂詩鈔》七卷。後交付陳育崧，於一九五九年由新加坡南洋歷史研究會出版。唯尚缺一九二一—一九二三年部分。一九四九年後黃氏居香港，曾任職於香港商務印書館。所藏珍本古籍（包括《勤勉堂詩鈔》原稿）俱捐贈予廣州中山大學圖書館。（見柯木林，〈我視新洲成舊洲——左秉隆與新中關係〉，《南洋學報》二〇〇九年六三卷，頁一一四。）《勤勉堂詩鈔》中有〈再贈黃表甥孫二首〉、〈黃雨亭表甥孫臨別出箑索書題此以贈之〉。

2 商衍鎏（一八七五—一九六三），字藻亭，號又章、冕臣，晚號康樂老人。商衍瀛弟。書法家。一八九四年甲午科舉人。一九〇四年清朝最後一次科舉考試，商衍鎏得殿試第一甲第三名，任翰林院編修。曾任侍講銜撰文、國史館編修、實錄館總校、文淵閣校理等職。一九一二年赴德國漢堡殖民學院東亞系執教。一九一七年歸國，先後任國民政府財政部秘書、江西省財政特派員等職。中共建國後，歷任江蘇省文史研究館館長、中國文史研究館副館長、廣東省政協常委、廣東省文史研究館副館長等職。

序

曾希穎

詩各肖其人，稟於天而成於性也。是故徐、庾殊軌，李、杜分翹，韓、孟別逸，溫、李異瓌。詩各肖其人爾也。吾鄉先輩左公子興，原以外交幹材，深通英法文字，曾勸五大臣考察出洋，稽績絍勳，旋簡新嘉坡總領事職，鞅掌甫暇，恒以詠詩自娛，可謂栖心天隱，懸朗月於孤桐；蒿目時艱，倚壯懷於短劍。稜稜風骨，發乎篇章，讀其詩，可以知其人矣。憶予髫齡就傅，屢蒙賞識，試句奇童，每以石麟見詡。小時了了，竟負所期，媿何如哉！黃雨亭表叔為左公彌甥，深慨公磐才邁世，手澤長淪。因就公生平詠什，搜集殘叢，殷重再三，託予為之選訂，冀付刊梓。顧予學問譾淺，風埃儒服，文質無所底。況自異域歸來，頻經喪亂，瑣尾流離，至於今日。老去飢驅，以身為役，迄無暇晷，聞命驚悚。追惟少日受知之深，久而不忘。今乃復得讀公遺詩。詩之奇，殆所謂辭不滯意，意能吸新，深入淺出，集元、白、蘇、陸諸家，冶為一爐。自見性情，隨在揮寫。而公之聲容笑貌，猶髣髴相接如疇昔也。丙申[1]夏晚學曾希穎[2]拜序。

1 丙申：一九五六年。

2 曾希穎（一九〇三—一九八五）：號了庵，廣東番禺人。早年遊學蘇聯，習政治軍事。國民黨元老陳顒於廣州越秀山麓築「顒園」，時舉行文酒之會，曾希穎與熊潤桐、佟紹弼、余心一、李履庵嘗為座上客。冒廣生南訪，居於「顒園」，稱五人為「南園今五子」。抗日軍興，曾氏移居香港。一九五〇年，參與詞壇耆宿劉景堂、廖恩燾組成的堅社。曾氏詩書畫俱工，曾任教於香港文商學院夜校。著有《潮青閣詩詞》。

卷一

五古

一．題《羅馬古蹟畫冊》

古有大秦國，漢代方崛起。鯨吞三兩洲，蠶食萬千里。因山以為城，鑿地通海水。樓臺與雲齊，柱石沖霄峙。矯矯多虎臣，綽約多仙子。師襄抱琴彈，越女歌盈耳。西方教主尊，諸王為進覆。回首全盛時，聲威真無比。何圖轉瞬間，國勢竟披靡？東西兩都分，先後遭焚毀。山海尚依然，城池已湮圮。暮鴉垂楊中，銅駝荊棘裡。花貌雨摧殘，將軍百戰死。琴歌聲何哀，諸王心何喜。撫今而思昔，萬事皆非矣。伊誰能寫生，為繪其廢址。丹青和淚染，點點成絕技。氣象羅萬千，短幅不盈咫。覽之發長歎，感慨何能已。畫圖可恒存，家國難久恃。

二．詠輕氣球

結繩若罟罭，剪綵象坤輿。不假雙飛翼，而能超太虛。幸御列子風，若乘元公車[1]。夙夜懼隕越，徒此費吹噓。願隨大地轉，一氣任卷舒。

三一七．歲暮感懷（五首）

一

束髮諷詩書，常志聖賢志。俛仰今與昔，行將三十二[2]。逝者既如斯，來者安可冀。人生一大半，四序若鱗次。有田夏不耘，冬至倉箱匱。胡弗惜分陰，良時不再至。

二

翹首望神京，悲歡互相乘。馬齒日以長，聖壽若川增。春至雷聲發，雲從龍以興。用汝作霖雨，灌溉恐難勝。

三

故園經久別，思之每傷神。況乃歲云暮，言念倚閭人。瞻彼屋上烏，反哺情何親。我遊雖有方，省定曠昏晨。何時復歸去，樂事敘天倫。

四

霜葉風蕭蕭，深閨夜寂寥。寒鐙照獨宿，竟夕思君勞。攬衣起徘徊，階前雪未消。異鄉天更冷，誰為寄征袍。

五

寒冬十二月，萬籟闃無聲。四時有代謝，歲功乃告成。願言思君子，隻手秉三旌。薏苡還招謗，不平豈足鳴。矯矯藺相如，完璧歸趙城。迴軒屈廉頗，千載垂令名。

---

1 「元公車」，未詳所指。

2 此詩第三句云「行將三十二」，則約作於一八八〇—一八八一年之間。時左秉隆赴任新加坡領事官。

八．詠玉

昆山一片玉，雕琢始成璵。光芒難自匿，乃被良賈居。攜以示胡人，胡人皆妒之。惟玉堅而白，磨涅不磷緇。會看陳清廟，聲價重鼎彝。

九．自警

坡老自詠檜，何心於譏訕。乃被巧言讒，無端罹禍患。古人戒多言，三緘金人口。今爾尚嘵嘵，不知為瓶守。請試回頭看，鸚鵡常在後。

十一．雜詠（二首）

一

魚游大海中，不自以為樂。一朝罹罟網，乃羨水半勺。昔日願豈奢，今日志豈約。境遇不變遷，順逆難測度。

二

安樂百年短，艱難片刻長。勝遊思秉燭，沉病想離牀。天道原無變，人情自不常。焉能齊萬物，低首拜蒙莊。

十二．有感

相見日以親，相違日以疏。形迹忽變遷，性情與之俱。聞有神交者，恩愛常如初。雖當萬里別，無異同室居。我欲覓其人，惜哉願久虛。

十三．即事

吾生好樂甚，能唱不能彈。每聞彈絃聲，便覺唱乃歡。鄰家有一子，能彈不能唱。聞我唱歌聲，彈絃輒相向。我唱彼且彈，兩心同舒暢。彈罷唱亦終，不知江月上。

十四．道難幾

泰山豈不高，上有白雲飛。滄海豈不深，下有明月輝。乾坤一俛仰，大道良難幾。願言常努力，皓首莫相違。

十五．觀兒嬉戲[3]

大兒已能走，小兒甫學步。兩兒戲堂前，如龜逐狡兔。有時踣而啼，扶起笑如故。堂上

3 左秉隆如夫人生有四子，依次為鈺、鏐、鉞、錕。側室黎氏生二子，曰鏞、銘。

坐觀之，怡然生樂趣。

十六．夢回

夢回聞雨聲，瀟瀟窗外響。記得登牀時，風月正清朗。為何陰晴變，忽若反覆掌。不知是耶非，獨對殘燈想。

十七．自警

凡物忌太盛，好事古難兼。矧余德最薄，何堪福驟添。官階歷三品，歲俸入萬錢。一母壽而康，三子清且堅。坐擁書百城，常得半日閒。屈指數春秋，甫當強仕年。人縱不我妒，天豈能無嫌。靜言我思之，悸悸懷冰淵。

十八．讀陶詩

高臥北窗下，細讀淵明詩。好風拂面來，微雨相隨之。煩暑驅已退，涼氣沁心脾。把卷思悠然，玩索復多時。

十九．鼓琴

端坐鼓鳴琴，琴聲一何悲。張急而調下，此情當告誰。世再無應侯，已矣欲何為。

二十．妓

樓外日西墜，攬衣初睡起。浴罷對妝臺，巧將雲鬢理。傅粉更施脂，花簪綠兼紫。珠珥金跳脫，輝映新羅綺。含笑坐鐙前，綽約如仙子。醉客搴簾入，見之無限喜。攜手赴巫山，情欲為之死。天明視顏色，與故不相似（此二句用韓詩）。蝶粉蜂黃退，索然一陋妓。

廿一．讀杜詩

子美譏淵明，未必能達道。此語雖似高，吾不以為好。父子天性親，豈能忘懷抱。明知念無益，情至心自擣。趨庭訓殷勤，胡為師莊老。

廿二．自題愛吾齋

香山愛其池，彭澤愛其廬。吾亦有所愛，愛吾齋清虛。齋內何所有，有琴復有書。齋外何所有，有竹數竿疏。對月彈一曲，臨風讀卷餘。既彈亦已讀，曳杖步徐徐。斜倚簷楹立，倦眼時一舒。微雨過新筠，浮綠染輕裾。逸興忽遄飛，恍遊天地初。不知陶與白，較我樂何如。

廿三—三十·贈力軒舉[4]孝廉（八首）

一

翹首望鰲峰，蒼茫隔雲樹。嗟君與賤子，何以能把晤。虎嘯風自生，龍起雲即赴。應知會合間，冥冥有定數。往歲得孫吳（孫芷瀟、吳席卿）[5]，相見恨遲暮。豈知萍水中，復與君相遇。信哉閩多才，使我心傾慕。

二

經義如淵海，誰能窮其源。醫理如牛毛，誰能究其根。許鄭已云遠，盧扁今不存。常恐此兩途，將隨煙霧昏。惟君懷苦心，朝暮細討論。名與古人齊，無愧孝子孫（君有印文曰「孝子之孫」）。

三

十室有忠信，好學者其誰。聖門多高才，參以魯得之。吾愛力夫子，性靜寡言詞。終日伏几案，樂此竟忘疲。水滴石為穿，誠至山可移。大道豈難聞，努力貴及時。

四

坐井而觀天，天小如磨盤。升高望九州，乃知宇宙寬。君今秉長風，萬里奮鵬摶。既得江山助，揮灑翻濤瀾。歸作南遊記，千秋合不刊。

五

男兒生世間，當據要路津。豈以一第榮，甘為林下人。願君策高足，珥筆侍楓宸。佐我明明后，安此蚩蚩民。無為老蓬蒿，獨自善其身。

六

吾生大不幸，獨學無師友。性雖非下愚，胸中了無有。羨君能得師，循循資善誘。謝公既罕匹，林子尤寡偶（謝枚如、林歐齋兩先生）[6]。吾欲從之遊，其奈有官守。臨風想芳躅，悠然神往久。

---

4 力軒舉：力鈞（一八五六—一九二五），字軒舉，號醫隱。福州人，光緒十五年（一八八九）舉人。早年求學於福州致用書院，又從劉善曾、朱良仙學醫。光緒三十三年（一九〇七），東渡日本考察，著有《日本醫學調查記》。宣統二年（一九一〇），隨公使赴英祝賀英皇加冕，並往德、法、瑞士、奧、意、俄等國考察。辛亥後，避居天津。著有《熱病論》等醫學論文。今人陳可冀編有《清代御醫力鈞文集》。光緒十七年（一八九一），力鈞受新加坡華商吳士奇之邀為吳父治病，順道至吉隆、庇能、蘇門答臘等地遊歷，寫成《檳榔嶼志略》、《古基德紀行》、《南遊雜錄》等書。因醫術卓著，於光緒二十年（一八九四）受禮部之邀入京行醫。後為御醫，官至商部保惠司主事。左秉隆在新加坡成立會賢社提倡文教，力軒舉嘗擔任課卷評審。左秉隆又曾聘任力氏為其子的家庭教師。

5 孫芷瀟：左秉隆所創會賢社社友。《叻報》一八九〇年九月廿四日刊有署名「滄瀛過客芷瀟氏」所作之〈綺懷〉六首，又同年十月一日復刊有同名所作〈小集新燕南口號贈□良明經〉。是以知其筆名為「滄瀛過客」。吳席卿：據梁元生考究，即是吳錫卿，或即左秉隆所創會賢社中的吳達文。在該社月課中吳氏獲獎最多，三十六次月課中，廿四次上榜。一八九〇年歸國應考，文人多以詩歌送行，成一時佳話。參閱梁元生《新加坡華人社會史論》，頁廿四。《叻報》一八九九年四月十九日載有梁耀流〈送吳君席卿茂才旋閩赴試七律〉一詩，知其為福建人。見梁元生，頁八十—八一。另見本書卷四〈贈別吳錫卿〉。

七

詩書吾所好，嘉貺亮難酬（君以林、謝二先生詩集暨魯公帖見贈）。酬君以寸心，相愛無時休。詩如兩夫子，庶幾謝鮑儔。書至顏魯公，筆力愈勁遒。把玩不能釋，奮志希前修。

八

相見每恨遲，相別每憾速。自古莫不然，豈君與予獨。恩愛苟不忘，天涯若比屋。願君因好風，時惠我尺牘。

卅一．首夏散步北郭觀農人分秧

苦雨催春去，還我清和天。久在城市居，對此興悠然。策杖出北門，樹杪日初懸。徘徊石路上，瞻彼負郭田。田中有農叟，隱隱立蒼煙。手握秧盈把，分插陌與阡。涼風一披拂，萬頃翻碧鮮。吾懷豈不暢，顧爾實堪憐。豐收未可必，四體勞悴先。望望復行行，歸誦豳風篇。

卅二．醉後吟

人生天地間，上壽百年耳。我今五十五，百年過半矣。往者既匆匆，來者亦如此。何不早尋樂，心為形役使。萬事且隨緣，其餘不足理。醒後願無忘，放懷從此始。

卅三．穀萬鍾

家有穀萬鍾，老奴不知舂。家有絲千色，少婦不知織。鄰奴買穀去，舂成白玉粟。鄰婦買絲去，織成雲錦褥。還以售吾家，賺得金滿囊。金盡終凍餒，忍淚徒悲傷。

卅四．選題

選題非不好，下筆無好詞。取貌而遺神，欺人實自欺。法苟得其意，豈在多改移。削足以適履，但為智者嗤。

卅五．新名詞

新理日以開，新思日以發。不有新名詞，焉能意盡達。老宿拘守舊，誓欲斬藤葛。豈知創造功，未容概抹煞。我初亦惡之，目釘恨難拔。習久乃相安，喜其簡而括。誠哉字訓孳，生機不可遏。

6 謝枚如、林歐齋：謝枚如，即謝章鋌（一八二〇—一九〇三），福建長樂人。光緒三年（一八七七）進士，官內閣中書。後絕意仕進，主講陝西同州、丰登書院。光緒十年（一八八三年）任江西白鹿洞書院山長。著有《賭棋山莊全集》。林歐齋：林壽圖，字穎叔，號歐齋，福建閩侯人。道光二十五年（一八四五）進士。由京兆尹外放，累官至陝西布政使，署巡撫。著有《黃鶴山人詩鈔》十八卷，錢仲聯《近代詩鈔》收錄其詩，獨缺第十一卷。

卅六—卅七．言教（二首）

一

家庭即學校，師範在母身。蒙養茍不端，安得有成人。女學茍不講，安得有賢親。侈口談教育，此義要先申。

二

闇室如幽囚，嚴師若猛虎。教兒勤記誦，無異教鸚鵡。兒性本好動，面牆無所覩。兒體正當生，伏案背常僂。以此召學徒，誰敢入其戶。我觀教育家，學徒咸樂聚。其教亦多術，不獨講訓詁。時或教之歌，抑或教之舞。學琴有琴室，習射有射圃。坐之撫春風，潤之以時雨。優游俟其化，自然中規矩。循循善誘人，先師師之祖。奈何背先師，強兒以所苦。

卅八．一字誤

天下一字誤，曰私而已矣。未能變此心，萬變無一是。人生誰無私，要必制以理。滅理而徇私，禍亂何時弭。

卅九．自題詩稿

詩以道性情，非以投時好。好豈能盡投，情不容假冒。我詩聊自娛，不作傳世想。興至漫揮毫，風雨獨來往。不知有聲韻，遑暇論詞藻。直以雄健氣，徑抒吾懷抱。寫就且長吟，得失心自知。籠紗與覆瓿，毅然兩不辭。

四十・觀日本武德會演武[7]

未能敵萬人，先學衛[8]一身。身健心自強，百技乃通神。勿言火器猛，力大不足珍。變或起倉卒，弱者屈難申。是以重文士，弗敢輕武臣。角藝登高臺，瞪目若相嗔。短衣赤雙足，擊刺勇無倫。頭顱蒙鐵胄，拒干飛雨頻。忽作雌雄鬪，厥力亦維均。居然大舞場，信可娛嘉賓。須臾斂手退，餘威振遠塵。

四一・濱離宮觀獵鴨[9]

鑿池通海水，放鳧招野鶩。鳧從海上回，鶩向溝中去。竿舉網爭揮，鶩驚鳧不顧。同類

7. 日本武德會：第二次世界大戰前在日本以振興教育，彰顯武術、武道為目的而設立之團體。成立於明治二十八年（一八九五），昭和二十一年（一九四六）解散。按：左秉隆於光緒三十一年（一九〇五）隨五大臣出使日本、歐美各國。其中第二批由載澤、李承鐸、尚其亨率領，左秉隆即隨此團出訪。載澤《考察政治日記》光緒三十一年十二月二十四日載：「申初，往觀武德會擊劍柔術。奮迅矯捷，尚武之精神，即茲已見。」

8. 「衛」疑「術」之誤。

9. 濱離宮：即東京都立濱離恩賜庭園，位於日本東京都中央區的一座都立庭園。面積約二十五萬平方米，內有潮入之池與兩處獵鴨場，是江戶時代名園。載澤《考察政治日記》光緒三十二年正月初四日載：「巳正，至濱離宮，看鴨狩。」

忍相傷，能無愧狐兔。獵罷發長歎，深林起煙霧。

四二．將抵錫蘭[10]作

水淺知島近，微波生嫩綠。雙塔峙若門，石磯如帶束。雪噴浪花飛，凭闌看不足。莫怪佛肯來，此間真絕俗。

四三．彭祖

彭祖八百歲，猶自悔不壽。惡死而悅生，識見一何陋。形神忽合離，譬若昏與晝。修短化則同，初無老壯幼。世界古猶今，何曾有新舊。胡弗任自然，委心安所遘。

四四．松鼠

月明園果熟，颯颯霜葉墜。仰見疏林間，一雙松鼠戲。雄鼠陷機中，雌鼠隨之至。悲鳴觸鐵網，拼死身不避。愛情一何深，我亦為垂淚。卻歎世間人，夫婦忍相棄。

四五．恭題姜太夫人[11]玉照

嗟予少也孤，相依惟母氏。矢志汎柏舟，置我懷抱裡。憶昔丸熊時，雞鳴促我起。寒燈照書帷，髮為我親理。一朝隨槎去，忍淚語遊子。會面不可知，嗚咽曷能已。忽忽別經年，得奉板輿喜。既返故里閭，晚景差云美。昊天胡不弔，奪我賢慈妣。烏啼血淚乾，避地復遠徙。回首望松楸，展謁久疏矣。願言奉玉照，潔粢以時祀。魂兮尚來饗，兒罪邱山紮。

四六・言醫

此事信難知（元王好古[12]譔《此事難知》二卷），誰云實在易（清陳念祖[13]著《醫學實在易》八卷）。不通天地人，著手輒為厲。靈素我猶疑，其餘何足計。理想縱極精，要各有疵累。邇來崇西術，剖驗求實際。豈知死後身，迥與生時異。老我三折肱，臨症心猶悸。世上多懸壺，性命等兒戲。

10 錫蘭：此詩創作時間，或應在光緒四年（一八七八），時左秉隆隨曾紀澤出訪英、法兩國。曾紀澤日記該年十一月十八日載：「舟抵錫蘭島之巴德夾停泊，船面賣玳瑁器及偽寶石者，紛集如蟻，觀之良久，賣物者皆操英語」。

11 左秉隆母，於光緒二十八年（一九〇二）歿於廣州，享壽八十五歲。

12 王好古（約一二〇〇—一二六四），字進之，號海藏，元趙州（今河北省趙縣）人，曾學醫於張元素，後又師於李杲。精研《傷寒論》，云人體本氣不足，乃導致陽氣不足之三陰陽虛病證。著有《陰證略例》、《醫壘元戎》、《此事難知》、《癍論萃英》、《湯液本草》等。

13 陳念祖（一七五三—一八二三），字良友、修園，號慎修，福建長樂縣人，家世為醫師，著有《神農本草經讀》、《醫學三字經》、《時方妙用》、《時方歌括》、《醫學實在易》、《醫學從眾錄》、《女科要旨》等。

四七．詠膽

李瞻大如升，姜維大如斗。子龍渾身是，椒山自已有。男兒非鼷鼠，助氣何須酒。

四八．古風

伐木剪枝葉，不若斧其根。壅水捍流波，不若塞其源。將亡國多制，風化何時敦。蒿目懷杞憂，欲哭聲漫吞。

四九．示兒

勸汝置眾卵，勿置一筐中。而汝藐吾言，如耳過清風。不期筐竟覆，卵破已成空。自是人謀拙，切莫怨天公。往者不可追，總此聽宜聽。人生無遠慮，憂患乃相攻。心以慎勝禍，身惟勤有功。補牢今未晚，君子固安窮。

五十．西樵白雲洞[14]石上靈芝出見喜賦

西樵白雲洞，中有采芝徑。丁巳歲之餘，陳子來乘興。乍見芝兩莖，翹然出石磴。采歸貽周子，權當瓊瑤贈。復告吟社友，賦詩以相慶。我亦發長歌，請君側耳聽。靈芝不世出，出為瑞之應。上有王者興，耆舊事以敬。德澤被山陵，芝實乃茂盛（按《瑞應圖》：「王者敬事

耆老，不失舊故，則芝草生。[15]又《白虎通》：「德至山陵，則景雲出，芝實茂。」）。而今非其時，胡為芝交映。豈伊地氣轉，亂極將歸正。不然而芝生，毋乃反常性。西狩獲麟回，道窮泣孔聖。太戊懼修德，祥桑枯帝廷。乃知徵兆萌，厥應靡有定。禎祥不在物，祇在君德行。果真修符瑞，獻芝奔相競。但為後世嗤，諛頌來群佞。維天降靈物，君子用自儆。此藥勝靈芝，可以延祚命。念彼商山老，隱居避秦政。采芝輕漢高，卒應留候聘。今我聞芝出，憂心胡怲怲。谷風自東來，吹我醉初醒。回首望西樵，七二峯雲蒸。

五一．題《談苑》白樂天事後

君子將立言，明道垂萬世。洙泗濂洛還，昭揭無賸義。我思感人心，惟有詩最易。讀者倘茫然，語妙竟何濟。寧笑我無文，不用難深字。欲令老嫗解，遑恤大雅棄。紘急而調悲，自是關時勢。陷溺日以深，安得不垂涕。萬一讀吾詩，感發自新志。豈不勝批抹，詡詡鳴得意。

五二．讀《陶淵明傳》書後

子房思報韓，龔勝恥從新。伊誰同此志，尚友古之人。高哉柴桑叟，憂道不憂貧。天人

14 西樵白雲洞：白雲洞位於廣東西樵山西北麓，為西樵三十六洞之一。明嘉靖年間，白雲先生何亮父子棲息於此。有三湖書院、奎光樓、雲泉仙館、白雲古寺諸名勝。相傳呂洞賓曾至此採摘靈芝，後人遂建有雲泉仙館。

15 原稿作「不失故舊故」，前一「故」字當為衍字，今刪去。

嗟革命，獨自葆厥真。

五三．苦命行為黃柳氏女甥[16]作

嗟汝命何苦，汝苦人不知。具茲賢淑行，微我孰表之。憶昔雙親在，隨我海外馳。事我如事父，朝夕兩相依。不幸父見背，歸撫棺悲啼。母在未可死，井臼為母持。鍼黹供弟書，貧女嫁應遲。于歸方坐蓐，一命危乎危。兒久不墮地，逼得施刀圭。豈意兒離胎，旋無人畫眉。痛哭血淚盡，倒地昏以迷。醒來慰翁姑，誓養成孫枝。願自代夫職，辛苦百不辭。大事經營畢，侍奉禮無虧。羹湯洗手作，二老樂含飴。含飴雖云樂，日落西山西。二老相繼去，風雨益淒其。病時侍湯藥，廢寢復忘飢。死後營窀穸，身僅賸骨皮。汝翁本廉吏，微產身後遺。外顧孀居母，內顧嬌小兒。家事無鉅細，一一強撐支。苦猶不止此，復遭萱草萎。弟單兒亦弱，成立知何時。割汝心頭肉，遣之遠從師。縮衣更節食，供其膏火貲。欲光兩門戶，那管人訕譏。人謂汝何忍，我獨賞汝奇。但知有大義，寧復戀所私。我敬古英雄，尤佩今英雌。試問今英雌，舍汝當屬誰。苦心天不負，苦盡甘在茲。會見弟與兒，終如爾所期。他年作行狀，請視吾此詩。

五四—五五．讀書雜詠（二首）

一

班姬續兄史，木蘭替爺征。一文而一武，千載垂令名。女兒當自拔，勿為男兒輕。男輕

女無用，肯讓女成名。願言同努力，無忝爾所生。

二

詩人毀元白，動謂其輕俗。何異彼蚍蜉，公然撼大木。元白自有真，感深入心目。羊質而虎皮，適形中不足。天籟本天然，吾愛山僮曲。

五六．古今官

古人在官日，時時思退休。今人方罷斥，又為再進謀。今日官何樂，昔日官何憂。官憂民熙皞，官樂民苦愁。

五七．讀陳素恭[17]〈黃節婦歌〉書後

奇節古來稀，既屬榜人婦。孝義本天成，辛亦甘同受（邑令製「孝義含辛」扁以旌之）。誰無孝義心，苦為外物誘。獨此璞能完，令我咨嗟久。君看倫教溪，沿岸多桃柳。春風一搖蕩，

16 黃柳氏女甥：左秉隆姊柳氏女，其父應為柳麗川，嫁黃氏。

17 陳素恭：陳廣遜，清代女詩人。字素恭，號靜齋。廣東順德人。海陽訓導陳次文女，嫁同邑詩人何文宰，與夫隱居羊額村外北郊。幼從母羅氏學詩，思幽以閑，旨澹而遠。又善畫蘭、竹、梅花，饒有韻緻，而不恒示人，復能琴及卜筮。文宰以貧出外教書，廣遜亦應巨室聘，到家教其女，每年散學同居一室，互為吟和。著有《靜齋小稿》一卷。《國朝閨秀正始集》、《廣東通志》、《擷芳集》、《廣東女子藝文考》等有著錄。

花絮空無有。何如江夏柏，流芳永不朽。

五八．湯雲山[18]（沈文愨[19]公寵以詩云：「身歷八朝同木石，心空六鑿反真淳。」）

楚有湯雲山，百三十九歲。自言藥不知，惟健飯多睡。生當清盛時，允足稱人瑞。確士寵以詩，特為表其異。惜哉歷八朝，與木石同類。

五九．何默[20]

西方有奇士，善謳名何默。生時竄七城，行乞無人識。死後骨爭埋，紛紛訟不息。窮骨含幽芳，未朽誰能測。

六十．讀陶淵明〈歸去來辭〉書後（限紙勻）

淵明令彭澤，本為貧而仕。但求免凍餒，詎肯久違己。在官八旬餘，不待一稔已。情切奔妹喪，去志早決矣。豈為縣吏言，乃斂裳以起。辭作歸去來，聲兼詩騷美。流露從肺肝，夷曠真無比。似澹而非澹，似綺而非綺。令我百回讀，彌覺其味旨。信哉晉文章，獨有此篇耳。時方尚清談，悟道者誰子。惟公返自然，心不為形使。所樂在天命，高詞發妙理。堪笑世間人，縈情於青紫。折腰向小兒，曾不以為恥。明知昨日非，今日復如是。誰則肯回頭，棄官如敝屣。得失兩忘懷，脫然超塵滓。

18 湯雲山：清代湖南江夏人，壽一四一歲，乾隆御賜匾額「再閱古稀」。

19 沈文愨：清代詩人沈德潛，字確士，謚文愨。

20 何默：即古希臘詩人荷馬（Homer）。

卷二

七古

六一．有感

皎皎兵光照眼白，群雄爭獻平邊策。豈知外侮有由來，未暇責人先自責。但要中原吏治清，會看近悅遠人格。不然粉飾務虛名，徒費金錢勞力役。後事何堪復細思，即今遠不如疇昔。

六二．知悔遲

人生年少苦無知，纔道有知年已老。年已老兮知悔遲，知無盡兮悔無了。不如無知反無悔，心若嬰兒心常好。

六三．我且歌

猛虎不發嘯，人將以汝為黃犬。神龍不奮吟，人將以汝為白鱓。我今振筆試直書，聊吐胸中磈礧使之盡消除。君且聽，我且歌，我生勞碌竟如何。父方生我甫周晬，溘然而逝長已矣。千辛萬苦養成人，惟恃煢煢一母耳。憶昔年方七八時，內憂未平外患起。忍飢讀書不成聲，涕淚時時灑滿紙。後來神策運朝廷，猛將謀臣雲雨興。蕩除穢垢殲群醜，始見天地開朗日月明。是時余年十三四，甚欲學文掇科第。但思身已列戎行[1]，報國豈必在文章。清書與騎射，根本不可忘。朝從仲兄習國語，暮從伯父學挽強。十五學得技藝成，方欲登壇角短長。無端世局忽更變，中學寢衰西學熾。大開學館曰同文，招考生徒身入選[2]。初習方言算術輿地圖，繼讀化學格物公法書。涉獵六七載，腹仍愁空虛。抗顏遽稱師[3]，自顧良歉如。歲在己卯仲冬月，天子遣使駐英法[4]。矯矯湘陰曾習侯[5]，道義之交與余洽。相携萬里西極西，天風海濤為我發。魚龍出沒星辰搖，晝夜征輪奔未歇。倫敦富厚甲天下，巴黎繁華冠九洲。其間名勝尋難盡，何事最不負此遊。在英曾入石炭洞，在法曾坐輕氣球。炭洞之深深如墜無極，環顧四圍皆墨色。氣球之高高如上青天，下視人寰幾點煙。噫呼嚱危乎險哉，即今回思心猶悸。當時何以能不驚，好奇者吾性，耽奇者吾情。欲開眼界豁胸心，故爾放膽恣搜尋。君不見周穆王，乘駕八駿歷八荒。又不見漢張騫，乘槎直犯斗牛邊。人生少壯且莫休，

---

1 但思身已列戎行：左秉隆遠祖原籍瀋陽，入清改隸漢軍正黃旗駐防廣州。因此世習武藝。

2 左秉隆表甥孫黃蔭普在《勤勉堂詩鈔》記事中稱：「公（左秉隆）束髮讀書，廓然有大志，深知帖括章句不足以言匡濟，一應童子試，即改研經世之學。十五歲投考廣州同文館，習英語及地理數學，以文理清通，獲額外取錄。肄業期滿，品學優異，咨送北京同文館進修。」

3 一八七六年，左秉隆於同文館肄業後，在館中任英文兼數學副教習。

4 一八七八年，左秉隆以都察院都事五品銜，充任駐英使署繙譯官，隨曾紀澤出使英國。曾紀澤所著日記（光緒四年八月二十八日）載：「（西太后、東太后）問：『你帶同文館學生去否？』對：『臣帶英翻譯一名，法翻譯一名，供事一名，均俟到上海匯奏。』問：『他們都好否？』對『臣略懂英文，英翻譯左秉隆，臣知其可用。』」又同年九月二十一日載：「芝房（汪鳳藻）與左君子興，皆館中通英文生之佼佼者，年富而劬學，兼營而並騖，亦既能曲證旁通，啟牖後進矣。紀澤使於歐羅巴洲，求才於館，以匡助余，子興忻然就道，芝房方欲以詞章博科第，則姑辭不行。二君者，出處不同，其為志趣之士則一也。」

5 曾習侯：曾紀澤（一八三九—一八九〇），字劼剛，號夢瞻。湖南雙峰荷葉人。曾國藩長子。光緒三年（一八七七），襲父一等毅勇侯爵。光緒四年（一八七八），派充駐英國、法國大使。光緒十二年（一八八六）返國，協助李鴻章創辦北洋水師，旋為兵部侍郎入總理衙門，後調戶部，兼署刑部、吏部等部侍郎。歿後追贈太子少保，諡號惠敏。有《曾惠敏公全集》傳世。

老無腳力難探幽。我且歌，君且聽，野鶴性不喜久停。胡為乎拘在大洋孤島裡，七年八年不放彼。長歌一曲天地空，餘音震耳三日聾。

按：據末段「胡為乎拘在大洋孤島裡，七年八年不放彼」，知此詩作於左秉隆首次擔任新加坡領事期間。

六四．答客問

焚香隱几欲三更，月下忽聞剝啄聲。整衣起問客為誰，自云身是今長庚。開門相揖延客坐，寒暄已畢客復陳。久聞詩名馳中外，敢問君詩宗何人。予起避席心悚惶，欲言自覺口難張。但蒙垂問請具道，幸勿笑我老夫狂。我詩向來無定宗，驅使鬼神走蛟龍。有時響細過絲竹，有時聲壯過洪鐘。有時一筆落千丈，有時天外兩三峯。亦作押韻語錄文，亦作樵夫漁叟歌。亦學嬌娃唱采蓮，亦學老僧念彌陀。元輕白俗盧仝怪，孟淡蘇豪李賀奇。眾美兼收一爐鑄，信手拈來皆妙詞。君不見天地之大無物無，山川藏疾亦納汙。又不見松菊梅蘭桃李竹，品異各能娛眾目。讀之可興皆可傳，豈必獨尚一家言。客作恍然如有悟，再拜辭我出門去。回頭引領望東方，啟明已現天將曙。

六五．家有五色鸚鵡，放之不肯去，爰作是詩

鴛鴦有文不能言，吉了能言而無文。惟汝一身二者備，胡弗高飛遠去人。信哉多才反為累，禰衡有賦不忍聞。我今開籠放汝去，回頭顧我何頻頻。

六六．劉少希[6]以陶潛集及杭世駿《嶺南集》[7]寄贈賦此以謝之

我於古詩最愛陶，謂其可以繼風騷。後來作者多凡響，不為鳥噪即蟲號。頻年欲覓陶潛集，茫茫海底月難拾。忽然書從故鄉來，將詩兩部藏什襲。開緘先閱寄者誰，上署羊城劉少希。知君所愛莫過此，敢請以此相贈貽。更有嶺南集八卷，不足比陶亦堪羨。二集贈我勝雙珠，銘深肺腑悵隔面。何當風雨更連牀，與子論詩共燭光。看我揮毫學擬古，可能上追陶潛下配杭。

六七．罌粟花

罌粟花，爛如霞。昔栽徧印度，今施及中華。兩國腴田無數頃，都將罌粟換禾麻。朝采罌粟漿，暮采罌粟漿。漿製成膏名鴉片，一日耗銷千萬箱。上至王公下僕隸，無人不歎鴉片香。鴉片香，眾爭嘗。郭家金銷一星火，烏獲力盡一尺槍。嗚呼此禍苟不除，中原何日能富強。罌粟弛禁真良策，俗儒淺見不謂良。豈知攻毒須用毒，不禁之禁禁反速。我為天下吸煙

6 劉少希：劉安科，字少希，號蔭堂，清廣州駐防漢軍鑲黃旗人。光緒十二年（一八八六）進士，官陝西知縣。工詩，善畫竹。

7 杭世駿（一六九五－一七七三）：字大宗，號堇浦，別號智光居士、秦亭老民、春水老人、阿駿，室名道古堂。仁和（今浙江杭州）人。雍正二年（一七二四）舉人，乾隆元年（一七三六）舉鴻博，授編修，官御史。乾隆八年（一七四三），因上疏言事革職。乾隆十六年（一七五一）官復原職。晚年主講廣東粵秀和江蘇揚州兩書院。為清代經學史學家、文學家、藏書家。工書，善寫梅竹、山水小品。著有《道古堂集》、《榕桂堂集》等。

人，發此狂言當痛哭。

六八．黃河水

黃河水，天上來。自從周末失故道，至今世為中國災。歲糜帑金數百萬，隨潰隨修無間斷。邇來河決事更勤，偏野哀鴻不忍聞。華屋變作蛟龍窟，山東道上人食人。太后仁慈天子聖，內帑頻頒救民命。復築隄防衛災區，不惜名品勸捐輸。聞道修河士爭赴，臨事無人生畏懼。功成累百邀上賞，事敗二三謫邊戍。邊戍暫謫終復歸，民溺於水拯不回。嗚呼神禹不復起，河決之患何時已。疏鑿兼用泰西法，或者彼猶善於此。

六九．祭墓遇雨

辛丑清明後一日[8]，人家祭墓紛然出。予亦緩步出東門，携予三子與二姪。行復行兮抵沙河[9]，忽逢大雨傾滂沱。幸有茶樓堪小憩，須臾雲散雨亦過。共道有進無中止，雨後山光尤可喜。不顧芒鞋踏泥濘，但賞煙雲多譎詭。數墳拜罷又天黑，路出竹園成墨色。雨風交作電雷鳴，思欲避之避不得。洪流忽從山倒來，足插入土心為摧。破繖狂飛衣透濕，父子相顧色如灰。小兒抱我身猶戰，氣不得出雨滿面。次兒掩耳怕聞雷，望望大兒看不見。斯時雨勢更顛狂，一息真如百歲長。大兒遠從姪後叫，叫聲兒在爺莫慌。回首不知姪何往，餘從我去心惘惘。路為水掩山改形，誤入岐途險無兩。仰見高山在我前，躋攀石磴如蟻旋。方歎登峯精力盡，又從高下更戚然。姪立山腳招以手，曰速來此休錯走。遙見竹林雲霧間，數椽茅屋彷彿有。如鶩斯趨直入門，老媼驚起慰語溫。飲我薑湯易我服，呼兒送我還抱孫。問兒名何姓何氏，答云江姓名阿水。母慈子孝世難逢，感激之涕零曷已。行過溪口聞人語，使我中心彌酸楚。適有小兒十二齡，漂流於此如漂杵。至今尚無人過尋，骨肉相思苦難任。回顧我兒無恙在，悲喜交集深復深。行行復至舊茶樓，江水已失不可求。呼酒同拚一爛醉，步入城東雨漸收。短衣怕見街燈照，歸語家人不敢笑。豈予祭掃心不誠，和氣未能相感召。不然胡遇此艱難，使我回思膽尚寒。吁嗟乎使我回思膽尚寒。

七十・十月初六日，奧使齊幹[10]等覲見，詩以紀之

陽春十日甲辰歲[11]，聖母七旬誕降辰[12]。遐邇輸誠來祝嘏，梯航爭獻萬方珍。母德撝謙卻貢獻，曰無擾我殊陬民。先期四日下明詔，召見歐西五國臣。清曉寧壽宮門闢，龍旗鳳翣相鮮新。鐘鳴香燕珠簾捲，象服雍容居北宸。奧德美比及俄使，相率覲見僉恂恂。入門三行鞠躬禮，頌獻岡陵祝萬春。溫旨拊循同挾纊，邦交從此益相親。禮成而退恩無已，聖容頒賜各使均。隆時入內初供職[13]，得瞻盛典喜無垠。揮毫賦此起還舞，惟願普天同感雨露仁。

---

8 辛丑年：一九〇一年。時左秉隆派充廣東洋務處總辦，居廣州。

9 沙河：在今廣州市天河區。

10 齊幹（Moritz Freiherr Czikann von Wahlborn, 1847-1909）：奧匈帝國派駐中華便宜行事全權大臣，曾代表該國簽署辛丑條約。

11 甲辰：一九〇四年。

12 聖母：指慈禧太后。是年慈禧七十歲，其壽辰在西曆十一月廿九日。

七一．題門桂珊[14]照像

桂珊照像意殊新，二像照成同一身。一像高坐一長跪，跪者低頭坐者瞋。或問桂珊意何取，答云求己勝求人。我謂求己不須跪，一念欲仁斯得仁。求人百跪終無益，徒長人傲喪吾真。富貴若可跪求得，世上應無賤與貧。

七二．檢官書

吾民號稱四萬萬，婦女稚幼居強半。除却游惰與廢殘，所餘之數易為算。邇來吏部檢官書，名銜滿冊冊盈車。借問名銜有幾許，二十五萬四千餘。而此猶屬聽鼓輩，更有實官虛職在。兼之承蔭襲榮封，若若綮綮代復代。四民祇見士類繁，農工商業誰復論。物稀乃貴多則賤，反令人羨布衣尊。吁嗟乎名器不可輕假人，古有明訓宜書紳。

七三．遊比國蒙士大石洞[15]

昔遊七星巖，拍掌大叫驚奇絕。此行徧全球，勝境多嗤類鼠穴。豈知蒙士有石洞，萬千氣象雄且傑。洞口陰陰一徑通，側身彳亍多盤折。年深滴溜成鍾乳，幻作諸形難細說。或如筍挺生，或如瓜倒結。或如人挺立，或如獸蹲列。既瑩白似玉，復堅剛似鐵。叩之成響，如鐘清澈，觀者眩目，聞者咋舌。暗中不用苦摩挲，照以電燈光四徹。回旋初似蟻穿珠，忽見平臺心目悅。奏來洋樂曲方終，嘗到咖啡杯尚熱。洞奴欲示腰腳強，手持火炬登高岡。一聲長嘯萬壑震，笑我跬步需劉郎（劉君樸生[16]扶我同行）。臨行呼艇載客去，水深疑有蛟龍藏。訇然礮響石門開，婦孺歡迎塞岸旁。既導我遊還攝影，主人高誼信難忘。吁嗟乎三十六洞天，令我思之心茫然。得此大觀豈非福，試揮椽筆付崖巔。

七四．覲侯世兄出其先祖朗山師[17]所藏陳古樵[18]畫囑題，為賦七古一章

嶺南陳氏有三老[19]，同長山堂振文藻。就中擅畫推尺岡，尺素爭同尺璧寶。梅窩藏紙丈八長，曾索東塾貽墨光。謙讓尺岡為作畫，截分四卷離無傷。裝成首送東塾跋[20]，一卷一跋

13 左秉隆於是年服闋入京，充外務部頭等繙譯官。

14 門桂珊：門定鰲，字桂珊，漢軍旗人，清代名醫。在廣州駐防，為當時廣州將軍保薦，在光緒二十四（一八九八）、二十五年（一八九九）於宮中為光緒診病。

15 蒙士大石洞：蒙士，或指比利時蒙斯市（Mons）。

16 劉樸生：未知是否指清末慈善家劉樸生。江蘇寶應人，馮熙弟子。畢身精力，盡瘁於賑，曾在上海與孫蔭庭、陳伯容等組織義賑協會。著有《義賑芻言》。

17 朗山：陳良玉（一八一四－一八八一），字朗山，號梅窩。廣州駐防漢軍鑲白旗人。道光丁酉（一八三七）舉人，選通州學正，保升知縣直隸州，又曾官廣西知縣。修《八旗誌》。居處喜種梅，因號梅窩。咸丰九年（一八五九）補選學堂學長。後任學海堂學長，同文館總教習。著有《梅窩詩鈔》。

18 陳古樵：陳璞（一八二〇－一八八七），字子瑜，號古樵，晚號息翁。番禺（今廣州）赤崗人，因自號尺崗歸樵。咸丰元年（一八五一）舉人，官江西安福縣知縣。後為學海堂長數十年。工詩、書畫。粵人推黎簡、謝蘭生與璞為「畫家三傑」，又與陳鼎、陳鏞稱「三陳」。《番禺縣志》稱其「書法兼具米芾與董其昌之長，畫則蒼渾秀潤」。著有《尺崗草堂遺詩》、《遺文》、《繆篆分韻補正》。

19 陳氏三老：指陳璞、陳良玉及後注之陳澧，均曾掌學海堂。

皆琳琅。珍重梅窩補詩句，三老翰墨同弆藏。梅窩得之色然喜，竟日閉門學無已。那知過眼煙雲空（尺岡小印有「煙雲過眼」四字），詩未及成遂不起。今傳文孫曰覲侯，把卷常看珠淚流。慨然有志慰遺憾，名賢題詠廣徵求。隆嘗執業梅窩叟，許附末光垂不朽。敢以無文過謙謝，但求徵實巧何有。黎（二樵）謝（里甫）而還幾失傳[21]，此從房山闖米顛[22]。秀潤得之董思白[23]，莽蒼參以沈石田[24]。當其慘淡經營際，胸有成竹豪邈然。平生作畫不率爾，作此知經幾何年（尺岡小印有「久不作畫或經年」七字）。酈亭清水息園屋，好景至今如在目。我欲結茅來此間，坐看寒江落枯木。木落寒江去不回，歸舟天際帆席開。江上風波惡如此，問君胡為乎來哉。展卷沉吟復長歎，三老風流更雲散。世世寶此希世珍，可遂分據效狂漢。

七五・慶雲下院[25]招隱歌

君不見唐虞之世有巢由，洗耳飲犢臨清流。君不見殷周之際有夷齊，采薇作歌西山西。古來肥遯多高賢，名到于今天下傳。彼逢明盛尚棄捐，今時何時年何年。九州無處無狼煙，陵變谷兮海變田。胡為乎奔走風塵逐腥羶，如繭自縛絲自纏。我欲蓬萊去求仙，迢迢弱水隔三千。安得樂土在眼前，回頭四顧心茫然。忽聞南海有奇山，慶雲下院置其間。清溪九曲水潺潺，七十二峯翠回環。梅時花放數枝慳，竹裡風生六月寒。中有幽人共往還，枕流漱石清且閒。白晝誦經爇沉檀，清宵和藥煉金丹。分付猿鶴守柴關，世事紛紛一筆刪。此真仙境非人寰，何須更覓桃花源。伊誰欲避塵世喧，盍來小築兩三椽。吁嗟乎盍來小築兩三椽。

七六・黃宣庭太史[26]以所搨劉少希大令[27]詩見示，感而有作

我生性癖好吟哦，每對青山獨自歌。丁亥九月涼風發[28]，吹君直到新嘉坡。舊雨歡聯酒重把，醉時唱和得詩多。醒來不知更漏盡，重將沙石細研磨。此樂自謂人間少，轉瞬三旬倏已過（予《贈別》詩有云：「已過三旬速，空餘此夕遙。」）。君辭我去心不去，貽我二集供摩挲

---

20 東塾：陳澧（一八一〇—一八八二），清代著名學人。字蘭甫，號東塾。廣東番禺人（祖籍江蘇江寧）。道光十二年（一八三二）舉人。六應會試不中。先後任學海堂學長、菊坡精舍山長。世稱東塾先生。著有《東塾讀書記》、《漢儒通義》、《聲律通考》等。

21 黎二樵：黎簡（一七四七—一七九九），字簡民，一字未裁，號二樵，又號石鼎道人、百花村夫子。廣東順德弼教村人。清代乾嘉年間嶺南著名詩人、書畫家。乾隆五十四年（一七八九）拔貢。詩畫書稱三絕。著有《五百四峰草堂詩文鈔》、《藥煙閣詞鈔》等。謝里甫：謝蘭生（一七六〇—一八三一）字佩士，號澧浦，又號里甫，別號理道人。南海（今廣東佛山）人。嘉慶七年（一八〇二）進士，先後主持粵秀、越華、端溪書院講席、羊城書院掌教。著有《常惺惺齋文集》、《詩集》等。

22 房山：高克恭（一二四八—一三一〇），字彥敬，號房山，元色目人，佔籍大同（今屬山西），其父徙居燕京（今北京），祖籍西域（今新疆）。由京師貢補工部令史，官至刑部尚書。畫山水初學二米，後學董源、李成筆法。專取寫意氣韻，亦擅長墨竹。米顛：即北宋名書畫家米芾，人稱「米顛」。

23 董思白：明代著名書畫家董其昌（一五五五—一六三六），字玄宰，號思白。明四家之一。

24 沈石田：明代著名書畫家沈周（一四二七—一五〇九），字啟南，號石田。明四家之一。

25 慶雲下院：慶雲寺分寺。位於廣東省肇慶市鼎湖山天溪山谷中。始建於明崇禎九年（一六三六），為嶺南四大名剎之一。康熙五十八年（一七一九）建下院。

26 黃宣庭：未詳。曾隨戴鴻慈等出使歐西九國。

27 劉少希大令：見前〈劉少希以陶潛集及杭世駿《嶺南集》寄贈賦此以謝之〉。

28 丁亥：一八八七年。時左秉隆任新加坡領事。

（陶淵明詩集及杭菫甫《嶺南集》[29]）。感君厚誼思君深，海鶴翩翩何處尋。但聞君作茂陵宰，宰雖清苦不廢吟。方期老去同解組，與君把臂入山林。何圖一朝悲薤露，使我破碎高山琴。皇華西巡四牡騑，攜得手搨一紙歸。中有懷古詩數首，作者為誰劉少希。咸陽新興五女墓，分詠都成絕妙句。幕賓喆嗣並風騷，奉和之章驥同附。豈惟詩堪壽碑碣，即論書法亦秀絕。君真曠代雋逸才，合與相如肩並列。奈何風雨病不起，愁聞杜宇空啼血。古來帝儒絕世姿，生如朝陽死如雪。感此能無心暗傷，發為歌詠聲淒切。君雖歿矣詩常存，付之貞珉俟來哲。

七七・李蕭堪[30]得米海嶽[31]靈璧研山[32]歸，喜而徵詩，代作一首

乾坤靈秀鍾靈璧，靈璧精華萃一石。茲石參差卅二峯，峯峯削出碧芙蓉。芙蓉環處鑿為研，欲雨朦朧雲霧變。時濡大筆揮淋漓，疊嶂層巒青面面。海嶽松雪項墨林[33]，風流雲散邈難尋。空餘篆刻留拳石，相伴幽人繞高吟。亭中不聞石能言，亭外只見榕參天。植榕留得清陰在，藏石何能療飢涎。飢來但覺石堪憒，思欲賣之殊不忍。回顧石色秀可餐，高歌一曲忘奇窘。石兮石兮爾有靈，舍爾高歌倩誰聽。吁嗟乎舍爾高歌倩誰聽。

七八・古寺

吾粵古寺尊且崇，前數光孝後六榕[34]。光孝有祠祀虞子，六榕有牓題蘇公。騷客到此不忍去，時發高詠壓鐘鏞。不詠千佛塔，不詠一幡風。惟憐二老竄南粵，經術政術皆有功。吁嗟乎佛境猶因人增重，奈何廢棄人事遁虛空。

七九・癡兒歌[35]

汝吾家子生於坡，名汝坡生喜若何。彌月坡人走相慶，梨觴三日醉顏酡。祝汝聰明過乃父，但有通顯無轗軻。汝之嫡母[36]尤汝惜，時置懷抱頻撫摩。不幸一朝舍汝去，汝扶櫬返淚痕多。稍長延師課汝讀，弟兄同塾相磋磨。汝最沉潛不好弄，讓弟先登童子科。猶曰晚成乃大器，其如禍降從天何。辛丑[37]孟春謁祖墓，紙錢灰飛驚回顧。裾焚延及背後衣，皮焦肉爛

---

29 陶淵明詩集及杭堇甫《嶺南集》：同注27。

30 李蕭堪：李宗顥（一八六二—？），廣東南海人。藏書家、金石學家、版本目錄學家。字煮石，號蕭堪、邵齋、夷白。隨父宦遊長安，精研漢唐金石古物。居京師遊李文田之門，與江陰繆荃孫探究古籍版片。亦善書法；繪畫、篆刻。晚年在廣州設虹月簃古董店。著有《留庵隨筆》等。

31 米海嶽：即北宋名書畫家米芾。著《海嶽名言》二十六則，載其論書之語。

32 靈壁研山：指米芾《研山銘》。據說米芾得到南唐後主李煜舊物靈璧石「研山」後，「抱眠三日」，即興揮毫，作《研山銘》一篇。

33 松雪：指元代著名書畫家趙孟頫（一二五四—一三二二）。項墨林：項元汴（一五二五—一五九〇），字子京，號墨林、香崖居士、退密齋主人。浙江嘉興人。明書畫收藏家。亦工書畫。

34 光孝、六榕：光孝寺，全名報恩光孝禪寺，位於今廣州市越秀區光孝路。與六榕、華林、海幢並稱廣州四大叢林。三國吳大帝年間，虞翻被貶至此，聚徒講學，廣植萍婆與訶子樹，故稱為「訶林」，又稱「虞苑」。虞翻歿後，家人施宅為寺院，取名制止寺，又稱虞翻廟，為光孝寺前身。南宋高宗紹興二十年（一一五〇），改名報恩廣孝寺，後又改「廣」為「光」，遂有光孝寺之名。六榕寺，位於今廣州市六榕路。廣州四大叢林之一。建於南朝宋，初名廣州寶莊嚴寺。北宋哲宗元符三年（一一〇〇），蘇軾由海南貶所北歸，道經廣州至該寺遊覽，應寺僧道琮之請為寺題字，因見寺內六株榕樹綠蔭如蓋，遂書「六榕」二字，遂得「六榕寺」之名。

35 癡兒：指左秉隆長子左鈺，如夫人陳氏所生，生於新加坡，故小名坡生。

36 嫡母：指左秉隆原配夫人劉氏，隨左氏抵新加坡後，於一八八六年四月病逝於領署。

無完處。倒身滾地躍復興，火滅靈魂飛已去。當時不省招汝魂，此錯六州鐵難鑄。扶汝歸來療汝傷，更遣巫師開道場。汝傷雖療魂不返，從此汝遂成痴郎。有時暫醒旋如故，縱有仙丹不肯嘗。汝痛何時能自愈，徒錐我心割我腸。我腸欲斷心已摧，魂兮魂兮尚歸來。

八十．癲兒歌[38]

天既生汝身，胡又奪汝神。天既奪汝神，胡仍留汝身。人而無神生何用，譬舟無柁車無輪。受者有苦不自知，見者猶傷況其親。汝生之初性原敏，頗好紙筆耽為文。年方十三逢歲考，一試采得泮宮芹。共道汝是人中龍，指顧直上青天雲。而汝謂不合時用，去學方言廣見聞。羊城學罷又京師，獨抱大志誰汝知。京師猶嫌不稱意，欲赴牛津（英大學名）過泰西。汝年尚少氣吞海，恐阻汝行生汝悲。隻身挺然自茲去，破浪乘風萬里馳。牛津同學多勁敵，汝則恨不飛占最高枝。豈意好勝心過猛，腦筋一壞病難支。歸舟過我息力[39]島，是我甲子重花時（六十閏壽）[40]。我見汝病我亦病，何心更把葡萄卮。溫語相慰勸汝返，望汝家去尚能醫。汝曰兒去將終隱，數行淚下沾裳衣。汝歸依母心鬱鬱，有時怒發驚群兒。計不獲已遂析居，家貧膏火費躊躇。及我歸來貧逾甚，仍挈汝歸住一廬。時見汝以首觸牆，穢塗滿面口還嘗。晝夜呼號如見鬼，我心匪石能無傷。嗟汝何時罪方滿，嗟我何辜罹此殃。況今天日慘無光，我欲問天天茫茫。不如我與汝同死，早離苦海歸上蒼。舉凡塵世憂患兩相忘。

八一．讀晉《天文志》

一事不知儒者恥，搜僻索隱何時已。眼前不知事尚多，胡求諸遠而忘邇。舉頭有天人曰戴，舉足有地人曰履。試問天高高若何，試問天厚厚奚似。儒者聞之當大笑，笑我不讀子與史。管子不云乎地之南北二萬六千里，晉書不云乎地之去天八萬一千幾。予曰管子之說猶近是，晉書之言則非矣。莊子言天積氣耳，其高無極從地起。天有九重首宗動，最下至於太陰止。距地尚遠逾此數，況推而上誰能紀。儒兮儒兮笑我何，古志天文臆說多。

八二—八三．讀書雜詠（二首）

一

無子何足憂，無文乃絕嗣。君不見魏氏勺庭[41]子有三，鄭氏白渠[42]有十二（魏禧無子，嘗曰：「吾有三子，《左傳經世》，長子也，《日錄》，次子，《文集》，三子也。」鄭天佐亦無子，嘗曰：

37 辛丑：一九〇一年。
38 癲兒：指左秉隆三子左鉞。在牛津留學時因用功過度，腦筋受損，以致精神失常。
39 息力：新加坡舊名。馬來語 Selat 之音譯，意為「海峽」。又譯作石叻，息辣。
40 六十閏壽：時值一九一〇年。左秉隆當時第二度辭去新加坡領事一職，仍寓居新加坡。
41 魏氏勺庭：魏禧（一六二四—一六八一），明末清初著名學者、散文家。字冰叔，一字凝叔，號裕齋，亦號勺庭先生。著有《魏叔子文集》、《詩集》、《日錄》、《左傳經世》等。
42 鄭氏白渠：即詩中自注所稱鄭天佐，餘未詳。

「吾有愛子十二人，寄育番禺凌藥洲[43]處」，謂其詩稿十二章也。）魏家兄弟有三人，到老三人如一身（魏叔子嘗云：「吾兄弟三人如一身，自幼至老如一日。」）吾家亦有三兄弟，友于堪與之等倫。緬吾伯叔及吾父，已先朝露骨成塵。行世雖無三大集（魏三子各有專集），典型猶足式鄉鄰。我今深抱鴒原痛，每撫長衾大枕輒傷神。

二

術精曆算數誰首，西有奈端[44]中定九[45]。二公學識豈不高，自視欿然如無有。奈端自比弄潮兒，海濱拾得奇石偶。珍異無窮孕深淵，探索恨不能到手。定九識愧局盆盎，不敢自謂窺參兩（梅文穆[46]詩：「所愧疏見聞，觀察局盆盎，庶幾賢博奕，敢望窺參兩。」）。其心無異奈端心，其言亦與之相仿。從知學博心愈虛，自足適形見未廣。

八四．經旬大雨不止，作此遣悶

神龍吸盡西江水，飛上漏天噴不已。忽訝銀河倒瀉來，一瞬溝壑皆盈矣。朝朝暮暮恣淋漓，高原平陸泛漣漪。商賈不行農棄耒，鳥雀無聲魚鱉嬉。我困樊籠飛不得，愁看四壁連雲黑。問天何日放新晴，天胡不言空默默。聞說古有女媧皇，能煉巨石補穹蒼。西北東天都補了，何獨漏補此南方。願乞一拳為添補，分付神龍歸海藏。從此南人得安處，曰暘而暘雨而雨。年年百穀慶豐登，醉聽村童擊田鼓。

八五・二美歎

崔宅有女許吾家，吾家有女許崔某（崔磐石[47]妹許配家六兄子，舍姪秋園女許配崔磐石子）。俱未結褵失所天，誓將苦節甘心守。二美交易若為酬，爭標彤管世無有。維持風化宜請旌，惜哉國運丁陽九。

八六・歐戰

歐戰之兇古無有，殺人如麻未罷手。究其禍端所由開，始於一念發德后。志欲超前拿破侖，坐令萬國皆俯首。豈知佳兵者不祥，請君拭目觀其後。

43 凌藥洲：凌揚藻（一七六〇—一八四五），一八七〇—一八四五），字譽劍，號藥洲，廣東番禺人。諸生。幼負異稟，日讀數百言，受知於督舉姚文田，與汪大源、何應騊、張業南同為巡撫朱珪賞識。嘗出遊海濱，縱覽焦門、厓門、天風海濤，詩境益進。著有《藥洲詩略》六卷、《藥洲文略》十六卷，續編十二卷，又選有《嶺海詩鈔》二十四卷。

44 奈端：即英國著名物理學家牛頓（Sir Isaac Newton）。

45 定九：梅文鼎（一六三三—一七二一），字定九，號勿庵，宣州（今安徽省宣城）人。為清代「曆算第一名家」，與英國牛頓、日本關孝和並譽為「三大世界科學巨擘」。著有《梅氏叢書輯要》六十卷。

46 梅文穆：梅文鼎孫梅瑴成（一六八一—一七六三），字玉汝，號循齋，又號柳下居士。幼隨祖父學算術。曾預修《明史・天文志》、《律曆淵源》，增刪校訂程大位的《算法統餘》，主編《數理精蘊》，校正《梅氏律算全書》。卒謚文鼎。

47 崔磐石：崔永安（一八五八—？），字磐石。廣州駐防漢軍正白旗人，光緒六年（一八八〇）進士。宣統元年十月以直隸布政使護理。後因病乞歸。

八七・水利

西北地高土堅硬，民間以水為性命。誰開五百八十渠，惟有直督孫文定[48]。誰鑿井逾萬八千，曰陳文恭[49]督陝年。二公政績一何善，令我思之深傾慕。後來文吏豈無人，說著水利多不顧。平生本無愛民心，但道艱鉅力難任。我有一言思奉告，掘地及泉有黃金。

八八・戲作番詩[50]

西人尚武亦崇文，金鑄詩王米爾敦[51]（西人以米爾敦比吾杜甫）。謂其功不亞名將（西人立像通衢多詩人名將），有句皆能泣鬼神。顧詩不易成家數，學必極博情必真。句法修短須合度（西文一字，音有多少之不同，句法長短相間，長句音多，短句音少，長與長者，短與短者，音必取其相等），聲韻和諧無奪倫（詩亦押韻，取字尾一音相同者為韻，但無四聲）。泰西儒士百千億，能以詩鳴無幾人。我昔秉旄駐息島（新加坡一名息力），西報徵詩題頗新。限韻更雜以蠻語（韻腳一字限用巫來由語），許酬潤筆鼓吟身。我戲為之聊遣悶，被人竊去獻班門。執牛耳者大加賞，贏得詩名報紙存。

八九・奉呈勞次薌太史[52]

徐庶有酒觴龐公（徐君桂珊[53]宴公於謨觴酒館[54]），賤子叨陪末座中。醉發狂歌瀆清聽，聊攄胸臆殊不工。惟公愛才兼好客，屢擾郇廚肴饌豐。每於座上語諸客，謂今詩人尚有隆。我聞宏獎慙且感，起為公壽表愚衷。隆之生也一何晚，吹噓枯朽費春風。但願佳日從公醉，一滌煩襟百慮空。公今年將登大耋，眼如明月氣如虹。健步雖輸千里馬，逸興不減九秋鴻。正好含飴為舞綵，學仙學佛學痴聾（公之楹聯有「有酒學仙，無酒學佛」之句）。搦管且修吾粵志（公為修志局總纂），傳之世世永無窮。

九十・次韻和呂文起[55]觀察于園近作

渭濱大老澤流遠，後起雲礽多象賢。伊余徒有耽書癖，百無一精坐不專。文起先生今豪傑，文章勳業皆可傳。宦成退享林泉福，興到發為歌詠篇。手闢于園執牛耳，不讓隨園曲

---

48 孫文定：孫嘉淦（一六八三—一七五三），字錫公，又字懿齋，號靜軒。山西興縣人。曾任直隸總督。謚號文定。乾隆四年（一七三九），兼管直隸地區河務，提議治理永定河。乾隆五年（一七四〇），又上疏陳述治理直隸境內永定河、子牙河、南運河、北運河及東白洋兩淀，河患遂得以稍緩。

49 陳文恭：陳宏謀（一六九六—一七七一），字汝咨。臨桂（今廣西桂林）人。雍正元年（一七二三）癸卯恩科三甲進士。曾官陝西巡撫，官至東閣大學士兼工部尚書。所在頗有政績，治理各地水利，尤有成效。著有《培遠堂全集》及《陳榕門先生遺書》。卒謚文恭。

50 番詩：左秉隆精通英文。蔡鈞《出洋瑣記》云：「左司馬〔秉隆〕以詠懷詩見示，纏綿跌宕，情韻斐然。司馬既精英文，而漢文又如此超卓，殊令人欽羡無已。」據此詩，又知其曾創作英文詩，對英詩韻律甚為了解。

51 米爾敦：即英國著名詩人彌爾頓（John Milton）。

52 勞次薌：勞肇光，字次薌、少薌，廣東鶴山（今江門）人。光緒十五年（一八八九）進士。授檢討，官至廬州知府。擅書法。

53 徐桂珊：未詳。

54 譚觴酒館：在廣州西關。原名集雅園，是西關鍾民花園。一九二〇年間，改設酒家，為「廣州四大酒家」之一。

園[56]先。當其握管恣揮灑，那知人事有迍邅。憶昔斧柯嘗在手，治國真如烹小鮮。無端世運遘陽九，長才未盡豈非天。我家自我賦歸後，空餘茅茨三兩椽。聞道于園風景好，架屋乃在山之巔。恨我奮飛不能到，與君朝夕共盤旋。遙瞻聖明尖頂上，擲筆長歎一喟然。君有名園不常住，知君隨處可安禪。去秋暫返復來粵，北海尊開珠海前。把酒論文奇共賞，辱蒙示我寸吟箋。我時狂醉忽驚醒，讀到燈闌猶未眠。豪情逸興浮紙上，何容一日息雙肩。粵人幸得慈航渡，苦海從今合有邊。財政困難民失業，微君援手善何遷。室家聚首信足樂，瘼疾滿目尤堪憐。普渡眾生君素志，一生慷慨不言錢。身雖常勞心常逸，應得長生享大年。和罷陽春吾醉矣，博君一粲恕吾顛。

九一．拆城歎[57]

趙佗崛起南漢時，據南越地長蠻夷。既因山以為城，復引海而為池。池深城固民安居，生齒日繁多屋廬。官道因之漸收窄，來往不容輿馬車。歷年已久無稍異，輸納官稅佔官地。豈知物極有必反，一瞬滄桑嗟忽易。客從西歸醉西風，羨彼春城道路通。大權在手司市政，誓將效之與爭雄。遂令城毀池亦塞，削萬民屋及學宮。士民痛哭求寬免，以手掩耳佯作聾。闢馬路，建市場，築公園，平橋梁。破屋頹垣紛滿眼，但覺天日慘無光。回頭卻顧舊時路，一朝悉化為康莊。輿馬交馳疾似箭，大車小車奔如電。遊人四顧何坦然，夾道高樓金碧炫。法敝豈能久不更，要須審勢察民情。西人守海禦強敵，自有鐵艦如金城。吾人守城防內亂，城去雞犬得不驚。西人闢路毀民屋，如價以償民皆服。不聞殃及耶蘇堂[58]，垂教之情何其篤。今法名曰效泰西，畢竟為公抑為私。萬民破產多露處，自經溝壑有誰知。王莽變新法，董卓遷西都。拂民排眾議，厥後竟何如。吁嗟乎五羊石燬城亦摧（五羊石在五仙觀[59]內，遭回祿後，未幾城遂毀），五仙一去不復回。祠廟寺觀及衙署，古蹟蕩然餘劫灰。曾聞慶曆四年間，有司築城得古磚。磚中有語人不悟，至今回思始恍然。我觀羅馬兩都志，建國亡國君同氏（東都建國之君曰君士但丁，亡國之君亦曰君士但丁，西都建國之君曰羅慕，亡國之君亦曰羅慕）。羊城終始委鬼工（魏公瓘[60]以得古磚有「委於鬼工」之字，遂築粵之子城，今毀城者亦魏氏也[61]），以彼方茲情何異。應知萬事有徵兆，廢興成敗皆天意。

---

55 呂文起（一八五五—一九二七），名渭英，字永年，號文起，又作文溪，浙江永嘉縣（今溫州市鹿城區）人。光緒乙酉年（一八八五）舉人。甲午年（一八九四）以候選知縣身份奉派福建，官至道員。宣統元年（一九〇九）回鄉，膺選溫州府商會總理。民國初年兩度入粵主持官銀錢局與地方實業銀行。擅畫蘭、竹。有《于園詩集》。

56 隨園：清著名文學家袁枚，別號隨園老人，時稱隨園先生。曲園：清代著名學者俞樾，自號曲園居士。

57 此首詠廣州舊城被拆，引起民怨。時為一九一九年。詳見韓鋒、鄺震球撰，〈舊廣州拆城築路風波〉，載《廣州文史》，一九九三年第四十六輯。

58 據〈舊廣州拆城築路風波〉一文稱：「一德路石室附近拆城時，石室（天主教堂）有不少產業是背靠城牆的，城牆拆了便要割去一部分。教堂神甫便出面干涉，借口曾與政府訂有合約確定『教堂範圍』，不讓拆城，工程一時被迫停頓下來。後來由市政公所特許該天主教堂在割餘地段多建樓房（不限高度）才算達成協議，工程得以繼續。」

59 五仙觀：位於今廣州越秀區惠福西路。現寺觀建於明洪武十年（一三七七），為祭祠五仙之谷神廟。《宋張勵五仙觀記》轉引《南務嶺表記》及《圖經》載，漢晉時，「初有五仙人皆手持谷穗，一莖六出，乘五羊而至，仙人之服與羊各異，色如五方，既遺穗與廣人，仙忽飛升以去，羊留化為石。廣人因即其地為祠祀之。」廣州因名五羊城。

60 魏瓘：字用之。江西婺源紫陽鎮人。宋真宗時，父羽奏補其為秘書省校，知開封府倉曹參軍，持法精審，明於吏事。歷知廣州，築城環五里，疏東江門，鑿東西澳為水閘，以時啟閉。後儂智高攻廣東、廣西，獨廣州城不能下，朝廷以魏瓘築城有功，擢升為工部侍郎。官至吏部侍郎。卒年七十一。

九二．飛機

憶昔隨節使歐洲，在法曾駕輕氣球。爾時列國無爭戰，高御和風得快遊。自我東歸兵釁啟，連年將士多傷死。奇出無窮爭殺人，更製飛機戰雲裡。彈雨擲從天上來，金墉玉壘皆崩摧。天生甘茂挺身出，和局一朝手挽回。爰有機師名噪意，欲向遠東耀能事。乘機飛渡幾重洋，下臨粵土乃垂翅。暮春十日天氣清，我適緩步出東城。忽見飛機從地起，盤空宛轉如流鶯。萬人拍手仰天笑，大聲狂呼真妙妙。瞬觸樛枝墮前村，可憐粉碎火星爆[62]。古來善騎者多傷，豈曰善飛者無妨。況復造物憎機巧，樂極生悲理之常。雲梯攻敵來嘲諷，機械之巧何足重。不如海上狎群鷗，灌園還抱丈人甕。

九三．潛水艇

萬物皆師眾弗省，惟彼作者心深領。仰觀飛鳥製飛機，俯察潛魚造潛艇。艇潛水裡貯魚雷，蛤柱蠶帆螺斗該。伺敵於暗同射影，無人知是艇衝來。任教戰艦長百丈，裹以鐵甲堅為障。機關一撥怒雷鳴，化作灰飛逐紅浪。艇從水出旌旆揚，凱歌高唱舞成行。卻笑樓船空壯麗，不敵一艇水中藏。殺機隱伏專鬪智，要攻無備出不意。豈知道家禁陰謀，禍弗及身終及嗣。溯從水戰習昆明，法變至今思更精。艇能潛水神難測，縱有雄師膽為驚。我欲然犀來照水，照徹深淵窺見底。鐵網橫江鐵鎖沉，埽除潛艇永銷弭。寰海從此不揚波，聖人首出萬邦和。飄然駕我扁舟去，俯仰鳶魚嘯且歌。

61 魏氏：魏邦平（一八八四—一九三五），名麗川，號邦平，以號行。廣東香山人。曾留學於日本陸軍士官學校。辛亥廣東起義，任廣東軍政府軍政部陸軍司長及參謀部長，因軍功獲授陸軍中將，任廣東陸軍第二師第三旅長兼廣州水上警察廳長。一九一五年任廣東省會警察廳長。一九一八年，廣東城廂市政公所成立，魏邦平任會辦，拆城一事即在其任上進行。

62 據《中國近代航空工業史（一九〇九—一九四九）》載，民國九年（一九二〇）三月，意大利八架飛機訪問廣州。離開時，一架飛機低空向市民告別，觸樹墜毀，飛行員輕傷。

卷三

五律

九四．客中偶憶舊遊，得詩二句，今續成之

隨意遊春去，無心得句回。時逢寒食節，路遶越王臺[1]。野犬因風吠，山花照水開（即所得句）。故鄉遙望處，詩興又重來。

九五．夙興

夙興無限好，爭奈少人知。萬象皆清爽，孤懷自坦夷。加餐容再飽，散步不妨遲。一日中光景，無能及此時。

九六．興到

興到即成詩，何須苦構思。寄懷誠不俗，得句自然奇。秋冷蛩吟砌，春和鵲噪枝。此中有天籟，料得少人知。

九七．將寢

一日行將盡，來朝在眼前。謝天留此夕，息我以安眠。簟竹涼如水，燈花喜鬭妍。夢魂雞喚醒，起著祖生鞭。

九八．月夜醉歸途中口占

客醉欲三更，歸來月正明。林煙霏漠漠，草露綴盈盈。馬向紅橋轉，車穿綠樹行。繞村春水漫，相送有蛙聲。

九九．柔佛王宮[2]早眺

清曉倚高樓，雲煙四望收，山容環闕秀，海色映簾幽。此地通華夏，何人務遠謀。大旗遙對處，指點是新洲[3]。

一〇〇—一〇一．夜宴柔佛王宮（二首）

一

綺席開珠闕，金燈照玉賓。杯盤星月皎（王用名器均鐫星月為識），酒肉海山陳。樂奏彤

---

1 越王臺：故址在廣州粵秀山上，南越王趙陀所建，又稱歌舞崗，今已不存。

2 柔佛王宮：或指柔佛大皇宮（馬來語：Istana Besar）。又稱蘇丹阿武峇卡皇宮，現名柔佛皇家博物館。坐落於柔佛海峽旁之敦依斯邁醫生路（Jalan Tun Dr. Ismail），面向柔佛海峽，與新加坡隔岸相望，是柔佛蘇丹王朝時期蘇丹九座皇宮之一。一八六四年，時任柔佛蘇丹阿武峇卡（Abu Bakar）主持柔佛大王宮奠基儀式，並命當時新山華人港主黃亞福興建，於一八六六年竣工。

3 新洲：即新加坡。

階細，花鋪寶座勻。醉餘攜手去，滿戶擁朱輪。

二

歸來夜正中，山徑踏玲瓏。報曉雞啼月，知途馬御風。乍經村樹綠，遙見海燈紅。回首追歡會，華胥一夢空。

一〇二．贈別劉少希[4]

相逢如昨日，相別在明朝。已過三旬速，空餘此夕遙。酒杯乾更舉，窗燭短還燒。莫遣鄰雞唱，使人魂黯銷。

一〇三．乞兒

嗟爾窮如此，焉能解爾憂。足拖雙燕尾，腰繫一牛頭。病臥茅簷溼，飢吞麥飯餿。有人歌且舞，把酒在高樓。

一〇四．客居漫興

靜擁琴書樂，經秋復歷春。映階無貴客，穿屋有嘉賓。壁虎聲聲壯，衣魚尾尾新。不須羌笛奏，聞見總傷神。

一〇五・靜中有悟

身以閒而適，心因靜自安。有思皆銳入，無理不深鑽。雀可變為蛤，魚能緣上竿。悟來惟一笑，獨倚石闌干。

一〇六・過舊署[5]

舊署重經過，淒涼滿目生。高樓推已倒，古木剗都平。鸞去杳無際[6]，鶴歸空復情。徘徊日西墜，煙寺起鐘聲。

一〇七・擬閑中有富貴

閑中有富貴，崇愷詎能如。鳥語笙歌鬧，花開錦繡舒。銀黃雙斗酒，金玉一牀書。更愛松張蓋，重重翠繞廬。

4 劉少希：見卷二〈劉少希以陶潛集及杭世駿《嶺南集》寄贈，賦此以謝之〉。
5 約作於一九〇六年，時左秉隆隨使出訪歐美，道經新加坡。
6 鸞去：指左秉隆亡妻劉夫人，於一八八六年病逝於新加坡。

一〇八・閑題

寄意山兼水，忘懷利與名。指蒼松作友，拜怪石為兄。照夜頻中濁，鳴晨獨撫清。優游聊卒歲，不羨住蓬瀛。

一〇九・哭曾惠敏公[7]

中外方多事，胡天奪我公。星沉三楚暗，淚灑萬邦同。大道全臣子，榮名保始終。今看遺疏在，猶足表精忠。

一一〇—一一三・次韻和張綰良[8]見贈四首

一

潦倒蠻荒地，星軺幾度迎。鏡中衰鬢短，馬上寶刀橫。身世憐孤掌，乾坤望眾擎。願君及年少，努力作干城。

二

下筆詩千首，誰人得似君。江山恣揮灑，富貴等煙雲。島上峯呈頂，雞中鶴逸群。羽衣如白雪，何處覓纖塵。

三

書卷古今有，路途中外行。自慚無大用，稍已盜虛名。良友同車過，高人下榻迎。敬聆陳祖德，遙憶鄭康成。

四

亦戀君恩厚，其如母老何。秋風不須起，鄉思已先多。月下酒疏把，松間詩懶哦。結茅蒲澗底，可以養吾痾。

一一四．遣悶

今古皆如此，何須喚奈何。稱心人絕少，拂意事恆多。有酒惟宜醉，無鮮且放歌。百年能幾日，雙鬢已成皤。

一一五．哭六兄[9]

萬口頌青天，朝端嘉子賢。誰令瘴鄉往，軀並藐孤捐。道直忠難盡，官高怒易遷。因君還自慰，得早賦歸田。

7 曾惠敏公：曾紀澤。見卷二〈我且歌〉，注5。曾紀澤卒於一八九〇年，此詩當作於是年。
8 張綰良：未詳。

一一六．患目

目昏終日閉，肝鬱幾時舒。點盡黃連末，仍同赤眼魚。不愁妨閱世，只恐廢觀書。欲詣良醫借，金篦一刮余。

一一七．讀王右軍〈蘭亭修禊序〉書後

繭紙隨塵化，斯文不可磨。清談當代盛，冷語感人多。貞觀勤披覽，昭明失網羅。至今修禊事，猶憶惠風和。

一一八．珠江競渡

我來珠海上，手把菖蒲巵。紅日滿江鼓，綠楊兩岸旗。雲飛蘭槳逝，電掣錦帆馳。不識標誰奪，狂歌懷楚纍。

一一九—一二〇．李君平書[10]知遂溪縣，以法人被戕奪職[11]，賦此贈別（二首）

一

大江流不返，志士欲何為。明月悵空擲，太阿嗟倒持。同懷千古恨，獨此兩心知。歸隱桑田裡，著書且自怡。

二

際遇追千古，何人似子難。直思支大局，遑恤棄微官。恩盛民心熱，威加敵膽寒。甘棠餘蔭在，碧映遂溪瀾。

一二二．和李義山〈淮陽路〉

匹馬入淮陽，秋高夜氣涼。風枝搖蝶夢，露草閃螢光。萬里孤征客，三朝古戰場。臨歧更回首，清淚滿衣裳。

---

9 六兄：或指左秉壎（？—一八九二年）。左秉壎，號雅南，隸漢軍正黃旗駐防廣州。同治十二年（一八七三）癸酉科繙譯舉人，覆試列二等。同治十三年（一八七四）甲戌科繙譯進士，候選主事。光緒十八年（一八九二）調補廣西鎮邊縣知縣，卒於任上。

10 李平書：李鍾珏（一八五三—一九二七），原名安曾，字平書，晚號且頑。祖籍江蘇蘇州，曾祖時遷居寶山高橋鎮（今上海浦東新區）。同治十二年（一八七三）入讀上海龍門書院。光緒十三年（一八八七）至新加坡，與左秉隆有通譜之雅。後著有《新加坡風土記》。光緒二十四年（一八九八）知任廣東遂溪縣，光緒二十五年因抵御法軍入侵被解職。光緒二十六年（一九〇〇）入張之洞幕。翌年，任陸軍武備學堂提調。回滬後從商。光緒二十九年（一九〇三）後歷任江南機器製造局提調，兼中國通商銀行總董、輪船招商局、江蘇鐵路局董事職。辛亥後出任上海軍政分府民政長。

11 光緒二十四（一八九八）年四月法軍因租借廣州灣未定界，要求租借吳川、遂溪二縣及 洲、東海兩島，兩廣總督譚鍾麟遣李鍾珏任遂溪縣台。李一面訓練團勇，以防法軍進攻，一面與法國提督會議，使法方讓出吳川縣黃坡一墟。二十五年九月初及十月初，法軍攻擊黃略村、麻章墟，俱被清軍及民團擊退。十月十四日突攻黃略村，民團不敵，遂潰散。十一月清政府與法軍畫界完畢，李鍾珏亦被解職。詳見高伯雨《李鍾珏軼事》，載饒宗頤著《新加坡古事記》，頁一七二—一七四。

一二二·偕何禹笙[12]謁潘玉鳴師[13]

攜我雞窗友，言尋蟄窟君（師題齋額曰「蟄窟」）。院深花竹秀，齋小鼎彝紛。道侶閒於鶴（時張道人敬之過訪），先生澹似雲。清談啜苦茗，相對又斜曛。

一二三·偶見竹影率成一首

一幅天然畫，無端與目遭。月鋪牆作紙，風以竹為毫。繪出枝仍動，圖成手不勞。我思尋款識，雲忽捲之逃。

一二四—一二五·夜過琪林[14]訪溫植三[15]（二首）

一

為訪龍山叟，來敲道觀門。桄榔庭院靜，燈火舍廬溫。舊事從頭話，新詩信手翻。羡君塵外宿，相伴有文孫。

二

獨有騷人榻，宜於此地安。竹窗清客夢，蘇井[16]壯文瀾。耳冷聲俱寂（溫君重聽），心閒境自寬。飛鴻無定所，隨意築吟壇。

一二六・冬夜

去國七千里，端居斗室中。簾垂鉤綴雪，窗破紙吟風。開卷愁燈暗，圍爐愛火紅。不知閨裡夢，今夜可能通。

一二七・天主閣[17]登眺

高閣逼雲天，金鰲炫月躔。環窗山積雪，隔檻水生煙。神像無塵到，輿圖有石傳。我來名古屋，此處最流連。

12 何禹笙（？—一九三四）：廣東人。何屏山子。師事梁于渭，擅駢文。撰有《何禹笙先生文集》。

13 潘玉鳴：未詳。

14 琪林：廣州妙觀里琪林門。在今廣州越秀區光孝路西門口井邊巷，該處為死巷，路形如「丫」字。舊「羊城八景」中「琪林蘇井」即在此附近。唐玄宗開元廿六年（七二七）建有開元寺，元、明時改名玄妙觀，孫蕡曾作有〈琪林夜宿聯句一百韻並序〉，因稱為「琪林」。

15 溫植三：未詳，應是道人。

16 蘇井：北宋大中祥符二年（一〇〇九），開元寺被改為道觀，稱天慶觀。蘇軾被貶嶺南時（一〇九九）曾留駐廣州，於天慶觀西廡掘成一井，得一石形狀如龜，因稱此井為「龜泉」，後世又稱為「東坡井」或「蘇井」。

17 天主閣：或指名古屋主稅町天主教教堂，亦稱聖母教會，於明治二十年（一八八七）由第一位來此傳教之法國傳教士成立，明治三十七年（一九〇四）繼任神父在此地修建此教堂。

一二八．館芝離宮[18]

式部將君命，離宮館上賓。車回松雪裡，駕稅海雲濱。淨几羅彝鼎，華筵雜錯珍。摯維邀曠典（向例大使留居三日，此次展至浹旬），交誼喜相親。

一二九．渡海

四顧天連水，孤帆一片開。見山知岸近，湧月覺潮來。舟遠旗能語（兩舟相遇，借旗通語），燈沉石費猜（夜視塔燈以避礁石）。飄飄同梗泛，何處是蓬萊。

一三〇．題靈隱寺飛來峰

何處飛來石，化成諸佛身。通天餘一線，踞地自千春。壑噴驚雷響，猿呼隔洞聞。閒來冷泉上，還洗舊衣塵。

一三一．春酌楊雲史[19]山館

密樹環窗翠，疏燈照檻紅。夜涼初遇雨，山寂亂鳴蟲。酒力微醺後，詩情欲動中。瓶花齊吐艷，作意媚春風。

一三二．庭樹

庭樹何年植，陰留一院中。丹葩鮮映日，翠葉細搖風。向曉生幽意，當春醒倦瞳。不知人去後，可與召棠同。

一三三．題佘乃孚[20]別墅

何處堪消夏，清幽獨此亭。門臨滄海碧，座對遠山青。樹色連雲壓，潮聲帶雨聽。小窗開四面，涼入醉魂醒。

18 芝離宮：即芝離館恩賜園庭，位於東京都港區海岸都立庭園。原為大夕保忠朝上屋敷內之庭園「樂壽園」，明治九年（一八七六），成為宮內廳管理之離宮。大正十三年（一九二四），下賜東京市，作為舊芝離宮恩賜庭園公開。按：左秉隆於一九〇五年隨五大臣出使日本、歐美各國，使團館於芝離宮。載澤《考察政治日記》光緒三十一年十二月二十八日載：「乘宮內省派來朝車至芝離宮。」

19 楊雲史：楊圻（一八七五—一九四一），初名朝慶，更名鑒瑩，又名圻，字雲史，號野王，江蘇常熟人。近代著名詩人。御史楊崇伊子，李鴻章孫婿。光緒二十八年（一九〇二）舉人，官郵傳部郎中，出任駐英屬新加坡領事館二等書記官。入民國，任吳佩孚秘書長，亦曾經商。抗戰時移居香港，病卒。著有《江山萬里樓詩鈔》。

20 佘乃孚：未詳。

一三四・謝事後隱居息力作[21]

名利脫繮鎖，妻孥割贅瘤。市從三島入，舟向五湖遊。招隱來松鶴，忘機狎海鷗。故園回望處，斜日滿林邱。

一三五・飛船

仰首看飛鳥，一船天際浮。翻空疑有翅，鼓氣誤升球。浪不衝江海，星還犯斗牛。何當息戰務，同作廣寒遊。

一三六・海濱納涼

海畔饒清氣，乘閒於此行。波光知月上，樹動覺風生。萬里雲收盡，雙橋[22]電射明。碧鋪憐草軟，趺坐聽鐘聲。

一三七・兵爭[23]

兵爭從古有，酷烈似今無。鵰鶚盤空擊，鯨鯢入海屠。血流歐野潤，殃及亞鱗枯。何處桃源是，臨風一嘆吁。

一三八—一四三．山居雜詠（六首）

一

世事無常好，人生只暫浮。胡為方寸地，乃有萬重愁。架上書千帙，花間酒一甌。聊堪自娛悅，滄海任橫流。

二

山深無客到，群動一何忙。懷果猿歸洞，尋花蝶過牆。鶴翎當午曬，蛛網趁晴張。獨有沾泥絮，不隨風共狂。

三

老屋空山裡，溪聲白日寒。樹斜穿戶入，筍壯遇牆攢。濁酒時還飲，清琴久不彈。薜蘿堪適體，寧羨紫貂冠。

---

21 左秉隆於一九一〇年退任新加坡總領事。此詩應作於是年。息力，即新加坡舊名，見卷二〈癲兒歌〉，注39。

22 雙橋：或指新加坡河上的加文納橋（Cavenagh Bridge）和安德遜橋（Anderson Bridge）。加文納橋建於一八六九年，是新加坡河最早興建之橋樑，亦是新加坡唯一一座懸索橋。橋以一八五九年至一八六七年擔任海峽殖民地總督之William Orfeur Cavenagh命名。後由於交通日益繁忙，加文納橋不勝負荷，英殖民地政府遂在不遠處另建安德遜橋，以取代加文納橋作為跨河交通要道。安德遜橋以當時海峽殖民地總督John Anderson命名，以兩年興建，於一九一〇年由總督本人主持開幕儀式。建成時間恰在左秉隆退任新加坡總領事之時。

23 兵爭：應指第一次世界大戰，時維一九一四年。

四

久居塵外世，粗識物中情。山是遠彌淡，水非深不清。花疏愁夢蝶，柳密悅流鶯。一枕松風冷，吾心自太平。

五

幽竹絕流響，寒花嬾鬪妍。名高增物議，思苦損天年。鹿伴人穿樹，鷗隨客上船。登臨無限好，只是夕陽天。

六

山色開窗入，溪聲欹枕聞。夜涼還釣月，春暖且耕雲。教子識生字，持家聽小君。閒來石上坐，麋鹿自為群。

一四四．善忘

老猶思炳燭，其奈善忘何。伏案蠅鑽紙，捐書鴨蘸波（諺云「水過鴨背」）。李將張錯認，硃當墨頻磨。腦力吁衰矣，惟應醉且歌。

一四五．閑吟

齋小僅容膝，心閑別有天。蒲栽羊肚石，書玩馬蹄篇。白墮椰杯冷，黃沉玉碟煎。虛窗無夢寐，松月自娟娟。

一四六．無題

易得金皆土，難親鬼亦仙。願償滋味減，跡阻夢魂牽。路柳偏多媚，瓶花只暫妍。恰如粱肉客，翻羡筍蔬筵。

一四七．過故人宅

故人情義重，邀我過幽棲。新味嚐風栗，寒香嚼雪梨。怪禽臨水語，古木與簷齊。欲去還相約，重來看菊畦。

一四八．詠自來火[24]

取火捐金石，西來法更精。細沙黏盒小，短梗蘸燐輕。鑽燧隨時改，削冰向日盛。不知誰利用，應合有公評。

24 自來火：即火柴。

一四九．覺來

未歷沉淪苦，誰知解脫艱。溺人情甚水，克己力摧山。境寂思多妙，心清體自閑。覺來成獨笑，不借酒開顏。

一五〇．吾道

無限胸中事，向誰得一傾。古人如可作，吾道豈難行。袖手觀雲變，開懷入月明。從來天下士，多半老漁耕。

一五一．乍見

乍見交相羨，誰知各有難。金多虞誨盜，身健恥無官。不悟乘除理，焉能頃刻歡。夢魂誠喚醒，隨遇自心安。

一五二．致仕

朝辭官舍去，日暮掩柴扉。但有組堪解，而無田可歸。雲遮前路斷，鳥背故林飛。且住為佳耳，何須賦式微。

一五三．荒村晚行

客路荒村外，山山已落暉。蛙聲和犬吠，牛背帶鴉歸。墟遠炊煙淡，林深燭影微。欲投孤店宿，月下叩柴扉。

一五四．不寐

少眠愁夜促，老睡盼天明。體重翻無力，痰多漱有聲。推窗窺月落，欹枕數鐘鳴。如水衿裯冷，終宵夢不成。

一五五．詩材

詩材滿天地，人自蹈虛空。所貴搜羅富，而能裁剪工。蓮從泥挺出，鹽入水消融。市語眼前景，誰知用不窮。

一五六．漫興

備荒農積穀，避弋鳥辭林。蔗境何曾入，桃源不可尋。但知勤樹藝，孰解卜晴陰。極目水雲外，悠悠同此心。

一五七・靜悟

起晚眠常早，能無負此生。神當朝更爽，思入夜彌清。初日新荷展，微風細竹鳴。靜中時一悟，花放短燈檠。

一五八・種瓜

早挂朝冠去，渾忘歲月賒。宦情深夜雪，詩思早春花。不飲顏常好，無營意自遐。曉來微雨過，還種半園瓜。

一五九・遣悶

文字工何益，絲毫不值錢。庸奴偏紫綬，俊士老青氈。但遣胸中悶，寧求身後傳。詩成自吟詠，轉覺韻凄然。

一六〇・遊學

久與親朋別，慵將卷帙披。何鄉非我土，是物盡吾師。醉且攜鋤去，醒還隱几思。卻憐守家子，呫嗶老無知。

一六一．息力[25]

息力新開島，帆檣集四方，左襟中國海，西接九州鄉。野竹冬仍翠，幽花夜更香。誰憐雲水裡，孤鶴一身藏。

一六二．秋夜感懷

一日日閒過，一年年暗消。葉衰秋更落，燭短夜還燒。何事能千古，新詩空滿瓢。會當華嶽去，採藥侶松喬。

一六三．客息力作

南去亞洲盡，蒼茫孤島間，遊蹤羈舊吏，隔岸是新山（柔佛俗稱新山）[26]。竹徑清風埽，柴門白晝關。數珠生老蚌，相對一開顏。

25 息力，新加坡舊名，見卷二〈癲兒歌〉，注39。
26 新山：馬來語 Johor Bahru，意即新山。馬來西亞柔佛州首府，與新加坡毗鄰相對。

一六四・春曉

清曉門初啟，林間鳥亂鳴。看花知雨過，移石覺雲生。水似有餘恨，山含無限情。故鄉多綠野，應合有人耕。

一六五・幽居

我愛幽居好，幽居事事幽。裁花蠲舊忿，種竹埽新愁。懶逐塵驅馬，閒看野放牛。卻憐朝市客，白首未曾休。

一六六・刺儉

死有黃金槨，生無白玉炊。游魂奄忽變，朽骨竟何知。紈素被來嗣，風霜侵我肌。甘為牛與馬，細想寧[27]非痴。

一六七・聞雁

在家貧亦樂，行路壯猶難。精力況垂盡，田廬荒已寒。鉤衣來楚棘，繞砌夢芝蘭。睡覺聞鳴雁，恨無雙羽翰。

一六八．讀朗山師[28]《梅窩詩詞鈔》因懷劉蔭堂[29]、商梅生[30]諸君子

風雅追前輩，而今散似雲。挑燈讀遺集，低首揖清芬。獨我生何晚，末光誰與分。二三同志在，況乃久離群。

一六九．家藏黎二樵[31]手書〈古詩十九首〉，為人以徐鐵孫[32]墨梅偷易攜去。近於友人處觀二樵墨蹟，因感而作

二樵三絕擅，吾最愛其書。逸態詩難肖，夭姿畫不如。流觀忘晝永，藏護悔前疏。作賊亦風雅，梅花留老徐。

---

27 「寧」字不合律，疑有誤。

28 郎山：陳良玉，字朗山。見卷二〈覲侯世兄出其先祖朗山師所藏陳古樵畫囑題，為賦七古一章〉，注17。

29 劉蔭堂：劉安科，字少希，號蔭堂。見卷二〈劉少希以陶潛集及杭世駿《嶺南集》寄贈賦此以謝之〉，注6。

30 商梅生：商廷修，字梅生。漢軍正白旗人。佔籍番禺水口營（今隸廣州市花都區）。祖籍東北鐵嶺。光緒二十四年（一八九八）登進士二甲，官戶部主事。陳融〈讀嶺南人詩絕句〉釋云：「商廷修梅生，廣州駐防。」兼擅詩畫，尤精於繪畫梅竹。陳步墀《繡詩樓叢書》收錄其函札及詩畫三件。

31 黎二樵：黎簡，見卷二〈覲侯世兄出其先祖朗山師所藏陳古樵畫囑題，為賦七古一章〉，注21。

32 徐鐵孫：徐榮（一七九二—一八五五），原名鑒，字鐵孫，一作鐵生，先世湖北監利人，家遼東，隸漢軍正黃旗，駐防廣州。道光十六年（一八三六）進士。歷官浙江臨安縣知縣、玉環廳同知、紹興府知府。升福建汀漳龍道，未赴任；統兵征洪秀全，歿於陣。好學博覽，工詩，精隸書，善畫梅。著有《懷古田舍詩鈔》三十三卷。

一七〇．徙居九龍[33]

為避羊城亂，全家徙九龍。裝輕舟易載，屋小榻難容。樹暗沿江路，燈明隔岸峰。回看桑與梓，妖霧障重重。

一七一．題所居樓

倦飛孤鳥還，息影九龍間。門對一灣水，樓觀四面山。清宵香自爇，白晝戶常關。試問紅塵客，誰如此老閑。

一七二．遊九龍城[34]

今代九龍地，宋時官富場[35]。我來尋勝蹟，亮節憶侯王[36]。廟古依鵝嶺[37]，城堅負鶴岡[38]。登高一以眺，津口集番航。

一七三—一七四．和陳蕉舫[39]〈自壽詩〉（二首）

一

自古多寃獄，不平何足鳴。求全而得毀，忍辱反增榮。幾見煙雲蔽，能傷日月明。甕頭春酒熟，介壽好頻傾。

二

誰是處憂患，而能樂不休。詼諧延壽算，詩酒足風流。我亦嵇康侶，君真曼倩儔。何時同把盞，舊事話新州。

33 徙居九龍：左秉隆於一九一六年自新加坡返香港（居於九龍彌頓道九十二號），同年九月回廣州。該年三、四月間，革命黨人在廣東發難，攻擊支持袁世凱稱帝之廣東將軍龍濟光，迫使龍宣告獨立，但於「海珠會議」上又與各派代表發生槍戰。至六月袁病卒，十月龍濟光撤出廣州，禍亂始稍平。左秉隆可能為此將家人暫時遷至九龍。

34 九龍城：香港九龍城區中心部份，名稱起源於十九世紀清駐軍之九龍寨城。早年英國人曾稱當地為Chinese Town，城牆於二戰期間被日軍拆毀。

35 官富場：宋朝時九龍城稱為官富鹽場。宋代官富場佔地包括現在九龍尖沙咀、九龍城、土瓜灣以至將軍澳一帶，為當時廣東十大鹽場之一，有軍隊屯衛。

36 侯王：指侯王廟。位於香港九龍黃大仙區近九龍城之聯合道與東頭村道交界，昔日白鶴山南麓。陳伯陶指該廟供奉之侯王為南宋功臣楊亮節，並於一九一七年寫成〈侯王廟聖史碑記〉，文稱：「考楊侯古廟所崇祀者乃宋末忠臣楊亮節，宋帝為元兵追逐至於海隅九龍駐蹕，後移師大嶼山駐節大澳，亮節侯護駕并禦元軍，旋楊侯嬰疾，然軍為旁午，仍運籌帷幄，求卻強敵，帶病奉公，不幸藥石無靈，薨逝九龍，葬於城西，歿後追封為王，其公忠體國名垂青史，士人為崇功報德，遂建廟奉祀，藉期庇蔭每於農曆六月六日侯王寶誕。」楊亮節為南宋國舅，生前封「侯」，死後封「王」，因而稱為「侯王」。據稱，宋帝昺曾在楊亮節襄助下南逃至九龍，楊護駕有功，世人敬其忠義，故建廟紀念。

37 鵝嶺：即飛鵝山，或名九龍峰，位於香港黃大仙區、觀塘區、西貢區與沙田區交界，新九龍界限邊緣之上，牛池灣東部，四順以北，為新九龍最高山峰。

38 鶴岡：指白鶴山，又稱鶴嶺，乃香港一座已消失之山峰，位於九龍黃大仙區西南面，即樂富以南、九龍城以北一帶，現為新九龍一號墳場、九龍城侯王廟及美東邨所在地。

39 陳蕉舫：未詳。據此詩第二首末句，或曾居新加坡。左秉隆於居香港時重逢。

一七五・黃處達[40]招飲於香港太白樓[41]

故人驚乍見，邀我飲山樓。月色亭中滿，江聲檻外流。高風懷李白，舊事話星洲。再會知何日，征輪且少留。

一七六・贈徽戒場長黃君益三[42]

謙也和如惠，隱居南石頭。長人多雨露，為政亦風流。柳色環隄秀，花香護壘稠。公餘觴且詠，觀渡倚高樓（君顏所居樓曰「觀渡」）。

一七七・夜步別墅

別墅三更後，凭闌一望中。影移花有月，聲定樹無風。以此幽情發，因之俗慮空。徘徊不忍去，唧唧但聞蟲。

一七八—一七九・酒樓題壁（二首）[43]

一

太白仙風杳，誰能與等齊。我來邀月飲，影散落星低。醉覺胸羅斗，狂呼氣吐霓。凭樓成獨詠，埽壁可留題。

二

此鄉多酒樓，高與白雲浮。月照金尊滿，花圍綺席稠。共知歌舞樂，誰切[44]桂珠憂。極目荒原外，哀鴻叫未休。

一八〇—一八一・懷王奠邦茂才[45]二首

一

樸學垂師訓，微君孰克承。得天原獨厚，游藝更多能。論著潛夫久，心存活國仍。感時歌慷慨，猶足使人興。

---

40 黃處達：馬來亞雪蘭莪華僑教育會治事部長，尊孔學校司理。

41 太白樓：香港已拆卸之主題公園，位於香港島西環堅尼地城，現太白臺原址。樓主為香港著名商人李陞，以祖先李白之號命名，並根據山形建成亭臺，為文人雅士遊賞之地。一九一五年八月二日開業，樓座有點心供應，遠望可見維多利亞港景色。鄰近石塘嘴妓院。一九三五年禁娼，石塘嘴及九龍油麻地廟街所有妓院均關閉，石塘嘴一帶之商家亦大受影響，太白樓難以維持，終由地產公司收購，拆卸重建，改稱太白臺。

42 懲戒場：在廣州南石頭村東，即今海珠區南石西一帶。清光緒年間，在此築有炮臺，稱南石頭炮臺。民國元年（一九一二）六月，將炮臺改建為懲戒場。民初廣州市政當局編纂《市政報告匯刊》稱：設立懲戒場宗旨乃「專為收容輕罪人犯及不良少年，實施感化，教以技能，其性質與監獄不同。」然卻有不少政治犯在此遇害。日軍佔領廣州時，曾將之闢為細菌戰試驗場。黃益三，除知為懲戒場長外，餘未詳。

43 此篇或作於香港太白樓，見前〈黃處達招飲於香港太白樓〉，注40。

44 「切」字或作「想」字，姑存疑。

45 王奠邦：僅知其為書法家，餘未詳。

二

念昔同游者，疏如向曉星。君今餘短髮，我亦算長齡。但閱滄桑變，莫教酒盞停。遙憐亡友墓，草色已青青。

一八二．莫邦以所書條幅囑為代售，予既如價償之，感作此詩

吾愛王夫子，書追顏魯公。力真能透紙，筋直欲成銅。豈不懷才富，其如賦命窮。可憐頭盡白，乞米與顏同。

一八三．題《聽松廬詩鈔》[46]

吾愛南山叟，飄飄意欲仙。詩真追玉局，酒或讓青蓮。瀟灑聽松月，艱危菰楚年。徧嘗甘苦過，歸去大羅天（公臨終詩有「飄然歸去大羅天」之句）。

一八四．六榕寺[47]舊刻蘇書〈證道歌〉[48]，久埋地下，今夏掘出，碑已碎矣。金君柳橋[49]以所題詩見示，賦此卻寄

一別幾經霜，相逢塔影旁。羨君超世網，避地有禪堂。碑碎誰能詠，陸沉空自傷。可憐舊吟侶，詩與鬢俱蒼。

一八五・柳橋得前詩，既承賜和，以意未盡，復綴一律，即步其韻和之（九四）

空餘城郭在，華表鶴來歸。遣悶忘言永，扶衰恨力微。高林鴉影亂，古道馬蹄稀。獨有多情月，清輝自可依。

一八六・贈簡禺山[50]

不逢之子面，目想失其真。書法鼎彝古，年華桃李春。方言元暢曉，刀筆更通神。穎異有如此，飛騰應絕塵。

46《聽松廬詩鈔》：清張維屏（一七八〇—一八五九）著。維屏字子樹，號南山，又號松心子，晚號珠海老漁。廣東番禺（今廣州市）人。嘉慶九年（一八〇四）舉人，道光二年（一八二二）進士，歷任湖北、江西州縣官，一度署理南康知府。道光十六年（一八三六）辭官歸里，名所居曰「聽松園」，閉戶著述。著有《張南山全集》、《聽松廬詩話》、《藝談錄》、《國朝詩人徵略》等。

47 六榕寺：見卷二〈古寺〉，詩注34。

48《證道歌》：即《永嘉證道歌》，唐代高僧永嘉玄覺所作七言古詩，記錄其開悟後之心得。

49 金柳橋：金保泰，廣西柳橋人。六榕寺內有其所書長聯：「勝跡數名山，達摩履，東坡展，王勃碑，當年蠻海尋幽，三百鐘聲留過客；仔肩擔大法，舍利塔，南宗像，太湖石，此時格亭得古，五千弟子有傳人。」

50 簡禺山：未詳。

一八七・聞客談王玉峯[51]有作

我聞有瞽者，神與三絃通。祇覺歌聲好，渾忘指法工。千金酬絕技，一曲動群公。借問誰家子，京師王玉翁。

一八八・贈丁太史伯厚[52]

舉世風趨下，何人古誼敦。君如金玉粹，士仰斗山尊。孝友全天性，詩書味道根。識荊吾恨晚，愁未一登門。

51 王玉峰：三弦名家。徐珂《清稗類鈔》卷四載：「王玉峰，字正如，漢軍正黃旗人。生而盲。九歲喪父，隨母為人傭。以廢視，無所得食，年十三，學於張治平。治平工歌曲，善胡琴，玉峰從之十四年，盡得其術。既成藝，以彈唱自給。光緒庚子之變，洋兵聞歌者輒嬲之，遂不復歌，而專力於三弦。」又《清代野記》云：「京師有瞽者王玉峰，亦能以三弦作諸聲，並能彈二簧各戲曲，生旦淨丑、鑼鼓弦索亦各盡其妙。尤神者，則作洋鼓、洋喇叭、操兵步伐之聲，使遠近聞之，不知其出於三弦也。」

52 丁伯厚：丁仁長（一八六一—一九二六），字伯厚，號潛客。原籍安徽懷寧，落籍廣東番禺。光緒九年（一八八三）進士。光緒十二年（一八八六）授翰林院編修。次年改國史館協修官。後曾任貴州鄉試正考官，順天鄉試同考官。光緒二十三年（一八九七）應粵督譚鍾麟之聘，主掌越華書院。後又開辦教忠學堂，任廣東存古學堂首任監督。辛亥後，「絕口不言時事」，遷居香港，設塾課徒自給。民國初年，任《番禺續修縣誌》總纂。卒於天津寓所。著有《丁潛客先生遺詩》一卷及《毛詩傳箋義例考證》。

卷四

七律

一八九．讀《瀛寰志畧》[1]

聖恩汪濊被堯天，絕域搜奇第一篇。九萬里餘新著在，廿三史外大名傳。牢寵宇宙心胸裡，指點河山咫尺前。猶記與蠡論海日，鹿鳴重燕老成捐（丁卯[2]仲冬予應同文館試，松龕中丞[3]問紅海何以得名）。

一九〇．輓曾栗誠[4]駕部次劼剛通侯[5]韻

昨夜南樓見月華，疑君飛魄到天涯。通神自有三元草，延壽曾無九轉砂。哲士多才天所忌，英雄短命古來嗟。諸郎努力成弓冶，餘慶仍徵積善家。

一九一．送黎蒓齋[6]星使入覲

詔書昨日下楓宸，虎視龍驤夙志伸。豈有賈生空涕淚，應無季子老風塵。雲移使節來天上，月湧仙槎到海濱。自是聖朝多雨露，十洲三島一家春。

一九二．題日本南條文雄[7]上人詩稿

寶筏尋師渡海雲，埋頭貝葉校訛文。經傳白馬青鴛古，筆埽黃花翠竹紛。才學識兼詩作史，去來今悟我猶君。他年社結東林寺，兀坐匡廬對夕曛。

一九三．次韻留別曾劼剛通侯[8]

蕭蕭風雨臥廬中，祗有精誠貫白虹。詎意南山藏霧豹，卻來西域逐雲驄。酬知不易姑言志，寡過猶難況論功。一字千金仁者贈，書紳仍合碧紗籠。

1《瀛寰志畧》：徐繼畬著，成書於道光二十九年（一八四九），共十卷。除載有大清國《皇清一統輿地全圖》以及朝鮮、日本地圖外，尚有臨摹歐洲人所製之地圖。

2 丁卯：同治六年（一八六七）。

3 松龕中丞：徐繼畬（一七九五—一八七三）。字松龕，又字健男，號牧田、松龕先生，室名退密齋。山西代州五臺縣人。道光六年（一八二六）進士。歷任廣西、福建巡撫、閩浙總督、總理衙門大臣，為首任總管同文館事務大臣。文史、書法俱有成就，又是近代著名地理學家，《紐約時報》稱其為「東方伽利略」。著有《瀛寰志畧》、《古詩源評注》、《退密齋時文》、《退密齋時文補編》等。

4 曾栗誠：曾紀鴻（一八四八—一八八一），字栗誠，湖南湘鄉人。曾國藩次子。蔭賞舉人，充兵部武選司郎官，然無意仕途，而專嗜數學，並通天文、地理、輿圖諸學。

5 劼剛通侯：即曾紀澤，曾國藩長子，見卷二〈我且歌〉，注5。

6 黎莼齋：黎庶昌（一八三七—一八九六），字莼齋，自署黔男子。貴州遵義東鄉禹門人。早歲師從鄭珍，講求經世之學。為晚清著名外交家。同治元年（一八六二）以稟貢生向慈禧上萬言書，痛陳時弊。補知縣，入曾國藩幕。後隨郭嵩燾、曾紀澤出使歐洲。歷任駐日大使、川東道員兼海關監督。曾創建雲貴會館，舉辦洋務學堂。又為藏書家，刻印叢書多種。著有《拙尊園叢稿》、《西洋雜誌》、《海行錄》、《曾文正公家譜》等。

7 南條文雄（一八四九—一九二七）：日本佛教淨土真宗大谷派學者。原為真宗僧侶溪英順之子，幼名格丸。美濃（今岐阜縣）人。曾赴英留學，習梵語經典。後任東京帝國大學講師、大谷大學校長。精通漢語，善漢詩，常以漢詩代日記。著有《碩果詩草》、《懷舊錄》。

8 曾劼剛通侯：即曾紀澤。見前〈我且歌〉，注5。

一九四・疊前韻留別陳松生[9]

廿年奔走道途中，慷慨悲歌氣吐虹。逸興白雲飛白鶴（松生常以閑雲野鶴自況），壯懷青海躍青驄。運籌已著參軍績，投筆須成定遠功。聖主恩深資倚畀，莫辭羈縶謝樊籠。

一九五・步劼侯[10]匀留別曾省齋[11]

南臺門下美材多，派出宗支又一科。我喜贈言投藥石，君能從善決江河。青山有約留錢買，白髮無情對鏡歌。他日扁舟過頓遜[12]，舉杯同醉樂如何。

一九六・送春

漫云春景度遲遲，瞥見韶光已轉移。流水蓬蓬人去後，青青[13]隱隱日斜時。鶯憐葉密頻啼樹，蝶怨花疏故戀枝。廿四番風從此歇，又看梅雨灑江湄。

一九七・次匀和童彭夫[14]

鐘鼎簪纓未足誇，早知澹泊勝繁華。人生北去南來雁，世事朝開暮落花。德也可尊才可愛，窮焉何損達何加。男兒不墜青雲志，豈羨王侯將相家。

一九八・次匀和許景賢[15]

南來回首憶燕京，叠荷天家雨露榮。厚澤未能酬聖主，孤忠差可鑒神明。敢將筆墨誇文苑，擬把絃歌化武城。綆短汲深成底事，慙無實惠致虛名。

一九九・歎息

眼前春去又春還，歎息吾生萬事艱。久病妻如梅影瘦，初來妾似石頭頑。出門落落誰知己，對戶蒼蒼有闃山。我亦欲隨仙子去，燒丹採藥白雲間。

---

9 陳松生（一八四四—一八八四）：字遠濟，湖南茶陵人。陳源兗之子。曾紀澤妹夫，娶曾國藩次女曾紀耀。授直隸道員。光緒四年（一八七八）隨曾紀澤出使英、法，任駐英二等參贊。曾紀澤日記（光緒四年九月十五日）載：「松生德器學識，朋友中實罕其匹，同行必於使事有益。」

10 劼侯：即曾紀澤。見前〈我且歌〉，注5。

11 曾省齋：曾紀澤所聘塾師，隨曾紀澤出訪歐洲。曾紀澤日記（光緒元年正月二十四日）載：「曾省齋來教書，申初到，陪之一坐，料理拜謁孔聖諸事。上學既畢，陪省齋小飲，余中席而起，為兒侄女兒輩安排几案坐次，良久乃妥。」

12 頓遜：古國名。《禮儀通考》卷一百十八：「寰宇記，其俗多鳥葬，將死，親賓歌舞送於郭外，有鳥如鵞口，如鸚鵡而紅色，飛來萬計，家人避之，鳥食肉盡乃去，燒其骨，沈海中以為上行人也，必生天鳥若回翔，不食其人，乃自悲，復以己為有穢，乃更就火葬，以為次行也，若不能生入火，又不被食者，以為下行也。」《樂書》卷一百五十九：「頓遜國在嶠上，梁時聞焉，一曰典遜，其俗多為鳥葬，將死，親賓歌舞送於郊外焉。」

13 青青：疑為「青山」之誤。

14 童彭夫：未詳。

15 許景賢：未詳。

二〇〇・苦熱

十日無霖滌火鄉，披襟便覺熱難當。雲推日出焦膚髮，風捲塵飛觸肺腸。戰齒寒冰難解渴，澆頭冷水不生涼。深居大廈猶如此，況彼肩挑背負行。

二〇一・自述

海上承恩擁大旗，使君終日竟何為。移山徒抱愚公志，無米難成巧婦炊。世味認真同嚼蠟，禪機參透勝含飴。投簪詎敢誇高尚，祿位由來不許尸。

二〇二・答賈子釗[16]

當君珠玉臨門日，是我驪駒在戶時。絕域相思情倍切，勞人作答例應遲。漫誇足跡半天下，未有涓埃酬主知。寄語故交應莞爾，放翁官事少於詩。

二〇三・寄柳麗川[17]姊倩

粗枝大葉柳先生，驟雨急風時一鳴。久據吟壇稱上將，還從酒國耀雄兵。春來料得身仍健，老去□應債漸輕。一語寄君須記取，琴書珍重付吾甥。

二〇四・送堂姪[18]回籍完婚

花飛萬點送行舟，獨有離人不解愁。此去琴臺聊作伴，再來鸞鳳便同儔。憲恩衹許歸三月，官署焉知住幾秋。為告爺娘和大母，要嘗湯餅到新洲。

二〇五・隱几

寺鐘敲罷日初沉，隱几無端客思深。美酒衹因妨病減，新詩多為遣愁吟。雨餘睡味甜堪戀，春至鄉思苦不禁。我欲便拋青紫去，閒攜綠綺臥松陰。

---

16 賈子釗：未詳。

17 柳麗川：左秉隆姊夫。

18 左秉隆姪左棠，字樹南。光緒八年（一八八二）至光緒十六年（一八九〇）隨左秉隆在新加坡任領事隨員。曾紀澤〈請獎續調期滿人員疏〉（光緒十一年十六初六日）曰：「候選八品筆帖式駐防廣州正黃旗漢軍文生員左棠，經臣咨商前任廣州將軍長善飭赴新嘉坡，隨同駐紮該洲領事官左秉隆幫辦公務。光緒八年（一八八二）秋間，飭委代理領事隨員，於九月初九日奉文到差，十年七月初三日奏請充補斯缺。……左棠於本年九月初八日……先後均屆三年期滿。……臣查……左棠文理優長，辦事謹慎……該員等在洋三年，均屬異常出力，自應由臣按照吏部奏定章程，分別核獎，以昭激勸。」薛福成《出使英法義比四國日記》光緒十六年正月二十二日記云：「領事官鹽運使銜分省知府左秉隆子興，率其姪隨員即選知縣左棠樹南來謁。」。

二〇六一二一三．輓陳松生[19]（八首）

一

孤嶼新秋風雨頻，官衙寂坐自傷神。何堪客裡聞邊警（時聞法夷正犯福州[20]），更向江干哭故人。君死有靈應結草，我生無補愧銜薪。流將珠淚隨波逝，送子魂歸湘水濱。

二

去歲君方護柩過，今看君柩又臨坡。有情夫婦願同死[21]，無和友朋愁獨歌。四海知音今日少，三湘名士昔年多。斯人竟謝塵寰去，我為蒼生喚奈何。

三

亦知體弱病難禁，況復年來百慮侵。饋藥方期能續命，開緘何意更傷心。案頭書卷依然在（君以曾文正、胡文忠[22]二公全集見贈），夢裡音容何處尋。竟夕思君眠不得，愁看窗外月華臨。

四

記得倫敦聚首時[23]，三年出入每相隨。興來郊外同攜酒，醉後窗間共賦詩。轉瞬前蹤渾似夢，滿腔愁緒亂如絲。茶陵倘許今生到，再弔英魂慰所思。

五

聞道君將海外馳，親朋相送不勝悲。雄心直欲追千古，駭浪何能阻一時。報國名成生有耀，乘風志遂死寧辭。窮泉此去應含笑，渥荷天家雨露施（劼侯為請賜卹）。

六

平生我亦少悲酸，此日哭君淚不乾。豈為交深增慟易，祇愁世亂得人難。良材逐歲嗟零落，故國何年卜治安。極目遙天憂未已，郎官星隕黛眉寒（黛眉，英京江名[24]）。

七

風塵相識徧西東，出處憐君獨不同。萬里馳驅多難日（伊犁、東京等案迭出[25]），六年籌

---

19 陳松生：曾國藩女婿，見本卷〈疊前韻留別陳松生〉，注9。

20 時聞法夷正犯福州：指發生於光緒十年（一八八四）之馬江海戰。時法國艦隊入侵福建馬尾港，福建水師迎戰，不及一小時，清軍幾全軍覆沒。

21 「有情夫婦」句：陳松生妻曾紀耀，於一八八一年病卒於巴黎。

22 曾文正：即曾國藩。胡文忠：即胡林翼（一八一二—一八六一），字貺生，號潤芝，湘軍首領。湖南益陽縣泉交河人。道光十六年（一八三六）進士。曾任湖北按察使，升湖北布政使、署巡撫。與曾國藩、李鴻章、左宗棠並稱「中興四大名臣」。

23 「記得倫敦」句：左秉隆於一八七九年與陳松生一同隨曾紀澤出使英、法。

24 黛眉：指倫敦泰晤士河。

25 伊犁東京等案迭出：伊犁事件發生於同治年間。同治十年（一八七一），沙俄出兵新疆伊犁地區，攻滅伊犁蘇丹國。一八七七年，清政府平定新疆，次年派崇厚赴俄談判收回伊犁，崇厚擅自簽定《里瓦幾亞條約》，僅收回伊犁河上游谷地。一八八〇年，清政府復派曾紀澤赴俄修訂條約，次年簽定《伊犁條約》。沙俄歸還伊犁，然尚割去伊犁霍爾果斯以西地區。東京案：指日本吞併琉球一事。一八七七年，琉球王遣使至東京請願，要求繼續向清朝朝貢，遭日本政府拒絕。次年，日本復驅逐琉球在東京之官員，繼而向藩王代理尚弼傳達廢除琉球藩、設置沖繩縣之消息。

晝苦愁中。身雖抱恙志猶壯，行本無瑕文更工。向若一篇吟詠罷，廣陵絕調聽應終（君再出洋，以〈向若吟〉一篇見示）。

八

自從前歲渡南洋，一別音容兩渺茫。豆腐魚生難再飽（君曾索食此二物），紅花白芨可曾嘗（予嘗以此為饋）。悲來不計詞工拙，痛極焉知語短長。寫就八詩聊當哭，餘情無限紙中藏。

二一四．寄劉康侯[26]

參軍詩句右丞畫，餘瀋展觀今尚新。寄遠無書笑余嬾，相思有夢到君頻。疏狂叔夜自成癖，瀟灑宗之故出塵。回首巴黎歡會地，故交幾輩各參辰。

二一五．哭內[27]

有緣結髮為夫婦，無命齊眉學孟梁。數載病纏身化鶴，一帆風送柩還鄉。慈親痛哭頭都白，稚子悲啼口尚黃。嗟我生平原曠達，鼓盆今媿不如莊。

二二六—二二七．劼侯奉召還朝[28]，舟過新洲，恭送以詩（二首）

一

聖朝欲振海軍威，特召崆峒使節歸。舟過百巒花競秀，旌搖群島日增輝。相如已抱連城返（侯曾索還伊犁[29]），諸葛仍煩羽扇揮。聞道紫光添畫像，論功誰繼老侯巍。

二

久別纔逢又解船，茫茫後會定何年。戴公德似鰲山重，顧我身如繭緒纏。駑鈍深慙猶戀棧，烏私未遂欲歸田。不嫌他日門生老，願與吾師再執鞭。

---

26 劉康侯：劉麒祥，字康侯。湖南湘鄉人。清光緒十六年（一八九〇）任江南製造總局總辦。二十年（一八九四）署蘇松太道，二十二年（一八九六）實任。曾隨曾紀澤出使英、法，任駐法二等參使。光緒五年（一八七九），左秉隆曾至巴黎。

27 哭內：光緒十二年（一八八六）四月，左秉隆元配劉氏於新加坡去世。

28 劼侯奉召還朝：曾紀澤於光緒十二年（一八八六）交卸出使英、俄大臣職，十一月四日回國途中抵新加坡，六日離開。《曾紀澤日記》光緒十二年十月初九日記云：「酉初三刻，船抵新加坡，泊焉。左子興奉其母姜太恭人、率其侄棠暨胡前領事璇澤之次子□□來舟迎候，留子興、樹南同飯。……是日先祖考竹亭大夫九十七歲冥誕。」初十日值慈禧生日，曾紀澤「率僚屬向闕行禮。更衣後，與子興一談」。十一日「子興來久談，飯後復談良久。……是日先考文正公七十六歲冥誕」。

29 侯曾索還伊犁：光緒七年（一八八一）二月廿四日，曾紀澤代表清廷於彼得堡同沙俄簽訂《中俄伊犁條約》，收回伊犁及特克斯河地區。

二一八—二一九．讀《培遠堂集》[30]（二首）

一

燈窗風雨夜蕭蕭，坐起觀書慰寂寥。竹簡嘉言今尚在，桂林閒氣已全消。希文志大憂天下，君實功巍冠宋朝。孔廟紛紛請從祀，芳名何事未高標。

二

俗子休哈理學迂，由來勳業屬吾儒。能將國事為家事，自有良謨贊聖謨。世上斯人何可少，案頭此帙不應無。要知培養功深淺，看取曾孫食報殊。

二二〇．閒居

一室蕭然不染塵，焚香默坐養吾真。瓷瓶花放兩三朵，玉盎魚游四五鱗。靜聽鐘聲敲乙乙，閒看簾影動頻頻。箇中佳趣誰能識，獨有心棲物外人。

二二一．追憶舊遊有作

華胥一夢已成空，回首天涯興未窮。幾處林園無俗韻，數家樓閣有仙風。當時對景忘搜句，此日追思苦費功。安得騎驢重踏去，錦囊分付與奚僮。

二二一—二二三．遊廖埠[31]（二首）

一

祓禊靈衣天氣新，偕朋廖內泛舟行。一山雲際如鞍掛，孤嶼波中似鱷橫（廖有馬鞍山及鱷嶼[32]）。臨水有村皆板屋，賽神無夜不燈明。我來古廟申虔禱，惟願鐵釘嘉樹榮（鐵釘[33]，嶼名。相傳其樹榮枯，為椒蜜盛衰之兆）。

二

朝辭廖嶼上輪舟，一片帆開逐順流。綠樹青山逢處處，和風麗日送悠悠。謾歌雅調驚雲

---

30 培遠堂集：陳宏謀（一六九六—一七七一）撰。宏謀，字汝咨，曾用名弘謀，因避乾隆「弘曆」諱改名宏謀。廣西臨桂（今桂林）人。雍正元年（一七二三）進士，歷官布政使、巡撫、總督，至東閣大學士兼兼工部尚書。卒諡文恭。著有《培遠堂全集》。《清史稿》卷三百七有傳。

31 廖埠：指丹戎庇能（Tanjung Pinang），在印尼廖內群島（Riau Island）之主島民丹島（Bintan Island），是為廖內群島省首府。該島距新加坡僅四十公里。

32 馬鞍山：民丹島最高峰。鱷嶼：民丹島附近之小島，形如鱷。島上原有十九世紀柔佛蘇丹行宮一座，現已改為回教堂。又有潮人所建天后聖廟，內有道光元年（一八二一）所刻「玄波風動」一匾。（引自柯木林〈遊廖內〉，原載《星洲日報》，一九七六年二月七日）另明．張燮《東西洋考》卷九：「鱷魚嶼【西是坤身，晝南流而夜北流，再進由第二港入，是丁機宜國。】」

33 鐵釘嶼：張燮《東西洋考》卷九：「獨石門【出門用單酉針，過鐵釘嶼。】鐵釘嶼【其外水流急甚。用單庚及庚申針，四更，至鱷魚嶼。】」另見卷四。在今印尼林加（Lingga）群島一帶，位於巴孔（Bakung）島西面。或謂即 Galang Baru 島。一說指潘姜（Panjang）島。

鶴，亂撥鵾絃狎海鷗。乘興不知行遠近，又看漁火照星洲[34]。

二二四・柔佛王[35]御極之辰有作

佛座雲開香滿庭，百官稽首祝遐齡。綵懸門巷千重錦，燈綴樓船萬點星。鶯語隨風歌細細，蠻腰帶月舞娉娉。太平民樂無愁歎，我亦吟詩酌綠醽。

二二五・觀海上試電燈

黑雲如墨繞船頭，放出銀光一道浮。影掣不聞天有雨，輝騰笑對盞無油。阿香開鏡山妖懼，溫嶠然犀水怪愁。試問鯨濤何日息，人心今未厭奇謀。

二二六・呈洪星使文卿[36]

鳥有鳳皇魚有鯤，芳名千載孰同尊。垂綸喜伴王君覎，騎棟爭看許仲元。忠信波濤皆坦道，往來風雪亦深恩。要知第一人誰是，莫學端卿竟不言。

二二七・郊外晚行

雨過山村帶夕陽，杖藜隨意趁風涼。偶驚飛鳥穿林出，時有落花浮水香。夾道高椰張似蓋，沿溪短竹剪成牆。閒行不覺歸來暮，又見銀鈎露細光。

二二八・中國新購鐵艦抵坡[37]，喜而賦此

喜見天家神武恢，新從海外接船回。龍旗四面搖雲日，魚艇中心伏水雷。自古成功多用眾，由來豪舉總輕財。聖朝自備防邊策，分付鯨鯢莫妄猜。

34 星洲：據陳育崧《椰蔭館文存》考證，「星洲」一名最早見於此詩，以往論者認為該名始於邱菽園在一八九八年五月三十一日刊於《天南新報》一文，題為〈五百石洞天揮麈二則〉。

35 柔佛王：指柔佛蘇丹阿布峇卡（Sultan Abu Bakar, 1833-1895）。柔佛第二十一位蘇丹。在任期間大力推動柔佛州現代化。一八六二年成為該州天猛公，一八八五年根據修訂後之《馬英條約》，正式採用「蘇丹」名號。

36 洪星使文卿：洪鈞（一八三九－一八九三），字陶士，號文卿。江蘇吳縣人。同治七年（一八六八）狀元，曾任翰林院修撰、兵部侍郎、內閣學士。又任德、奧、俄、荷四國特命公使，駐地柏林。光緒十八年（一八九二），帕米爾中俄爭界案，洪鈞因不諳俄文，使用俄製地圖，受人彈劾，遂抑鬱成疾，次年病逝北京。著有《元史譯文證補》三十卷。

37 新購鐵艦抵坡：北洋艦隊曾先後三度訪新加坡，首次是光緒十三年（一八八七），第二次是光緒十六年（一八九〇），第三次是光緒二十年（一八九四），見蔡佩蓉《清季駐新加坡領事之探討》，頁九十五。據柯木林考證，此詩應作於北洋艦隊第二次訪新期間。柯氏引《叻報》一八八七年十一月十四日〈中國戰船紀略〉一文報導云：「查英廠所製二船曰致遠、靖遠；德廠所製二船曰經遠、來遠，是皆在歐洲交割，升豎中國龍旗，並有魚雷快船一艘，麾馳而來。」此詩第四句稱「魚艇中心伏水雷」，是以知之。而艦隊第二度來訪時，並無有關魚雷之記載。第三度來訪時，左秉隆已離任。見柯木林〈北洋水師訪問新加坡的歷史反思—兼談甲午海戰時期的北洋艦隊〉，原載《南洋學報》二〇一一年第六十五卷，頁十七—六一。

二二九・珍珠山[38]觀滑車

架木為橋百丈長，沿山繞樹走車忙。形如波浪翻高下，響似雷霆轉抑揚。陸地浮沉雙葉艇，暑天推挽兩凌牀。夜來萬顆明珠現（謂電燈也），惹得遊人喜欲狂。

二三〇—二三一・贈普陀[39]僧慧堂（二首）

一

潘生容貌賈生年，金印何難肘後懸。竟肯出家修苦行，應知與佛有前緣。浮杯渡海渾閒事，托缽沿門豈偶然。好體慈悲方便意，一亭修莫舍身先（潮音洞[40]有莫舍身亭[41]，慧堂擬修復之）。按：據《叻報》一八九〇年三月廿二日所刊此詩，題為《贈普陀山白華寺慧堂上人》。原有四首。此詩首句「容貌」作「才貌」。篇末自注云：「莫捨身亭在潮音洞上，參將董永燧立，今廢已久，慧堂擬修復之。」

二

海岸何方最孤絕，巍巍菩薩頂難捫。金沙布地疑無路，峭壁通天別有門。瑞現佛牙仙掌異，香生鳳尾牛毛溫。他年訪汝白華寺，攜手同瞻大士尊。（編按：第六句「牛」字不合律。）

二三二．新置圖書萬卷，有遭蟻蛀者，感而賦此

插架新添萬帙緗，呼童朝暮採芸香。何啚惡蟻鑽新楮，更甚飢蚕食嫩桑。一遍尚難容我讀，百年況欲付兒藏。明知破甑顧無益，檢到殘編心自傷。

二三三．題水心亭[42]

手把南華一卷經，渡橋來訪水心亭。拜風楊柳眠還起，飲露芙蓉醉欲醒。嫩綠依依侵曲檻，清香拂拂透疏櫺。此間已與紅塵隔，更遣山圍四面青。

38 珍珠山：在新加坡河南岸。初名史丹福山（Stamford Hill），乃開埠者萊佛士之名。一八八二年，印度指揮官 James Pearl 買下此山，遂改名為珍珠山。現為一山地公園。

39 普陀山：在浙江舟山群島，佛教四大名山之一，乃觀世音菩薩教化眾生之道場。一八九〇年三月，普陀白華寺僧慧堂南來為莫舍身亭籌款。左秉隆贈詩四首，慧堂復答和四首。見李慶年，《馬來亞華人舊體詩演進史》，頁七四—七五。《勤勉堂詩鈔》原稿錄二首，餘兩首見本書「補遺」。

40 潮音洞：位於普陀山島東南紫竹林庵前，龍灣之麓，不肯去觀音院下入海處。晝夜為海浪所擊，聲若雷鳴，故名。

41 莫舍身亭：潮音洞石崖上，刻有「現身處」三大字。香客時有縱身躍下山崖，舍身離世者，藉以往生西方極樂世界。清定海縣令繆燧於岸上建亭，親書《舍身戒》立碑以禁舍身。

42 水心亭：未詳。

二三四・觸景有感

踏徧山巔與水湄，自憐聞見總無奇。龍潛大海波千頃，鳳去高樓月滿枝。倒掛林間惟蠛蠓，橫行沙上只蟚蜞。愁懷觸景偏多感，淡墨禿毫寫入詩。

二三五・臨文

平時萬卷自填胸，到此絲毫都不容。直以精心探理窟，更將勁氣達詞鋒。水清泉底魚堪數，葉茂林間鳥易逢。卻笑少年多鹵莽，漫推獺祭是詩宗。

二三六・閒居

不道中年學已遲，閒居卻喜得良師。焚香細讀修心賦，閉戶沉吟勵志詩。纏惑豈無除盡日，淵山合有積成時。從今抖擻精神起，便要存誠毋自欺。

二三七—二四二・疊句奉酬衛鑄生[43]（六首）

一

壯哉此老真難及，六十二齡如少年。力尚能行萬里路，字猶堪換一囊錢（按：《叻報》所載此句下有注曰：「先生向以書法著名海上，曾遊日本，極見重于彼都人士。茲辱臨星嘉坡，想愛書家必以先睹為快矣」）。搜奇今始來星島，攬勝昔曾到日邊。試問心胸寬底樣，東瀛南海兩茫然。

二

贈我新詩歸我勳，令人慚愧復歡欣。醫非神禹難治水，官是老兵頗好文。偏野哀鴻勞遠夢，遐陬威鳳喜同群。敢將燕石酬和玉，持向班門乞運斤。

三

自顧生平惟守樸，最耽雕琢是今年。早知性理非空論，近覺文章也值錢。思苦幾經忘寢食，味甜猶未徹中邊（按：《叻報》載「徹」字作「徧」）。神工肯把金針度，一炷心香畢世然。

四

吟壇孰敢與論勳，有句皆能令眾欣。氣魄沉雄如馬武，豐姿美好似陽文。惟其浩浩胸無物，故爾飄飄意出群。太息長松生澗底，不逢工匠奮樵斤。

---

43 衛鑄生：又名衛鑄，字鑄生，號破山冷丐。江蘇常熟人。工書法、篆刻。兼治印。曾遊日本，以書畫謀食，收入頗豐。光緒十五年（一八八九）九月應左秉隆之邀至新加坡，歷時四月，期間與左秉隆、葉季允等唱和。衛鑄生曾作有〈子興都轉又賜和章竊欣引玉復疊以酬〉二首、〈三疊左都轉見惠元韻〉、〈步吟壇畏友左公五疊瑤韻〉等。見李慶年《馬來亞華人舊體詩演進史》，頁六七—六八。左秉隆所作六首，《叻報》一八八九年九月廿八日載前二首，題為〈奉酬衛鑄生先生二律錄請諸吟壇同政〉，署名子興氏；中二首載《叻報》同年十一月四日，題為〈三疊前韻酬鑄老錄請郢政〉，署名紫馨氏；末二首載《叻報》同年十一月十八日，題為〈五疊前韻奉和鑄生我師錄請同政〉，署名子興。另有六篇疊韻見本書「補遺」。

五

與君數日不相見，懷想深如彌歲年。黃菊已傾無數琖，綠苔空散滿階錢。閒看蘿月懸窗外，靜聽松風到枕邊。惟有高人殊未至，一回思念一悠然。

六

秉鉞登壇欲建勳，初張旗幟頗欣欣。戰經三鼓竭兵氣，手上一通降表文。到底少年心怯敵，從來老將勇超群。知君身比廉頗健（按：《叻報》載此句「身比」作「卻似」），每飯應須肉十斤。

二四三．才鈍有感

白玉雕成淨絕瑕，爭如溫李捷堪誇。三篇草就涎三唾，八韻吟成手八叉。羨彼思如泉湧地，慙余筆似艇爬沙。洛陽紙貴吾家事，搔首空嗟兩鬢華。

二四四．夜步林園

月照林園夜寂寥，自扶藜杖步逍遙。有情芍藥紛紛墜，無義金鐙點點燒。萱草得來愁不解，桃花吞盡恨難消。曲闌行繞頻搔首，擬護芝蘭刈艾蕭。

二四五・論詩

詩人幸莫逞狂吟，分寸還須仔細斟。絢爛羞同燕女冶，鏗鏘恥似鄭聲淫。辭能悅目功猶淺，味到娛心學始深。地下鍾期如可作，聽予一鼓伯牙琴。

二四六—二四七・哭麗川姊倩[44]（二首）

一

家書火急遞新洲，忽報君歸白玉樓。不住雨從燈外灑，無窮淚向紙中流。生前為我多招怨，死後何人更作仇。最是恨難消遣處，一杯澆不到山頭。

二

聞道君遭二豎侵，曾拈戲語解愁心。蕭蕭枯柳經秋落，點點寒星向曉沉。雁至無書勞再寄，花開有酒夢同斟。可憐一女將詩去，路遠山高水復深。

二四八・暮景

埽將心地淨無塵，養得性天和若春。詩擬三山三水部，酒中一聖一賢人。偶過綠野驅耕

44 麗川姊倩：見本卷〈寄柳麗川姊倩〉，注17。

犢，閒傍清溪下釣綸。祇此已堪娛暮景，何須多慮損精神。

二四九・次勻奉和張樵野星使[45]

可憂天下事方多，莫向臨岐喚奈何。漢節送歸張博望，商霖期作傅巖阿。備邊君自有長策，頌德吾能賡載歌。聖教由來朔南暨[46]，小儒宣布幸無訛。

二五〇・黎朦[47]

青垂一樹子纍纍，莫以生酸竟棄之。配點沙餳殊可口，合些冰水更醒脾。立夫歌什昔曾播，貢父戲言初不知。賴有嶺南新著作，較梅比橘又成詩（《嶺南集》[48]詠黎朦有「較梅遜鬆脆，比橘無朱紅」句）。

二五一・憶昔

志願無窮憶昔曾，而今始覺事難能。詩情濃似花時酒，宦味冷於雪夜冰。常見月明甘取醉，每逢山好輙思登。何須更把袈裟著，如此清閑即是僧。

二五二・觀書

頻年跡似隱深巖，尚覺塵根未盡芟。筆偶停操心輒癢，書經飽看眼猶饞。精神恨不如錢鳳，嘯傲何能比阮咸。得半刻閒仍索句，真知此味異酸鹹。

---

45 張樵野星使：張蔭恒（一八三七—一九〇〇），字樵野，廣東南海人。同治三年（一八六四），捐資獲山東知縣之職。同治七年保薦至道員，分赴湖北。同治十三年（一八七四）薦為登、萊、青道員。歷官山東鹽運使、蕪湖關道員、安徽按察使。光緒十一年（一八八五）派為總理衙門大臣。曾出任美國、西班牙、秘魯欽差大臣。光緒十八年（一八九二），升戶部右侍郎，轉戶部左侍郎。戊戌變法期間，與康有為過從甚密。變法失敗，革職充軍新疆。光緒二十六年（一九〇〇），義和團事起，被誣通俄，斬於戍所。和議簽訂後，有旨昭雪，開復原官。著有《三洲日記》、《英軺日記》、《鐵畫樓詩文稿》和《荷戈集》等。張蔭恒於一八八九年十一月代表清廷與美國議定華工條約後返經新加坡，左秉隆以東道身份款待。張氏《三洲日記》一八八九年十一月廿七日載云：「燈後子興約飲酒肆，復回領事署，子興談曾劼侯前辦俄約，劾者紛然，其棘手甚於余之辦美約……一點鐘子興送余回船，又贈乾荔枝、呂宋煙卷。」張氏作有〈舟泊星駕坡極承子興太守東道之雅，別後奉寄一首〉。見《叻報》一八八九年十二月七日。詩云：「剖符津要閱人多，握手平生奈別何。此水便為中國海，望鄉同指粵山阿。倦遊聊復談邊備，往事惟應付醉歌。輒喜使君聲□美，已敷教文（按：當作「文教」）邁南訛。」

46 左秉隆此詩與張蔭恒上舉一詩同日刊於《叻報》題作〈奉和張樵野星使見寄原韻〉，第七句「朔南暨」，《詩鈔》作「南朔暨」。《尚書・禹貢》云：「朔南暨，聲教訖於四海。」故應以《叻報》所刊為準。

47 黎朦：亦作黎朦子。檸檬之屬。宋・周去非《嶺外代答・花木・百子》：「黎朦子，如大梅，復似小橘，味極酸。或云自南蕃來，番禺人多不用醯，專以此物調羹，其酸可知。又以蜜煎鹽漬，暴乾收食之。」

48 《嶺南集》：杭世駿著。見卷二〈劉少希以陶潛集及杭世駿《嶺南集》寄贈賦此以謝之〉。

二五三・得家書知麗川、介亭[49]兩姊倩與蔭堂[50]姻兄於五日內相繼謝世，感而作此

天涯歲暮雨霏霏，兀坐蕭齋燭影微。萬里一書驚忽至，三人五日悵同歸。泉臺應喜得相伴，稚弱何堪失所依。極目鄉關淒欲絕，不將淚灑老萊衣。

二五四・上元日立春有作

舊歲匆匆去不知，新年行樂最相宜。況當四海春歸日，恰值中天月滿時。火樹銀花開燦爛，香車寶馬任驅馳。獨憐母老還兼病，坐對牀頭覺漏遲。

二五五・正月二十日作

連朝凍雨灑蒼苔，偶放新晴亦快哉。母病漸隨陽氣轉，詩情又逐早春來。花香作意侵吟榻，鳥語關心勸酒杯。劇飲未能聊小酌，數尊留待老親開。

二五六・上巳日偕孫芷瀟[51]、吳錫卿[52]遊儲水池[53]作

水邊林下絕塵囂，薄暮風光未易描。點點黃羊依綠草，翩翩白鳥扇青霄。海流天外平如掌，山插雲中半露腰。佳節勝遊偕二妙，也同曾點樂陶陶。

二五七・次匀和孫芷瀟[54]〈島上送春有懷同社諸子〉[55]

忽聞啼鳥一聲哀，花落空庭柳覆臺。客久易傷春欲去，緣慳難得友頻來。焚香細讀王維畫，對月深傾李白杯。醉把乾坤作衾枕，故園無復夢飛回。

二五八—二五九・贈別吳錫卿[56]（二首）

一

欲謀菽水慰親情，又掛蒲帆事遠征。萬里煙波新海客，廿年書劍老儒生。時難祗有槎堪泛，歲惡應無硯可耕。他日登臺拜家慶，看君舞綵復談瀛。

---

49 麗川、介亭：麗川，見本卷〈寄柳麗川姊倩〉，注17。介亭，左秉隆另一姊夫。

50 蔭堂：未確定是否劉安科。見卷二〈劉少希以陶潛集及杭世駿《嶺南集》寄贈賦此以謝之〉，注6。

51 孫芷瀟：見卷一〈贈力軒舉孝廉〉，注5。

52 吳錫卿：見卷一〈贈力軒舉孝廉〉，注5。

53 儲水池：麥里芝儲水池（MacRitchie Reservoir），建於一八六八年，為新加坡歷史最悠久之儲水池。前稱 Impounding Reservoir（即儲水池之意）或「湯申儲水池」（Thompson Reservoir）

54 孫芷瀟：見卷一〈贈力軒舉孝廉〉，注5。

55 同社：指左秉隆於一八九二年創立之會賢社。該社以獎掖士子，扢揚風雅為宗旨。每月設有月課，由左秉隆出題、評改，並出其薪俸為獎金。

56 吳錫卿：見卷一〈贈力軒舉孝廉〉，注5。

二

病裡聞君欲解舟，心隨檣影共沉浮。何堪鬱鬱籠中鶴，更憶飄飄海上鷗。小別相思應易慰，微疴勿棄會全瘳。秋涼菊酒家家熟，待汝重來一洗愁。

二六〇．母生日醉示諸客

不可追思是去年，心如膏火苦熬煎。常憂著雨萱將萎，豈意經霜竹更堅。已伴兒童朝舞綵，更招賓客夜開筵。玉山傾倒君休笑，母壽而康樂事全。

二六一．和張綰良[57]留別

年少才多氣自豪，況經閱歷眼增高。一張紙寫長歌句，萬里風吹大海濤。君謂我當作霖雨，我憐君尚守蓬蒿。天涯相遇強相慰，回首觚棱魂夢勞。

二六二．次匀和孫大重九之作

抱病嬾登江上臺，詩成苦被老孫催。關河此日還羈旅，今古浮雲自往來。綠蟻無心邀客泛，黃花何意向人開。一篇賦罷留斟酌，聊當酬君酒一杯。

二六三・題力軒舉[58]寫本書目後

寫成文字三千卷，歷盡艱難二十年。鸞鏡銜悲仍志盛，鴒原抱痛更心專。嗟余命亦同君蹇，愧我才非似子賢。掩淚題詩無限意，他時合共此編傳。

二六四・哭馬（西人有馬極難馴服，欲鎗斃之，繼思不如拍賣，予購之歸，驅使如意，及予解印將去，駕車渡橋，一躍而死）

向來龍性本難馴，為感恩情不復瞋。死尚服勞同義士，生能擇主異庸臣。百金脫汝憂危際，十載從余寂寞濱。黯澹敝帷猶在廐，不堪回首淚沾巾。

二六五・次勻酬黃公度觀察[59]見寄

平生意氣銷磨盡，祇此詩情未許無。頭白自慙窺玉鏡，心清差可比冰壺。每思馬援猶招謗，擬學虞卿早著書。已是秋風涼冷候，遲君不至益悽如。

---

57 張綰良：見卷三〈次韻和張綰良見贈〉，注8。

58 力軒舉：見卷一〈贈力軒舉孝廉〉，注4。

59 黃公度觀察：黃遵憲（一八四八—一九〇五），字公度，號人境廬主人。廣東嘉應（今梅縣）人。晚清著名詩人。光緒十七年（一八九一），繼左秉隆任新加坡總領事。

二六六—二六七・別新嘉坡[60]（二首）

一

幾度陳情未許歸，今朝喜氣動慈闈。魚銜波浪群爭躍，鳥戀山林自退飛。海上罷持蘇武節，篋中檢點老萊衣。從今且敘天倫樂，世事攖心合漸稀。

二

十載經營荒島間，不堪雙鬢已成斑。有心精衛思填海，無力蟁蝱懼負山。聖主恩深多未報，使君轅去不須攀。漢家循吏推黃霸，看取聲威懾百蠻（繼予任者為黃君公度[61]）。

二六八・遊廣雅書院[62]

百粵人文亦盛哉，憑誰造就濟時才。儀徵[63]既沒南皮[64]出，學海[65]方波廣雅開。但有儒臣崇四教（院設經、史、文、理四科），豈無豪俊列三台。整襟瞻仰濂溪像，霽月光風願奉陪。

二六九—二七〇・遊白雲[66]（二首）

一

侵曉扶筇出北門，遊人如蟻徧郊原。香煙起處雲煙暗，泉水汲來河水渾。巧削黃茅成狗子，雜陳青果祀猿孫（能仁寺[67]供奉齊天大聖）。不知今日此山裡，何處安期可避喧。

二

偶脫樊籠任鳥翔，精神真箇四飛揚。足從滴水巖[68]前濯，頭向摩星嶺[69]上昂。縹緲輕帆歸極浦，蕭疏古木帶斜陽。由來此地堪臨眺，況得雲泉美更彰。

---

60 別新嘉坡：左秉隆於光緒十六年（一八九〇）辭新加坡領事職，十一月回國。

61 黃君公度：即黃遵憲。見前〈次勻酬黃公度觀察見寄〉。

62 廣雅書院：在廣州城西北。光緒十三年（一八八七）由兩廣總督張之洞創立，旨在培養洋務干才。首任學長為梁鼎芬。

63 儀徵：阮元（一七六四—一八四九），字伯元，號芸臺、雷塘庵主，江蘇儀徵人。乾隆五十四年（一七八九）進士。歷任禮部、兵部、戶部、工部侍郎，山東、浙江學政，浙江、江西、河南巡撫及漕運總督、湖廣總督、兩廣總督、雲貴總督等職。在廣州創立學海堂。

64 南皮：張之洞（一八三七—一九〇九），字存達，號香濤。祖籍直隸南皮。晚清洋務派重要代表。同治二年（一八六三）進士，授翰林院編修，歷任教習、侍講、內閣學士、山西巡撫、兩廣總督、湖廣總督、軍機大臣等職，官至體仁閣大學士。

65 學海堂：廣州著名學堂，由阮元於道光年間創立，在廣州城北粵秀山。專治經史、訓詁、文理，「以勵品學」。

66 白雲：指廣州白雲山。有「羊城第一秀」之稱。為廣東最高峰九連山之支脈。秦末高士鄭安期曾隱居於此，後「成仙而去」。又相傳葛洪嘗在此煉丹。是為廣州人郊遊勝地。

67 能仁寺：始建於清宣宗道光四年（一八二四），由吟堅和尚創建，為白雲山最大規模之佛寺，內供奉觀音及齊天大聖。至今猶香火不絕。

68 滴水巖：宋代「羊城八景」，有「蒲澗濂泉」之目。蒲澗為白雲山中一道南流山澗。濂泉則指蒲澗中有高崖滴水，稱為「滴水巖」。

69 摩星嶺：原名碧雲峰，位於白雲山蘇家祠與龍虎崗之間，是白雲山最高峰，海拔三百八十二米，為白雲三十多座山峰之首。

二七一—二七二・李宮保筱荃[70]委辦廣東洋務，感而賦此（二首）

一

海外馳驅十四年，歸來歲月又頻遷。常思閉戶緣親老，敦勸出山仗友賢。知己自傷分兩地，感恩誰信有三天（生平感恩知己，前曾後李[71]而已）。撫膺尚覺雄心在，夜半聞雞起著鞭。

二

歷四千年創局開，濟時須仗巨川材。不兼中外非真學，粗識皮毛亦劣才。人羨孔融能薦士（因伯行[72]薦而為此差），我虞苗振倒綳孩。要知盛世無邊釁，都向朝乾夕惕來。

二七三—二七四・遊學署喻園[73]賦呈徐公花農[74]（園有尋仙訪岳亭、環碧亭、南漢時所植老榕、九曜石、讀書臺、光霽臺、鸞藻軒、校經廬等名勝）（二首）

一

萬里乘槎犯斗回，尋仙又到藥洲來。竹如佳士節凌日，榕似老人鬚拂埃。霸跡荒涼餘片石，書聲縹緲出層臺。縱談疑坐春風裡，不覺花陰夕照催。

二

能將木鐸振斯文，天下何人似使君。風月襟期同灑落，鳳鸞藻采互繽紛。經因課士潛心校，俸為崇賢信手分（公屢捐俸修祠崇祀名賢）。豈獨竹林沾化雨（霈姪[75]出公門下），星軺指處頌聲聞。

二七五・讀曾惠敏公[76]詩集有感

木壞山頹幾度秋，遺編讀罷淚長流。茫茫四海誰知己，黯黯孤燈獨倚樓。此日音容空想

---

70 李宮保筱荃：李翰章（一八二一—一八九九），字筱泉，一作筱荃。安徽合肥人。李鴻章兄長。拜曾國藩為師，曾為糧臺及江西釐金局幫辦，為湘軍籌措軍餉。歷任廣東按察使、廣東布政使、湖南巡撫、浙江巡撫、湖廣總督、四川總督等職。

71 前曾後李：前曾指曾紀澤。後李即李翰章。

72 伯行：李經方（一八五五—一九三四），字伯行，號端甫。安徽合肥人。李鴻章姪，後過繼為其嗣子，並任其秘書翻譯。曾任駐日公使、使英大臣，及中國第一任郵政局局長。著有《李襲侯遺集》。

73 喻園：在廣州學使署內。舊為禺山書院，南宋嘉定初年經略使方大琮創建。即今廣州中山四路三百一十六號廣州市文化局。歷朝設於廣州之教育官署，最早始設於宋，稱提學事司，元代稱儒學提舉司，明代稱提學署，清代稱學使署、學院署或學政署。清人程頌萬有〈清平樂〉詞一首，其序云：「南漢鑿仙湖以通藥洲，即今廣州學使署之喻園。花農太史於池旁築亭，額曰補蓮。介弟仲可為圖囑賦」。

74 徐公花農：徐琪（一八四九—一九一八），字玉可、花農，號俞樓，室名玉可盦、九芝仙館、香海盦、瑞芝軒、青琅玕館。仁和（今浙江杭州）人。光緒六年（一八八〇）進士，授編修。歷任山西鄉試副考官、廣東學政，官至兵部侍郎。為俞樾弟子。工詩文、善書畫。著有《粵東葺勝記》、《日邊酬唱集》、《南齋日記》、《蘇海餘波》、《冬日百詠》、《留雲集》、《墨池庚和》、《名山福壽編》等。

75 霈姪：左霈（一八七五—一九三六），字雨荃。左秉隆姪。光緒二十年（一八九四）廣東鄉試舉人，光緒二十九年（一九〇三）進士，殿試一甲第二名，即榜眼，授翰林院編修。後任雲南麗江知府。民國元年（一九一二）由蒙藏局派往籌辦《蒙藏報》，任總編纂。一九一八年起，先後任清華學堂歷史、國文教職，至一九二八年。次年赴香港，任教於聖士提反書院。著有《左霈日記》。

像，昔年冠劍共遨遊。詩成欲向泉臺寄，可有佳章入夢酬。

二七六—二七七．偶成（二首）

一

狂瀾日倒勢難回，撫劍空增壯士哀。燕雀乘風欣有託，蛟龍失水嘆無媒。幾人大夢呼能覺，是處頑雲撥不開。細想閉門真得計，傍籬頻引菊花杯。

二

雞犬猶能伴客眠，馬牛何事任兒牽。瘍經屢潰仍忘痛，鏡未嘗窺自（騁）妍。朱紫盈廷多籌策，文章滿紙半雲煙。老來欲覩中興象，且進參苓祈永年。

二七八．題光孝寺菩提樹[77]

訶子林園已就荒，菩提依舊蔭禪堂。占來東漢談經地，開作南天說法場。翠葉深含靈雨潤，瓊枝高拂瑞雲香。曾聞此樹原無樹，寄語詩僧細審詳。

二七九．嶺南春日

地居南嶺得春先，花鳥當窗競鬥妍。乍煖乍寒蝴蝶月，半晴半雨鷓鴣天。臥愁屋漏牀牀溼，坐見苔生處處鮮。最好繫舟珠海畔，斜陽一抹柳如煙。

二八〇．南園五先生祠[78]餞春

把酒南園花亂飛，風飄萬點撲書帷。花魂散處騷魂冷，樹影濃時蝶影稀。千古吟壇餘老柳，一灣流水送殘暉。餞春今日更懷古，春去明年還自歸。

二八一．首夏北郭觀農分秧

杖履飄然自在身，來從北郭步芳塵。紛紛梅雨沾衣溼，短短秧針刺水勻。四野蛙聲黃日淡，滿田簑影綠煙新。此行不為消閒計，曾讀豳風識苦辛。

---

76 曾惠敏公：即曾紀澤。見卷二〈我且歌〉，注5。

77 光孝寺：見卷二〈古寺〉，注34。菩提樹：《天台志》云：「訶林有菩提樹，蕭梁時智藥三藏自西竺持來，今歷千餘年矣。大可百圍，作三四大棵，其根不生於根，而生於枝。根自上倒垂，以千百計。大者合圍，小者拱把。歲久，根包其幹，惟見根而不見幹。幹已空，中無幹，根即其幹；枝亦空，中無枝，根即其枝。其葉似柔桑而大，本圓末銳，二月而凋落，五月而生。僧采之，浸以寒泉，至於四旬之久，出而浣濯，滓渣既盡，惟餘細筋如絲。霏微蕩漾，以作燈帷笠帽，輕柔可愛。持贈遠人，比於綃縠。其萎者以之入爨矣！菩提樹子可作念珠，面有大圈，文如月周羅，細點如星，謂之星月菩提。」鄧淳《嶺南叢述》記云：「廣州光孝寺菩提樹，不花不實，經冬不凋。葉之筋脈細緻如紗絹。廣人每用此為燈、為花、為蟬蟲之翼。」

78 南園五先生祠：《四庫全書總目提要．南園前五先生詩》云：「嶺南自南園五子以後，風雅中墜……南園即抗風軒，在廣州城東南大忠祠側。明初孫蕡、趙介、李德、黃哲、王佐唱酬於此，稱南園五子。」南園在今廣州市中山圖書館附近。

二八二·聞江門甘竹河口西南等處准洋人通商[79]有感

江門甘竹當衝地，河口西南扼要津。正值邊防籌此日，豈容鼾睡任他人。萬家珠玉儲三郡（新會、順德、三水），百粵山川控九真[80]。番帕爭趨知有意，諸公努力保商民。

二八三—二八八·和王摩詰七律六首

送方尊師歸嵩山

問師何處隱高蹤，笑指嵩山好散筇。泰華衡恒朝四面，星辰日月近中峯。書探石匣金函古，翠挹秦松漢柏濃。此去法筵誰聽講，深潭飛起老神龍。

酌酒與裴迪

醕酒真堪養性和，勸君酌此莫悲歌。死縱沉淵猶墜石，生雖同室且操戈。傍水夭桃晨露重，出牆修竹晚風多。萬事不如拼一醉，煙雲空向眼中過。

早秋山中作

駑鈍應難勉效忠，閉門端合隱蒿蓬。扁舟久欲隨張翰，大乘還思訪葛洪。冷咽蟬聲梧葉雨，暗移蛩響豆花風。山深不怪無人到，坐看澄潭萬慮空。

積雨輞川莊作

雨積桑田綠四圍，野人侵曉啟柴扉。平平沙岸群鷗戲，淡淡煙泉一鶴飛。閒掃莓苔成獨坐，自煨藷芋療朝飢。漢陰抱甕君知否，久厭風塵欲息機。

輞川別業

華子岡前景物華，一川縈繞兩三家。風翻細柳重重浪，雨濕穠桃片片霞。閒訪高僧說因果，更邀野老話桑麻。歸來卻喜春仍好，且把犁鋤學種瓜。

春月與裴迪過新昌里訪呂逸人不遇

境隔塵寰路欲迷，白雲深處訪幽棲。行到花間無犬吠，坐來竹裡有禽啼。映窗山色濃兼淡，穿屋水聲東復西。不知孤鶴何時返，徙倚蒼松日漸低。

二八九．題何屏珊[81]詩集

新詩一卷向窗開，盥露焚香讀百回。盡埽穠華歸雅淡，全從肫摯發悲哀。經傳南海希前哲，秀毓西樵降雋才。天意不教龍作雨，高歌且覆掌中杯。

---

79 洋人通商：廣東江門於光緒三十年（一九〇四）開關通商，江門鎮之西南角起直至文武廟止，由江門河之東口起至鯉魚山止，由江門河之西口起至芝山村止為外輪停泊港區。甘竹即甘竹灘，為其中一處客貨上下口。

80 九真：古代郡名。秦時屬象郡，趙佗稱王後，分其地為交趾、九真二郡。屬南越四郡之一。

81 何屏珊：指何屏山，朱次琦弟子。撰有廣州及端州府誌。

二九〇—二九一．李傅相[82]自粵督任內奉召還朝，恭送以詩（二首）

一

無端畿甸忽揚塵，當事誰為解事人。患至大都思縮手，功成畢竟待分身。孤忠自有神明鑒，苦志當憑史冊伸。福曜北移南嶺暗，安能普照萬方勻。

二

砥柱中流獨仗公，眼前幾輩是豪雄。癰疽容易潰俄頃，華物亟須收滿籠。謀國但知權利弊，與人何暇辨姦忠（公言某當道詆外交家為漢姦）。駑駘慙媿孫陽顧，爭奈生成骨相窮（公將起用不才，因拳匪事召還）。

二九二．夜宴珠江

登舟客似入紅爐，腦痛心煩汗浹膚。燈火齊開光焰焰，管絃頻鬧唱烏烏。濃熏粉氣兼花氣，滿引湯壺並酒壺。歸遇鄰翁相問訊，昨宵水面納涼無。

二九三．中秋閏節與友人醵飲於粵秀山[83]之小蓬壺（澄泉相國[84]顏其額曰「氣象萬千」）

百年風月幾中秋，風月今宵又滿樓。無主便推風月作，有杯須對水雲浮。地臨珠海三更靜，人在蓬壺萬象幽。佳節重逢宜盡醉，莫教風月笑吾儔。

二九四・賀熊三峯[85]七十一歲得子

早識天公佑善人，為遴嘉種故逡巡。仙桃結實方為瑞，老蚌生珠倍足珍。但使克家稱有子，不妨開府後同寅。撚鬚願祝庭中桂，茂似青松壽似椿。

二九五－二九六・商梅生[86]以近所作詩及《見聞續紀》自都中寄示，賦此以答之（二首）

一

無端烽火照都城，壯士臨危膽不驚。收取雲煙歸筆墨，唾將珠玉厭戎兵。苦吟空憶梅花瘦，遠望還思漢月明。把卷倚樓悽欲絕，海風吹浪幾時平。

82 李傅相：指晚清名臣李鴻章（一八二三－一九〇一）。李字少荃，安徽合肥人。光緒二十六年（一九〇〇）五月，李任兩廣總督，同年六月八國聯軍入京，復被調任為直隸總督兼北洋大臣。
83 粵秀山：在廣州市中心。又稱越秀山、越王山、觀音山。海拔七十米，為白雲山餘脈。
84 澄泉相國：瑞麟（一八〇九－一八七四），字澄泉，滿洲正藍旗人。同治五年（一八六六）任兩廣總督，在任九年。
85 熊三峯：未詳。
86 商梅生：商廷修，見卷三〈讀朗山師《梅窩詩詞鈔》因懷劉蔭堂、商梅生諸君子〉，注29。

二

霜摧古木半身枯，南北枝頭景象殊。龍馭已遷秦帝闕，鴉軍猶滯粵城隅（福軍黑旗[87]奉檄勤王，久未成行）。雲屯畫舫歌鶯燕，星閃明燈唱雉盧。縱有風鈴時送響，隔牆聽取總模糊（警報時聞，疑信參半）。

二九七—二九八．星漱醪[88]社友（二首）

一

江流月夜去滔滔，酒國無愁許我逃。晨賞花兼宵賞月，右持杯更左持螯。且誇捫腹異羌黨，莫厭沾唇同晉陶。名士所須惟痛飲，不知何苦讀離騷。

二

笳聲吹起月輪高，照見尊前酒膽豪。手轉乾坤歸上相（上諭「合肥相國有旋乾轉坤，匪異人任」之語），氣吞湖海屬吾曹。但逢知己須酣飲，那管傍人笑老饕。諸將何時方罷戰，好來吾社漱芳醪。

二九九．醉別李柳溪[89]

三更珠海煙花煖，萬里長安風雪寒。莫向臨歧更惆悵，適當國步正艱難。馬逢路滑徐揮策，船待波平好上灘。他日錦衣歸故里，一尊相對共追歡。

三〇〇．讀《漢書》有懷霍嫖姚

萬里沙黃月黑天，冠軍深入猛無前。數千餘虜倒迎刃，三十二王驚控弦。雲裡豐碑照姑衍，日中高冢象祈連。金人徙後論方略，濁酒何能下此篇。

三〇一．謁三君祠[90]有懷文信國公

驅羊搏虎竟無成，瞻仰崇祠淚自傾。節義三仁同峙鼎，文章十子與連楹。歌留正氣乾坤浩，史著丹心日月明。欲報君恩惟一死，乞身方外豈真情。

---

87 福軍黑旗：指黑旗軍。劉永福（一八三七—一九一七）曾領黑旗軍於中法戰爭中抗擊法軍。光緒十一年（一八八五），劉奉清廷召，率部初至廣州，屯於東北郊沙河燕塘營盤。勤王指越南嗣德帝請求黑旗軍赴越抗法，然黑旗軍已被清廷削減人員，無法出征。越南遂陷於法人之手。劉於越戰中，曾標舉「福軍後營」旗號。光緒二十三年（一八九七），劉復於南寧招募二千營勇，組成黑旗福軍四營，屯紮於廣州小北門外舊營盤。甲午戰事起，奉清廷令進駐臺灣，與日軍作戰，大部陣亡。

88 漱醪：應是當時廣州一詩社名。

89 李柳溪：李家駒（一八七一—一九三八），字柳溪，號昂若、穀人。廣州駐防漢軍正黃旗人。光緒二十年（一八九四）進士。曾任京師大學堂總監督、駐日公使。後為立憲運動領袖。一九一一年任資政院總裁。入民國後退隱青島。

90 三君祠：在廣州越秀山麓。三君指虞翻、韓愈、蘇軾，皆謫宦廣東。

三〇二・宴集佛照樓[91]呈同席諸君

佛光高照酒家樓（樓對武帝廟[92]），心鏡空明眾妙收。露吸銀花香透頰（飲銀花露酒），燈然金蒜燄盈眸（燈作蒜形，以錫為之）。經師肯約丹師至（何師屏珊、潘師玉鳴及張道人[93]敬之皆列座），少者欣隨長者遊（余三小兒亦奉陪）。醉後且拋身外事，敢詢何以善吾修。

三〇三—三〇五・辛丑[94]出闈後率成三首（時余已官至二品）

一

自笑狂夫老更狂，還隨舉子踏槐黃。未完文債應須補，豈有科名尚待償。圭角原知難並與，熊魚何敢望兼嘗。欲為吾黨留佳話，見獵伊川喜氣揚。

二

衝霄雛鳳一聲鳴（是歲叔子擢弟子員），引起高梧老鳳聲。翰墨姻緣容我結，文章遊戲任人評。眼看時局風雲幻（制藝將廢[95]），夢繞芸窗雪月明。故紙從今束高閣，要將經濟答昇平（論開經濟特科）。

三

不到闈中卅二年，風光回首尚依然。名心久矣秋同冷，結習無如老更堅。恪守正宗裁正體，高談時務讓時賢。文章氣數相關處，要與諸公子細研。

三〇六．過萬松園[96]題伍懿莊[97]

萬株松樹繞幽居，綠水紅橋一帶疏。此地最宜風雪月，其人兼擅畫詩書。池通珠海波光活，屋接琳宮竹影虛。佳日客來杯共把，笑談花底樂何如。

三〇七．偕友人探梅小港[98]

小港梅開日正晴，良朋結伴此閒行。鑪支石角蔬親煮，瓢掛林梢酒共傾。殘果半黃經鳥

91 佛照樓：廣州一旅店名。徐珂《清稗類鈔》卷三載樓中有楊景白所繪《羅漢圖》四幀。

92 武帝廟：或指廣州仁威廟。在龍津西路仁威廟前街，舊泮塘鄉內，供奉道教真武帝。初建於宋皇祐四年（一〇五二），清乾隆年間重修。

93 何師屏珊：何屏山，朱次琦弟子。見本卷〈題何屏珊詩集〉。潘玉鳴，未詳。見卷三〈偕何禹笙謁潘玉鳴師〉。該詩中尚提及張道人。

94 辛丑：光緒二十七年（一九〇一），時左秉隆或在廣州任考官。

95 制藝將廢：是年八月清廷改革科舉，廢八股文。三月，復開經濟特科。

96 萬松園：伍懿莊所居園林。在廣州河南溪峽（今海珠區海幢街）。李健兒《廣東現代畫人傳》稱：「（伍氏）好考古金石篆刻，少從名師居古泉（廉）習畫，多識文人墨客，時出家藏名跡，互相觀摩，復從古泉歲時作文酒之會。所居曰萬松園，有花石亭台之美，巨公貴人所常至。」有「再世孟嘗」之稱。

97 伍懿莊（一八五四—一九二七），名德彝，號逸莊，一名乙公，又號花田逸老。廣東南海人。出生世襲經營怡和洋行之富家。擅書畫，曾隨隔山老人居廉習畫。晚年家道中落，以鬻畫為生。又擅詩詞，有《浮碧詞》二卷、《松苔館題畫詩》二卷。

98 小港：在廣州海珠區。今取諧音，稱為曉港公園。園內有雲桂橋，又稱小港橋，何維柏建於嘉靖二十四年（一五四五）。

啄，好花初白向人横。興高偏恨駒光短，歸帶香風入暮城。

三〇八．謁黃大仙祠[99]

未到仙祠心已清，沿溪芳樹伴人行。花間犬臥有閑意，竹外雞啼無惡聲。樵客遠隨松徑轉，漁舟低向板橋橫。家居久厭風塵擾，擬傍園林結數椽（按：「椽」出韻，疑為「楹」。）。

三〇九．過寶漢茶寮[100]（寮有南漢馬氏墓碣）

閒行郭外偶停驂，酒熟茶香足笑談。萬頃田疇翻碧浪，滿庭花竹漾晴嵐。層樓矙眺雄風在，斷碣摩挲古意含。如此山林如此景，稱名第一更何慚（額題「第一山林」）。

三一〇．過浮邱寺[101]（寺在積金巷[102]內，有張氏墳）

為探梅信出城遊，愛此西郊古寺幽。門外應無金可積（門外賭館林立），牆根空有石能浮。濃陰蔽屋苔生瓦，暖氣蒸墳花滿邱。底事山僧忙洗滌，客來旋去不曾留。

三一一．過報資寺[103]（寺在蘆荻巷[104]，相傳有尚之信墓[105]在焉）

殿宇摧殘佛黯然，僅堪容膝兩三椽。垣無荻繞空垂柳，池有花開不種蓮（池中多甕菜

99 黃大仙祠：在廣州荔灣區芳村古祠路。始建於光緒二十五年（一八九九）。

100 寶漢茶寮：廣州酒樓名。原址在今小北路寶漢直街。咸豐六年（一八五六），廣東學人曾釗外孫李承宗（字月樵）在該處掘出南漢大寶五年（九六二）馬氏二十四娘石碑一塊，乃是安慰死者家屬及申明墓碑所有權之「買地券」。李遂於此開設茶寮，名曰「寶漢」，置石碑於內供客觀賞。同治十二年（一八七三），廣東布政使楊翰觀摩此碑後，親為題匾。碑有二百九十八字，載於倪鴻《桐蔭清話》。鄧絢裳〈羊城竹枝詞〉題云：「寶漢名寮小北張，賓朋從此樂壺觴，肥魚大酒朝朝醉，誰奠芳魂廿四娘。」鄧方〈羊山雜詠〉亦云：「寶漢茶寮賣酒旗，濃秋煙景晚唐詩。馬家廿四娘如夢，一路青山叫畫眉。」茶寮於抗戰後結業。

101 浮邱寺：在今廣州中山七路陳家祠附近。古時此處對出珠江上有浮邱石，相傳葛洪曾於此煉丹，有「浮丘丹井」之稱。同治壬申鄭夢玉等所撰《續修南海縣誌》云：「浮邱寺石……道光間猶及見，不知何年，並石鑿去，而古跡盡消沉矣。」元時建有朱明觀，明改為廣仁觀。至清時改為浮邱寺。民國北伐前，市政廳以籌集北伐及市政經費，將浮邱寺等列為公產拍賣。

102 積金巷：又名撒金巷。相傳古有二盲人，相依為命，時往浮丘山伐薪，人稱年長者為浮丘丈人，年少者為浮丘叔，時贈與豆食。一日，二人將麥豆撒回施贈者，竟變為金豆。二人亦成仙遠舉。後人遂稱此地為撒金巷，又改為積金巷。屈大均《廣東新語》記童謠一首曰：「浮丘叔，浮丘丈人同一目。撒豆成金人不知，肩上珊瑚擔一束。」乾隆時羅天尺復有〈撒金巷〉詩云：「欲訪浮丘路不迷，丈人蹤跡穗城西。仙班不用黃金買，撒與人間合當泥。」

103 報資寺：舊址在廣州城西，今西華路廣州市第十一中學內。清初平南王尚可喜所建。葉廷勳〈過城西報資寺平南王墓〉詩三首云：「古寺蒼涼石碣存，一家遺骨瘞西園。平南功業今何在，野草繁花翳墓門。」「荒冢累累向夕陽，古槐交蔭路羊腸。自從玉碗埋塵土，無復衣冠拜尚王。」「寒食年年聽杜鵑，春山啼斷隴頭煙。紙錢麥飯無人到，惟有農夫負耒前。」寺中據云多榕樹。沈世良〈報資寺〉詩序云：「（寺）去城西一里而近，方塘數畝，石床無塵，榕蔭蔽之，上不見日，禪窟中第一清涼地也。」

104 蘆荻巷：在今廣州荔灣區西華路，中山七路附近。據稱古時該處浮丘石一帶蘆葦叢生，因名。

105 尚之信墓：尚之信（一六三六—一六八〇），清初藩王尚可喜長子。字德符，號白。康熙十五年（一六七六），與吳三桂叛清，發兵襲其父府邸，旋又悔罪自歸。襲封平南親王，鎮守廣東。以跋扈不馴，為康熙下旨遞問，送京賜死。或云賜死於廣州，瘞於報資寺後山下。見李天根《爝火錄》附記。

花）。數畝荒園蔬帶雨，千秋疑塚草生煙（或云尚之信墓是屬訛傳）。經聲聽罷鑪香冷，笑問沙彌可解禪。

三一二·自述

與君細說平生事，百歲光陰強半過。書劍飄零燕薊雪，節旄遷徙海洋波。侍親牀褥衣慵解，課子鐙窗筆凍呵。此後行藏誰料得，倚樓看鏡淚痕多。

三一三—三一九·雜詠七首

一

悄立孤峯望九州，蒼蒼幾點暮煙浮。藩籬全撤犬羊竄，門戶洞開狐兔遊。欲渙人心須急萃，深藏地寶要勤收。書生漫獻籌邊策，鴉噪寒林日色愁。

二

竟成如此詎無因，痛與諸公灑淚陳。官可買來終蠹國，財從歛得總傷民。縱加微俸廉難養，但闢生機富易臻。莫道興衰關氣運，轉移還望有心人。

三

不下堂階令自行，惟王出禮萬方驚[106]。置之高閣能無罪，應以露文亦寡情。幾輩天良真激發，大都家國太分明。如何綸綍從天降，也似風吹柳絮輕。

四

也識琴絃要略更，祗憂獨理調難成。明堂毀後無公論，鄉校存時有定評。誤國荊公惟執拗，集思諸葛在開誠。咨詢不廢芻蕘賦，投老猶能見太平。

五

聖主求賢意若如，特將經濟作專科。鴻才每恨如麟少，鶚薦今聞比鯽多。未必櫟樗都採擇，豈無杞梓待搜羅。杜陵老去成衰朽，合與長松臨澗阿。

六

眼中時局豈難明，老我猶能指掌評。強弱界從真偽判，死生棋向後先爭。頻遭痛懲仍酣睡，儘有良謀未力行。燕雀處堂魚在釜，依然歌舞頌昇平。

七

百體生成本自然，胡戕杞柳作桮棬。面黥鐵漢殊堪惜，足刖珠孃更可憐。芳蘭竟甘親縛束，蘭膏何苦自熬煎。披圖漫詡吾民眾，強半摧殘昧養年。

106 此句「禮」字，手稿筆跡未能確定，或作「陛」。

三二〇・題徐鐵孫[107]先生畫梅冊

血濺漁亭化碧涼，至今鐵筆尚生光。三祠俎豆千秋壯（公在漁亭[108]殉難，奉旨從祀昭忠賢良名宦三祠），一冊梅花百世香。玉幹撐天雄劍氣，冰心照國爍星芒。調羹未試魂先返，慨想風標飲恨長。

三二一—三二三・黃圃孫[109]出元旦作索和，余最後成，三疊其句（三首）

一

豈有新詩妙入神，自慚吟債負如薪。千篇脫口常誇富，一字搜腸竟患貧。酒舍已曾三避楚，騷壇何意又生秦。賦都十載吾家事，應讓梅花占早春。

二

眼看時局總傷神，止沸誰抽釜底薪。仕以賄求官亦賊，財憑箕歛國彌貧。少文周勃終安漢，愛法商鞅實亂秦。莫道中原無好景，鴻鈞一轉即回春。

三

酒煖屠蘇酹喜神，自燒紅葉代烏薪。磨人筆墨催年老，作伴鶯花掩屋貧。身健尚能登泰嶽，金多何必羨蘇秦。詩成元日酬良友，肺腑全收海宇春。

三二四・訪白沙釣臺[110]

日落江門好繫船，振衣來訪釣臺先。方巾素履今何在，明月清風尚宛然。跡混呂嚴原自晦，學宗王陸本非禪。低頭一拜先生像，擬借漁竿了暮年。

三二五・吊鐘花

鑄鼎軒轅未鑄鐘，尚餘金氣鬱雲峯。年深攘得奇葩發，象巧如經大冶鎔。秀萼低垂鈴箇箇，繁枝密布塔重重。倘教夜半敲能響，驚起仙禽別遠松。

107 徐鐵孫：徐榮。見卷三〈家藏黎二樵手書古詩十九首，為人以徐鐵孫墨梅偷易攜去，近於友人處觀二樵墨蹟，因感而作〉。

108 漁亭：漁亭，在安徽黃山市黟縣。徐榮與太平軍於此交戰，歿於陣。《清史稿》卷四九〇載：「先是粵匪沿江上竄，由石埭之流離、霧露兩嶺分竄羊棧嶺，入踞黟縣。時榮尚未赴任，即率師往漁亭防剿。二月，連敗賊，殲二百餘。嗣賊眾紛至，援兵未集，榮率其子慮善與署嚴州同知裕英等出戰，身受刀矛重傷，歿於陣，年六十有四。用正三品例賜卹，於漁亭建專祠，以同時殉難之都司許上達、歙縣知縣廉驥元、候補按察司知事張穎濱及陣亡各員弁附祀。」

109 黃圃孫：未詳。

110 白沙釣臺：陳獻章（一四二八—一五〇〇），字公甫，別號白齋。明代大儒。廣東新會（今江門市新會區）白沙里人。人稱白沙先生。明成化年間，陳氏仿東漢嚴子陵，於蓬江邊築釣魚臺。

三二六・聞日俄搆兵[111]，感而有作

投骨應難禁犬爭，山陵回首淚頻傾。讎均右右將焉袒，徑窄中央或可行。旭日東升誇有耀，寒風北至恐無情。須知局外終波及，未雨綢繆仰聖明。

三二七・服闋[112]將北上留別粵中諸君子

海外歸來十四年，眼中時局幾更遷。曾叨薄俸終親養，敢惜餘生為國捐。幹濟未能追往哲，行藏端合效前賢。何人共抱澄清志，願借吹嘘送上天。

三二八・重遊清遠[113]

長衫舊客又重來（前遊清遠，有指予衫而笑者），獨上城頭望眼開。朱郭有名留白石（縣有石牌坊二，一為郭儀長[114]立，題曰名御史，一為朱璧、朱琳[115]同立，題曰科第名賢），鳳麟無跡印蒼苔（又有鳳皇街、麒麟里[116]）。濛濛塔影沉雲外，浩浩沙光漾水隈。歸到舟中回首看，暮煙春樹暗樓臺。

三二九・哀舟子

飄飄一葉泛波濤，嗟爾榜人無乃勞。風順揚帆逆牽纜，水深搖櫓淺撐篙。峽逢窄處鮫龍

111 日俄搆兵：一九〇四年二月八日，日軍突襲停泊於旅順之俄國艦隊，兩國開戰。日軍續於遼東登陸，俄軍連戰皆北。終在美國斡旋下，於一九〇五年九月五日簽訂《樸次茅斯條約》。俄國由是元氣大傷。

112 服闋：光緒二十八年（一九〇二）二月十一日，左秉隆母姜太夫人歿於廣州。光緒三十年（一九〇四），喪滿除服，左秉隆赴京充外務部頭等繙譯官。

113 清遠：廣東北部縣城。嘉慶十八年（一八一三），清遠、英德二縣劃地設立佛崗直隸廳。清遠屬廣肇羅道廣州府。此詩應寫於光緒二十八年（一九〇二）左秉隆服闋北上途中。

114 郭儀長（一七三二—一八〇九）：字震元，號豫堂。清城下郭後街人。乾隆四十八年（一七八四）中舉。授河南司主事兼辦江蘇司事，歷任刑部奉天司員外郎、刑部山西司郎中、江西道監察御史，兼署江南道監察御史、浙江道監察御史，誥授中憲大夫。六十九歲時告假回鄉，嘉慶特賜一筆「坊架銀」，令其於邑城建石坊。三年後，於清城南門街建牌坊，正面書「名御史」，背面「奕世名勳」。一九五八年被拆毀。

115 朱璧、朱琳：俱為明代清遠元素佛崗上古村人。據朱汝珍、余棨謀、吳鳳聲纂修《民國清遠縣誌》卷六載：朱璧，字含璋（《兩岳族譜》），清遠人。洪武應天己卯舉人，授兵部主事，三年大著勞績，尋補工部主事，勤督營繕。以鄉人朱稚同官不繳符契事，出為興化通判，署莆田縣。廉明剛果，有循吏風，分試閩闈，解綬歸。卒。生平孝友著聞，志行端潔。丁母憂，泣血三年，未嘗見齒，與弟姪同爨。四十餘年，一錢尺帛不入私室。捐俸資，置義田，遺助子孫婚喪之需。通邑有義門之稱。《全粵詩》載其詩二首。龔秋光纂修《佛崗直隸軍民廳志》載云：「朱璧，清遠人。明洪武初庠生。二十四年貢入太學，官至工部主事。志行端潔，孝友彰聞。」後文大致與《清遠縣誌》同。朱琳，字玉林，號雨椿。朱璧孫。明代宗景泰四年（一四五三）舉人。官龍溪知縣。事載道光《廣東通誌》卷七一。有詩載《檇李詩繫》。《民國清遠縣誌》卷六所載則云：「字象山（何俊撰墓誌）。秉性剛毅，居鄉以睦姻任恤為事。時有鄉人黃清年，五歲父母繼歿，琳助喪葬，又濟以婚，并出穀以救鄉之貧者，民德之。景泰癸酉，舉於鄉，任福建龍溪知縣，廉以持己，嚴以率屬，尤加意焉。璧琳均祀鄉賢祠。」

116 鳳皇街、麒麟里：清遠街道名。清遠古稱鳳城。相傳有鳳凰曾至此地，因名。《民國清遠縣志》卷五載：「鳳凰山在城內西南隅城隍廟（光緒誌），宋端拱元年（《宋史・本紀》）有鳳凰棲此，故名，上有鳳凰台。故世人稱清遠城曰鳳城（《禹山訪冊》）。」

泣，灘到險時神鬼號。粗糲充飢簑蔽雨，相傳世業忍輕拋。

三三〇．示堂姪[117]

茫茫天意本難明，苦樂相循且莫驚。汝是新官偏帶病，我遊勝境不逢晴。愁多卻為匆忙滅，句好翻因寂寞成。獨惜同來又分手，相思兩地倍傷情。

三三一．即事書懷

北江[118]山水最怡情，況有賢郎結伴行。底事扁舟過畫境，渾如終日坐愁城。連牀但聽呻吟語（因棠姪抱恙），欹枕還聞風雨聲。幾度欲歸仍強進，不逢灘險也心驚。

三三二．即目

北溯江流去路遙，過灘穿峽渡沙腰。帆隨兩岸青山轉，櫓傍千叢翠竹搖。雨裡但逢柴草艇，煙中時見瓦磚窰。蓬窗枯坐愁無奈，即目詩成未暇雕。

三三三．謁惠妃宮（俗名曹主廟）[119]

收纜瞬經盲囝峽[120]，停舟來謁惠妃宮。湞湟水合垂階下，姑嫂名留百粵中。誰著威靈降寇盜，我於巾幗見英雄。明朝掛席滄流去，乞借東南兩日風。

三三四．旗鼓灘121

何日雙星墜九天，化為旗鼓鎮江邊。風吹雲氣舒還捲，浪打石聲清且堅。指引舟航從險出，催開花萼向空懸。行人欲卜年豐歉，試看沙堆古寺前。

---

117 堂姪：本卷有〈送堂姪回籍完婚〉。另據下首〈即事書懷〉，可知左棠與左秉隆一同北上。

118 北江：珠江水系之一。發源於江西信豐縣石碣大茅山，流經廣東南雄、曲江、韶關、英德、清遠等地。左秉隆北上，曾乘舟江上。

119 曹主廟：拜祭曹主娘娘之祠廟。曹主娘娘始稱虞夫人，原為英州（英德）麻寨虞灣村人。精通武藝，深為寨人信服。其父為麻寨寨主曹福。屈大均《廣東新語》卷八載：「有曰虞氏者，英德之虞灣人。唐末，黃巢破西衡州，虞夫為寨將，與賊酣戰而死。虞躬擐甲冑，率昆弟及鄉人迎戰，賊敗去，虞亦死焉。其後兵傜為亂，每見虞朱衣白馬率兵而來，賊輒驚潰。嘉定間敕曰：夫人生能摧黃巢之鋒，歿能制峒蠻之寇，封為正順夫人。立祠香爐峽中。」又相傳虞氏歿後寨人立牌位祀之。忽一日，牌位落於水，流至增涉河，被一鹽販拾獲。時值暴雨，眾船皆簸蕩不已，獨鹽販所乘船安然如故。因於增涉村南建廟置其牌位。宋嘉泰年間，虞夫人受賜「冥助」，廟改名「冥助惠妃祠」。嘉定六年封「顯佑夫人」。嘉定十五年又加封「正順夫人」，合稱「顯佑正順惠妃夫人」。

120 盲囝峽：又作盲仔峽。即湞陽峽，北江三峽之一，在英德連江口鎮。

121 旗鼓灘：粵北連江有旗鼓河段，頗為險要。連江，古稱湟水。故前〈謁惠妃宮〉詩有「湞湟水合」之語。

三三五・頤和園

山作圍屏水作鄰，天開畫境養仙真。樓臺縹緲通霄漢，亭榭依稀遠市塵。靜覺禽魚皆活潑，閒看花木亦精神。聖慈駐輦當歲暇，暖布和風萬象春。

三三六・頤和園恭祝萬壽[122]

巍峩金殿逼重霄，俯瞰平湖瑞氣饒。雲擁鑾輿天際出（上馭排雲殿[123]受賀），風飄旌旆柳邊搖。千官虎拜揚庥烈，百福駢臻祝聖朝。嘉會幸逢人自喜，更聞仙樂奏簫韶。

三三七・冬夜有懷馮子翼、劉蔭堂[124]

久別纔逢又遠離，相看鬚鬢各成絲。論文把酒知何日，粵樹燕雲悵此時。懷抱羡君同灑落，輪蹄笑我尚奔馳。北來倘遇鱗鴻便，幸賜箴言慰渴飢。

三三八・遊陶然亭[125]

昔年曾向此中遊，今日重來無限愁。四野衰蘆還繞座，半山殘日獨登樓。埋香有冢人何在，撫景傷懷酒自浮。肯築小亭同客醉，可憐江藻[126]最風流。

三三九・遊東嶽廟[127]

朝陽門外日壇東，泰岱由來祀典崇。兩廡鬼神昭肸蠁，滿墀碑碣飽霜風。金騾玉馬光如拭，燭影香煙煖似烘。寄語此間求福客，陰曹賞罰比人公。

三四〇・景山[128]

五亭高冠五峯頭，屏幛天然護鳳樓。點點金鴉繁影集，重重翠樹瑞煙浮。西山爽氣將城抱，北海波光繞塔流。自是此間靈秀聚，皇圖一統鞏千秋。

---

122 萬壽：光緒帝生於農曆六月二十八日（陽曆八月十四日）。左秉隆在此前抵京。

123 排雲殿：位於頤和園萬壽山前之建築群中心，原為乾隆為其母后六十壽辰而建之大報恩延壽寺，慈禧時更名排雲殿。取郭璞〈遊仙詩〉「神仙排雲出，但見金銀臺」句意。

124 馮子翼：未詳。劉蔭堂，即劉安科。見卷二〈劉少希以陶潛集及杭世駿《嶺南集》寄贈賦此以謝之〉，注6。

125 陶然亭：位於北京西城。康熙三十四年（一六九五），工部郎中江藻奉旨監理窰廠，於慈悲庵以西築此亭，取白居易詩「更待菊黃家醞熟，與君一醉一陶然」命名。亭中題匾為江藻手筆。

126 江藻：字用侯，號魚依。湖北漢陽人。康熙間官工部郎中。著有《陶然亭詩草》、《巖泉一勺集》。

127 東嶽廟：在北京朝陽門外，為道教於北方一大叢林。元延佑六年（一三一九），張道陵三十八世孫張留孫倡建，然未及動土，即羽化歸仙。其弟子吳全節繼其事，至天曆元年（一三二八）竣工。現為北京民俗博物館。

128 景山：在北京城中。元、明、清三代皆為皇家園囿。山頂五亭建於乾隆十五年（一七五〇）。現為景山公園。

三四一・元旦試筆

夢回初日照窗前，暖覺春光到我先。鵲哢好音頻報喜，柳含生意欲爭妍。金鑪香爇千門閣，玉珮聲鳴萬騎連。自是皇州多瑞氣，纔拈吟管已欣然。

三四二・省館[129]團拜

旅館筵開歲又新，滿堂都是嶺南人。光依日月衣冠盛，話到鄉園氣味親。雅調細聆金縷曲，香醪頻漱玉壺春。相期後輩追先進，共矢丹忱答紫宸。

三四三・錫品之[130]招飲寓齋，出示書畫，予未終席而去，作此貽之

莫笑勞人不自由，車來未許轄爭投。觀書勝似銜杯酒，讀畫強於味庶羞。歸覺天香衣尚染，坐疑甘露舌仍留（錢茶山《丹桂圖》[131]、董思白《荊溪甘露記》[132]尤妙）。平生眼福慚余薄，可是今餐飽兩眸。

三四四・送商藻亭[133]遊學日本

中朝廷對第三人[134]，負笈遠遊東海濱。衛道心常思保粹，匡時學更欲知新。帆開津浦波如鏡，客到瀛洲月滿輪。暫別不須頻惆悵，秋涼珍重跨鰲身。

三四五・贈崔磐石[135]都轉

綺歲才名噪玉堂，中年德政頌餘杭。書如松雪筆尤秀，畫到梅花墨更香。飛萬里芻分雨露，歷三台位凜冰霜（君歷署藩臬篆，時因鹺務入都[136]）。投詩不為聯姻誼，清獻高風合表揚。

三四六・哭七姊

風清露冷夢頻驚，展閱家書淚滿巾。視疾早知難再面，望鄉今覺倍傷心。未婚兒長將焉託，已寡女歸誰是親。會我同胞從此絕，無窮悲恨付吟呻。

---

129 省館：即會館，同鄉官吏、縉紳及科舉之士聚會之所。此指廣東會館。據稱，當時京中廣東會館約有四十餘所。
130 錫品之：待考。
131 錢茶山：錢維城（一七二〇—一七七二），初名辛來，字宗磐，一字幼安，號紉庵、茶山。江蘇武進人。乾隆十年（一七四五）狀元。官至刑部侍郎，謚文敏。擅書畫，尤精山水。供奉內廷，為畫苑領袖。著有《茶山集》。
132 董思白：即明代書家董其昌。見卷二〈觀侯世兄出其先祖朗山師所藏陳古樵畫囑題，為賦七古一章〉，注23。
133 商藻亭：即商衍鎏。見卷首題詩。一九〇六至一九〇九年間，商衍鎏在日本東京法政大學習法政。
134 第三人：商衍鎏於光緒三十年（一九〇四年）最後一屆科舉考試，得殿試第一甲第三名。
135 崔磐石：崔永安，左秉隆姻親。見卷二〈二美歎〉，注47。
136 崔於光緒二十九年（一九〇三年）署浙江布政使，三十年（一九〇四）署浙江鹽運使。

三四七・觀東京第一女學校[137]體操

拋卻芸窗出草場，簪笄不鼓自成行。柳腰故作迴風舞，藕臂還憐帶雪揚。昔日熊羆曾教戰，如今粉黛亦知方。漫云婦職司中饋，第一雄圖要種強。

三四八・元旦覲見日皇呈進國書

焚香遙拜我皇先，寶馬金車導客前。手捧龍章呈玉案，耳聆鵷瑲醉瓊筵。虛衷好問賓何雅，洪範能陳主亦賢。慚愧參軍無寸補，光分旭日一輪圓（蒙賜旭日寶星[138]）。

三四九・遊箱根[139]

塔峯[140]南望是箱根，林壑之間三兩村。店被松圍樓亦翠，泉從石噴水都溫（寓所有環翠樓[141]及溫泉）。孤城日落風煙淡，七洞星羅氣象尊。不怪遊人誇此地，驪山未可與同論（明儒朱舜水[142]有題額云「地勝驪山」）。

三五〇・渡太平洋

五大洋包東西瀛，就中最大數太平。共經一十五周日，橫渡萬三千里程。健翮搏風飛不過，巨鱗衝浪吼還驚。蒼茫四顧渾無極，嗟爾胡為輕遠行。

三五一．牛津大學校頒贈學士銜名[143]，詩以紀之（此之所謂學士非翰林學士，姑借用之）

參軍本是老諸生，四戰文場愧倒兵。豈有異才驚絕域，漫勞宗匠贈榮名。青衫權當黼袍覆（學中博士衣紅，學士衣青，黼袍用韋紱事，詳見《唐書》），銀杖渾如金炬擎（將入學中，銀杖導

---

137 東京第一女學校：左秉隆於光緒三十一年（一九〇五）隨五大臣赴東西洋考察，途經日本。東京第一女學校，建於明治四年（一八七一），為全日本第一所官立女校。即今御茶之女子大學附屬高等學校。

138 旭日寶星：即旭日章，日本勳章之一種。一八七五年製定，章分八等。載澤《考察政治日記》光緒三十二年正月初二日載：「日皇命侍從長陸軍大將岡澤精來贈旭日桐花大綬寶星一座，賜尚星使旭日一等寶星，李星使繡畫一幀（前于公使任已贈寶星也）。並分贈入覲參隨各員寶星有差。」

139 箱根：位於日本神奈川縣西南，距東京九十千米，為溫泉勝地。載澤《考察政治日記》光緒三十二年正月十一日載：「乘火車往箱根。」

140 塔峰：即塔之峰，海拔五六六米，在神奈川縣小田市與箱根縣東箱根町邊境。山南阿彌陀寺，曾有寶塔藏佛骨，故名。

141 環翠樓：在箱根強羅塔之澤溫泉，為當地著名歷史建築。相傳彈誓上人於慶長十年（一六〇五）在該地塔之峰修行，發現此泉。江戶時代和宮（公主）及篤姬之媳，於德川家茂歿後落飾出家，到此休養。中國多位名人亦曾到訪，包括李鴻章、梁啟超、孫中山等。一九四九年改建為旅館。載澤《考察政治日記》光緒三十二年正月十一日載：「酉正二刻至鈴木，少憩。以人力車循山而上，寓環翠樓。其地有塔澤溫泉，日人避暑者多居此。松影萬山，泉聲四壁，令人有出世間想。」

142 朱舜水：朱之瑜（一六〇〇—一六八二），字楚嶼，又作魯嶼，號舜水。浙江紹興餘姚人。明末貢生。清軍入關後，從事復明活動。南明亡，東渡日本定居，於長崎、江戶（今東京）授徒講學，為日本朝野所推戴。著有《朱舜水集》。據云萬治二年（一六五九），朱舜水造訪環翠樓，題額曰「勝驪山」，與詩中所云略異。明治年間大臣伊藤博文到此地，題詩與樓主鈴木善左衛曰：「勝驪山下翠雲隅，環翠樓頭翠色開。來倚翠欄旦呼酒，翠巒影落掌中杯。」

143 學士銜名：一九〇六年，左秉隆隨使至英國，獲牛津大學頒授榮譽學士銜。

前。金炬用令孤綯及蘇軾事，詳見唐宋兩書）。我亦半邊蘇季子（俞曲園[144]先生贈曾劼侯詩云：「半邊蘇季子，雙料藺相如。」予獲三國頒贈勳章[145]，因借用之），華胥一夢勝登瀛。

三五二．英國婦女要求選舉之權[146]

鼓鼙動地旗摩霄，聒耳雌聲恣叫囂。共道婦人能議政，不應男子獨登朝。空王說法都平等，大律繩民只一條。漫詡文明多熱血，可憐冷水向花澆（首相班那曼[147]對眾婦女云，爾等熱血可嘉，惜予不能不澆冷水數滴耳）。

三五三．次匀奉和澤公[148]〈印度洋舟中作〉

佛跡曾瞻夢亦清，舟人解纜又東行。垂天雲起有奇氣，倒海潮來無懦聲。漫捲圖書辭絕域，且揮珠玉壯歸程。還朝莫謂班超老，短策猶能輔太平。

三五四—三五五．隨使各國考察政治作（二首）

一

九萬程途六月期，歸心常恐到家遲。風中破浪飛鵬徙，霧裡看花駿馬馳。形影模糊勞想像，脂膏竭盡易毛皮。數封書奏天顏喜，改轍更絃且細思。

二

五鳳齊飛百鳥隨（五大臣[149]所帶隨從頗夥），可憐趨向總相歧。聞聲我亦耳頻掩，顧影誰能心不疑。竹好豈容穿徑入，花深只許隔籬窺。閒翻歷史思前事，彼得伊藤實可師（俄皇彼得[150]，日相伊藤[151]，均以久居外國學成而歸，振興其國）。

---

144 俞曲園：俞樾。見卷二〈次韻和呂文起觀察于園近作〉，注55。

145 三國頒贈勳章：左秉隆獲日、法、比三贈佩二等寶星。載澤《考察政治日記》光緒三十二年四月十五日載：「法總統遣外部官來，贈二等榮光寶星。贈尚、李二使三等章各一枚，參隨十員分贈四五等及文學章。」

146 標題：一九〇六年，英國婦女多番遊行示威爭取婦女選舉權不果。一月三十一日，婦女社會政治協會領袖埃米琳·潘克赫斯（Emmeline Pankhurst，一八五八—一九二八）聲言為達到目標，婦女須採取暴力，甘冒被捕之危險。唯多年抗爭運動均以失敗告終。至一九一八年歐戰結束後，英國婦女始獲選舉權。

147 班那曼：英國首相亨利·坎貝爾·班納文爵士（Sir Henry Campbell-Bannerman, 1836-1908）。自由黨領袖。一九〇五年十二月五日至一九〇八年四月七日在位。載澤《考察政治日記》光緒三十二年四月十八日載：「未初二刻，赴英相幹白班若門宴。英相為自由黨魁，初入相，搜羅才俊，組織新內閣，極一時之選。輿論翕然，聲望益隆。兩至英，屢晤談，風度端凝，詞旨溫厚，不愧相才。」

148 澤公：愛新覺羅·載澤（一八六八—一九二九）。初名載蕉，字蔭坪。清宗室大臣。滿州正黃旗人。清聖祖六世孫。光緒三年（一八七七）襲封輔國公。光緒二十年（一八九四）晉鎮國公。光緒三十一年（一九〇五）與李承鐸、尚其亨等一路使節出國考察，是為「五大臣出洋」。載澤時年最少，寫成《考察政治日記》。另一路由戴鴻慈、端方率領，戴著有《出使九國日記》。

149 五大臣：光緒三十一年（一九〇五）特派載澤、戴鴻慈、端方、尚其亨、李承鐸五大臣分赴歐、美、日本等東西洋各國考察憲政。第一批由戴鴻慈、端方帶領。第二批由載澤、李盛鐸、尚其亨帶領。左秉隆即隨載澤等出訪。據潘崇〈科舉廢除前新政人才結構透視：以清末五大臣出洋考察團隨從人員為例〉一文稱，是次隨從人員共七十六名。

150 俄皇彼得：彼得一世，一七二一—一七二五年在位。曾化名彼得·米哈伊洛夫下士隨團出訪，先後於荷蘭薩爾丹、阿姆斯特丹及英國倫敦等地學習造船與航海技術。

三五六・舟過息力[152]

故部重遊感易生，無窮詩思寫難成。郵船不為人留住，使節徒勞客送迎。杯酒才聯今舊雨，河梁又話別離情。經過冷署頻回首，蝶去樓空樹半傾（內人[153]卒於領署，彌留之際蝶集滿樓，須臾散去）。

三五七・五十九齡[154]自壽

九十春光欲半天，尊開蓬館會群賢。花香日暖侵杯琖，鳥語風和入管絃。顧我徒慙增馬齒，相人多喜是鳶肩。醉扶鳩杖看南斗，門外如弧新月懸。

三五八－三六一・重領新洲[155]七律四首

一

十七年前乞退休，豈知今日又回頭。人呼舊吏作新吏，我視新州成舊州。四海有緣真此地，萬般如夢是茲遊。漫云老馬途應識，任重能無顛蹶憂。

二

征鞍甫卸即觀風，今昔相看迥不同。商喜聯盟多浹洽，士知勤學漸開通。經過平地已高閣，曾識少年都老翁。卻怪市廛蕭索甚，呼盧聲遏曉天虹。

三

地當衝要愧才疏，迎送疲勞莫笑余。越境有人還待直，移文無日不親書。翻雲覆雨從清議，社鼠城狐任共居。髮白蕭蕭愁看劍，可憐豪氣半消除。

四

贏得頭銜一字榮（昔為領事，今充總領事），翻令心緒萬愁生。同來舊館人何在，獨宿空牀夢自驚。入戶淒淒風有態，窺簾皎皎月多情。能言忽憶遼天鶴，若勸學仙詩又成。

三六二．遊檳榔嶼極樂寺[156]

高僧法力信非常（寺為閩僧妙蓮[157]創建），別築蓬宮闢遠荒。施舍如雲來士女，經營揮汗歷星霜（募化廿餘年，起造廿載乃成），樓憑天上收諸勝，饌出庖中積眾香（寺中素饌極佳）。回首

---

151 日相伊藤：伊藤博文於文久三年（一八六四）與井上馨等五人到英國留學。

152 息力：新加坡舊譯名。見卷二〈癲兒歌〉，注39。寫此詩時，左秉隆出洋回國，途經新加坡。時維光緒三十二年（一九〇六）。

153 內人：左秉隆原配劉夫人，於光緒十二年（一八八六）四月卒於新加坡。

154 五十九齡：寫於一九〇七年，時左秉隆虛歲五十九。

155 重領新洲：光緒三十三年（一九〇七），左秉隆再度派駐新加坡，兼轄海門等處總領事官。此前為領事官，今為「總」領事官，故第四首有「贏得頭銜一字榮」之句。

156 極樂寺：在馬來西亞檳城亞依淡。全稱鶴山極樂禪寺。取「西方極樂世界」之意。始建於一八九一年，成於一九〇四年。為東南亞名剎。所在山址，因形如飛鶴，因有「鶴山」之稱。

中原方擾擾，誰知極樂在他鄉。

三六三・雪蘭莪[158]途次作

聯邦鐵軌築初成（吡叻、雪蘭莪、拿吉里色米蘭、彭亨，稱巫來由聯邦[159]），采錫人來滿谷阬。四野積沙堆錯落，萬山焦木委縱橫。為叢驅爵應誰咎，舍己芸人豈下情。太息中原多曠土，諸公袞袞失經營。

三六四・遊吉隆坡溫泉[160]

煙騰騰處瀉硫磺，泉似紅鑪水似湯。鐵管引來機乍啟，玉池儲滿鏡初張。解衣頓覺精神爽，揮扇猶疑珠汗香。滌盡煩襟除盡垢，憑闌消受晚風涼。

三六五・遊吉隆坡石巖[161]

凌空峭壁掩蒼苔，誰劈山腰洞口開。拔地千尋雲氣湧，通天一線日光來。入深疑有蛟龍伏，坐久頻看燕雀回。我欲留題難著筆，紛紛鴻爪積塵埃。

三六六・觀儲水湖[162]（在息力作）

路出椰林景倍幽，憑闌四顧興悠悠。千重遠樹濃於翠，一片平湖澹似油。戲水鳥從煙外沒，沿隄人向日邊遊。風塵久厭居城市，對此心清且逗遛。

三六七・送學生回國肆業[163]

祖國文明久絕倫，育才今況有賢臣（江督端方[164]招學生返）。鶯遷喬木飛騰早，鵬徙滄溟變化神。共矢丹忱扶日月，勤求素志掃煙塵。願移桃李栽中土，散作千紅萬紫春。

---

157 妙蓮（一八二四—一九〇七）：號雲池。福建歸化人。俗姓馮。於道光二十四年（一八四四）投於福州鼓山湧泉寺出家。一八八五年到檳城為福州龜山法堂修建籌募基金，兩年後出任檳城椰腳街廣福宮住持。因廣福宮地狹人囂，遂另闢鶴山修建極樂寺。

158 雪蘭莪（Selangor）：馬來亞其中一州。十五世紀時為馬六甲王屬土。後武吉斯人（Bugis）拉惹・魯目（Raja Lumu）成為該地第一任蘇丹。十九世紀歐洲對錫礦及橡膠需求甚殷，雪蘭莪遂得以高速發展。一八七四年，英人逼雪蘭莪蘇丹簽署條約，使之成為英國殖民地。

159 巫來由聯邦：一八九六年，英人將雪蘭莪與馬來亞半島其餘三個受保護國，包括彭亨（Pahang）、吡叻（今譯霹靂，Perak）及拿吉里色米蘭（今譯森美蘭Negeri Sembilan），組成馬來聯邦，華人稱之為「四州府」。

160 吉隆坡溫泉：或指士拉央溫泉（Selayang Hot Srping），位於雪蘭莪州，近拉旺鎮（Rawang）。當地人稱熱水湖。

161 吉隆坡石巖：或指黑風洞（Batu Caves）。位於吉隆坡以北十三公里之鵝嘜縣（Daerah Gombak）。在石灰巖山丘上，內多洞穴及寺廟。為印度教勝地。

162 儲水湖：即新加坡麥里芝儲水池。見本卷〈上巳日仳孫芷瀟、吳錫卿遊儲水池作〉，注53。

三六八・次匀和宋木林[165]〈祝閨壽詩〉

鶴頂渾如筆退芒，聞歌起舞尚軒昂。尊開海上星辰朗，花蒔江南雨露香。弧矢再懸蓂益筴，賓朋枉顧華生光。庭前一樹垂垂發，慙愧詩人比召棠。

三六九—三七〇・書懷二首

一

頻年奔走欲興周，壯志應知老莫酬。傲雪誰憐松節勁，拜風都愛柳腰柔。未能搖尾終垂尾，但肯低頭即出頭。顧我痴頑成痼疾，功名付與水東流。

二

天心未欲九州平，跨馬空嗟髀肉生。運去英雄還落魄，時來豎子亦成名。簫吹吳市兒圍笑，金滿蘇囊嫂跪迎。得失雞蟲何足論，所悲孤兔尚縱橫。

三七一—三七二・得李星使[166]書，感而作此以答之（二首）

一

中外馳驅四十年，戰兢時復懼多愆。老居人下敢云屈，遠戍蠻荒誰謂賢。壯志莫酬知有命，奧援終絕坐無錢。辱承明教增顏汗，深恐駑駘負策鞭。

二

愛我情深誨我諄，自慚迂拙坐沉淪。世方爭競磨錐穎，誰復搜羅到席珍。作信天翁徒引領，如鑽穴蟻反騰身。明知古貨今難賣，且把漁竿釣渭濱。

三七三．遣興

四面芭蕉護短牆，小樓深掩碧陰涼。日高旗影橫窗過，風細鐘聲隔院颺。依草落花紅間綠，穿林啼鳥白兼黃。官閒不減惟吟興，覓句憑闌興更長。

163 詩題：一九〇五年五大臣出洋考察，途經南洋。其中端方尤注意華僑教育之重要。後錢恂、董鴻禕二人至南洋考察學務，復請端方主持辦學，招募僑生歸國學習。首批爪哇僑生二十一人，經新加坡候船東渡，時維一九〇七一月二十日。是年端方於南京設立暨南學堂，校名取《尚書》「朔南暨，聲教訖於四海」之意，於次年三月二十三日開學。即為後來暨南大學之前身。

164 端方（一八六一－一九一一）：滿州正白旗人。托忒克氏，字午橋，號陶齋，謚忠敏。光緒八年（一八八二）舉人。歷任湖廣、兩江、閩浙總督，宣統元年（一九〇九）調直隸總督，旋坐事劾罷。同年起為川漢、粵漢鐵路督辦，入川鎮壓保路運動，為新軍所殺。著有《陶齋吉金錄》、《端忠敏公奏稿》等。生平見《清史稿》列傳二百五十六。

165 宋木林：宋森（一八七八－一九五二），字華獻，號木林，一說字木林。廣東鶴山人。一九〇〇年至南洋辦教育，曾任養正學校校長，後至吉隆坡任坤成女校校長。一九〇七年，回南京協助端方創辦暨南學堂。一九一九年，因參與抵制日貨，被英殖民政府逐出新加坡。回鶴山後，續從事教育，並創辦《新平崗報》。又編成《鶴山縣誌》。一九五〇年從香港返鄉任鶴山縣第一中學校長。逾二年卒。

166 李星使：即李家駒。見本卷〈醉別李柳溪〉，注89。

三七四．庚戌[167]三月赫黎星[168]見（測得此星自赫黎氏始，因以得名），有恐星與地球相觸而世界將終者，作此以曉之

萬丈光芒直照臨，管窺難測杞憂深。胡僧經誦邀天眷，太史書陳儆帝心。出本應期何所主，行原順軌詎相侵。坤輿未必真能毀，且對長星酒滿斟（按文穎：「孛星光芒短，其光四出，蓬蓬孛孛也。彗星光芒長，參參如埽彗。長星光芒有一直指，或竟天，或十丈，或三丈、二丈，無常也。」此赫黎星當是長星）。

三七五．夜宴天寶華樓[169]

江湖淪落不知愁，買醉還登天寶樓。燈放電生宵似晝，扇隨風轉夏如秋。簫聲低顧小紅唱，花氣頻催大白浮。最是銷魂臨去際，嫣然一笑一回眸。

三七六．華僑有以受侮投訴者，作此示之

世無公理有強權，舌敝張蘇總枉然。外侮頻來緣國弱，中興再造望臣賢。自慙銜石難填海，差信焚香可告天。謾罵輕生徒憤激，何如團體固相聯。

三七七．次韻和鏐兒[170]〈元旦試筆〉

占得龍頭結草廬（所居之地名「水龍頭」），歗歌喜與俗塵疏。心清未許蓮堪比，性淡還誇菊弗如（蓮、菊，予二妾名）。閒策杖尋俱樂部，靜欹枕看衛生書。天涯不覺春風動，花滿庭階草不除。

三七八．自遣

一枝堪寄自逍遙，何用飛騰上九霄。野老日高仍閉戶，大官霜曉已趨朝。花爭向暖顏先頹，松耐衝寒色後凋。卻笑路旁名利客，風塵空羡馬蹄驕。

三七九．即席口占

老子登樓興尚饒，一尊同醉月明宵。酒投吾好何嫌魯，花得人憐不在嬌。燈影沉時還秉燭，歌聲低處緩吹簫。翩翩座上多佳客，笑說朱顏尚未凋。

167 庚戌：即一九一〇年。
168 赫黎星：今稱哈雷彗星。古時彗星稱長星。
169 天寶華樓：酒家名。在新加坡牛車水。李鐵民〈讀李西浪無題詩後感和〉云：「舊調淒涼忍再謳，廿年心影入江流。夜寒燈冷牛車水，莫問繁華天寶樓。」
170 鏐兒：左秉隆如夫人陳氏所生次子左鏐。

三八〇．聞粵東起事[171]，感而有作

潮生遼海正翻瀾（東三省時甚危急[172]），星隕巖疆又揭竿（孚將軍[173]被刺後督署見焚）。內亂激成原自上，外交失敗總由官。病深求藥危堪轉，憤極輕生命枉拌。鷸蚌相持漁在後，願君及早一回看。

三八一．飲酒

慣見風雲變態殊，尊中有酒且須臾。蕭規依舊今何有，花樣翻新古所無。萬國交通成混一，兩朝揖讓罷征誅。煥然文武衣冠改，自愧痴頑老海隅。

三八二．聞選定正式總統[174]，感而有作

天開創局待豪英，海內風波又一平。久矣相桓微管仲，誰歟放甲效阿衡。良苗失雨青難轉，野草經燒綠易生。莫負元元推戴意，好殫忠悃保榮名。

三八三．園多異木奇果編以成詩

林園小小樹叢叢，扇樣芭蕉塔樣松。果熟蠻頭壓簷綠，花開火燄照窗紅。饑猿引臂偷山竹，渴鳥攀枝啄水檎。豈獨檳榔高百尺，波羅蜜大與瓠同。

三八四．聞歐洲大戰[175]，感而有作

伏莽東瞻尚未平，戰雲西望又橫生。常憂老大將顛蹶，那信文明愈競爭（外人笑我老大，而自詡其文明），天演[176]一書真作氣（自天演之說盛行，競爭益烈），旗張十字若多情（十字會[177]救戰傷者，而戰不能息）。舊遊何限繁華地，回首銅駝臥棘荊。

三八五．自遣

飽經閱歷多平淡，粗識乘除寡怨尤。健步喜還同老驥，低飛幸不礙饑鷗。花於移後香仍

---

171 粵東起事：一九一一年四月二十七日，同盟會在廣州發動黃花崗起義。

172 東三省時甚危急：東三省革命黨人、時任新軍協都統之藍天蔚等密謀舉事，為東三省總督趙爾巽設計解除軍權，後又獲張作霖輔助鎮壓革命黨，東三省獨立遂以失敗告終。

173 孚將軍：孚琦（一八五七—一九一一），西林覺羅氏，字樸孫。滿州西藍旗人。監生。光緒三十二年（前一九〇六）任廣州副都統，後署理廣州將軍。一九一一年四月八日，往廣州東門外燕塘觀看馮如飛行表演，途中被革命黨人溫生才持槍擊斃。諡「恪愍」。

174 選定正式總統：辛亥革命後，孫中山雖被推舉為臨時大總統，為獲清內閣總理大臣袁世凱支持共和，遂與其達成協議，於一九一二年二月十五日，讓袁成為第一任正式大總統。袁於同年三月十日在北京宣誓就職。

175 歐洲大戰：指一九一四年爆發之第一次世界大戰。

176 天演：指達爾文提出之進化論。另赫胥黎著有《進化論與物理學》，嚴復將其中一部份譯為《天演論》，並加入個人評述。

177 十字會：指紅十字國際委員會。由瑞士人亨利．杜南（Henry Dunant）倡議成立於一八六三年，時稱「傷兵救護國際委員會」。一八八〇年改今名。其宗旨在對戰爭受難者進行救濟與保護。一戰時該會得到迅速發展，工作範圍擴展至保護戰俘。

在，月到圓時影漸收。夢入故園聞犬吠，羡他顛卻不知愁（犬子時有顛疾[178]）。

三八六・讀《自助讀》[179]

致富從來無妙策，祇須人各自謀生。男多棄耒倉箱匱，女盡抛梭布帛盈。誰更教兒如鄧禹，我憐贍族仗齊嬰。黃葵有足猶諸衛，羞煞絲蘿附木榮。

三八七・暮景

暮景渾如赴壑蛇，忽看紅日又西斜。名山未著千秋業，壯志空驚兩髩華。着雨蕉殘無落葉，經霜菊老不飛花。錦囊付與奚僮背，去看長天散綺霞。

三八八・閉戶

室無長物媚華顛，香自親燒茗自煎。劍欲化龍猶在匣，琴惟伴靜不須絃。千竿翠竹將窗繞，一枕青山對客眠。閉戶不知塵世事，月明還掬洗心泉。

三八九・寄友人

閒來無計戒詩淫，收拾常談入苦吟。媿我抛磚思引玉，期君點鐵化成金。句如時父豈難得，評似德夫殊費尋。惆悵故人江海隔，夜涼松竹掩窗深。

三九〇．居高

人情圓轉似流丸，幾見蒼松耐雪寒。歲惡禾能回作莠，時和蕭可變為蘭。不愁匡濟無良士，祇要銓衡有好官。一點公心兩明眼，居高底事得來難。

三九一．虛舟

我似虛舟泛碧瀾，胸中浩浩海天寬。琴詩酒伴隨緣結，佛道儒書任意觀。小鑿清泉通藥圃，略芟叢竹出煙巒。焚香埽榻閒眠去，慮息聲銷夢亦安。

三九二．興到

我生性本愛山林，興到時時還一吟。人得清閑詩易好，境惟平淡味彌深。草埋幽徑來無

178 犬子時有顛疾：左秉隆第三子左鉞精神失常。見卷二〈癲兒歌〉，注38。

179《自助讀》：疑為《自助論》（Self-Help），又名《西國立志編》。英人斯爾邁斯（Samuel Smiles）著，一八五九年刊行。六六年再版。其名言為：「天助自助者」。日人中村正直於一八七〇年出版譯本。中文本於一九〇七年由閩人林白水翻譯，商務印書館刻印。

馬，花落清溪去有禽。莫道此間殊寂靜，松風滿耳梵經音。

三九三・新年有作

最難安置是金錢，無翼而飛已杳然。還我清貧如舊日，澆他濁酒過新年。文思細織皆雲錦，石硯勤耕勝稻田。生事所求惟一飽，何須辛苦奮空拳。

三九四・書淫

歲月無情老漸侵，更堪虛擲好光陰。重將易盡書過目，且約難來客話心。誰似季仁三願大，我如劉峻一般淫。明知有好皆為累，病入膏肓不可鍼。

三九五・感舊

祇為家貧減應酬，賓朋雲散更難收。人多有酒便能醉，誰是無錢真不憂。夜雨堂歸尋舊燕，秋風江冷忍饑鷗。署門休怪翟廷尉，今古交情少到頭。

三九六・飲酒

笑口百年能幾開，相逢莫厭酒盈杯。匆匆日月眼前去，皓皓雪霜頭上來。自顧身如臨水鶴，安能心似弄泥孩。如今不作連宵飲，轉瞬籐纏骨一堆。

三九七．閒遊

閒思選勝更探幽，且杖青籐出郭遊。隔岸人呼橫水渡，穿雲客倚過山兜。花偎曲港藏漁艇，木落疏林見寺樓。興至不知行遠近，回看斜日滿荒邱。

三九八．呈吟客

憶昨高軒把酒卮，至今神思尚依馳。齒牙春色叨君惠，爪甲清塵幸我遺。入夢未呑韓子篆，焚灰甘飲杜公詩。如何精力此生盡，絕少愜心無媿詞。

三九九—四〇〇．觀書（二首）

一

舊冊胡為守兔園，從來文字在心源。道人談笑皆風雅，才子篇章盡巧言。擊石鳴球音近古，雕瓊鐫玉氣傷元。百家蕪穢非從火，安得精華萬古存。

二

倚窗閒閱古人書，齊物莊生話豈虛。莫道天公無皂白，須知氣數有乘除。儒師苜蓿文名大，子弟膏粱才具疏。世界由來稱缺陷，安能兼味獲熊魚。

四〇一．猛省

靜裡時時自檢身，最難埽卻是心塵。須為斬草除根計，莫作拖泥帶水人。雪霽遙看山色淨，雲開仰見月華新。回頭一笑空千慮，花放梅梢滿眼春。

四〇二．園林散步

為愛園林曲徑通，飯餘緩步趁涼風。牆頭月似窺鄰女，架上松如倚杖翁。影墮霜枝初宿鳥，光浮露草亂鳴蟲。燈窗歸去柴扉掩，半睡詩成恐未工。

四〇三—四〇四．即景（二首）

一

試舒老眼小樓前，好景無多絕可憐。一水雲中飛似練，數峯天外淡如煙。僧歸古木無人徑，鳥去清溪何處邊。對此詩情自幽遠，吟成笑看露珠圓。

二

尋得仙源欲學仙，清涼枕簟稱幽眠。兩三竿竹疏籬外，四五枝花淺水邊。日落漁家收罟網，雨餘茅舍裊炊煙。憑誰寫入生綃去，好與詩人句並傳。

四〇五・還鄉後喜友人見訪

故人聞我返鄉村，帶月來敲竹裡門。去後相思常有夢，見時一笑卻無言。題分石上詩留句，席布花間酒倒尊。爛醉狂吟兩心慰，紛紛世事不須論。

四〇六・書懷

萬里乘風海外馳，老來聞見更離奇。考工雖幸生今日，問俗能無憶古時。久秘機緘應日闢，深藏璞玉本無虧。丈人抱甕還貽笑，誰復高歌擊壤詞。

四〇七・得句

春潮帶雨遠浮舟，老樹著花斜入樓。句好每從無意得，文奇最忌有心求。但逢興會忞揮灑，不向巉巗索隱幽。李賀徒聞工吐赤，爭如太白擅風流。

四〇八・意馬

士生今日真開眼，想到何時始盡頭。冒險競衝冰海去，飛機還向月宮遊。秦皇有志求三島，鄒衍憑空撰九州。從此應無人更笑，只虞意馬驟難收。

四〇九．春江泛櫂

春江一曲抱柴門，幾點輕鷗映水翻。艇嗅微風楊柳岸，酒沽細雨杏花村。放懷且逐煙波去，入耳不聞絲竹喧。艤棹歸來趁斜日，回看遠岫碧無痕。

四一〇．示友人

鍊得身如瘦鶴形，芒鞋竹杖未曾停。三千丈髮從頭白，一萬重山放眼青。靜裡時參種羊法，閒中自著養魚經。相逢莫問興衰事，風捲煙雲入渺冥。

四一一．大寒日作（時居息力）

二十四氣忽然過，百千萬劫備曾遭。海天望望渺無際，豺虎紛紛方怒號。此地炎蒸貫冬夏，何事飛雪來鬢毛。東風欲動仍未動，一杯強進碧葡萄。

四一二．老夫吟

天地何心困老夫，年衰自合隱蒿廬。一無他技但能忍，百不如人敢妄圖。北海孔融饒酒客，西風張翰憶蓴鱸。故鄉早晚重歸去，笑把漁竿作釣徒。

四一三·無題

昨夜瑤臺月正中，相逢一笑又成空。心乎愛矣緣何淺，口欲宣之語未工。竹外半開花帶露，水邊輕颺柳搖風。有情無話微含笑，似笑霜楓葉尚紅。

四一四·幽居

幽居盤谷窈而深，四顧蒼茫獨自吟。除卻白雲誰解語，只應綠水是知心。鶴歸竹裡風微動，人坐花間月正臨。不有一尊相對酌，高歌爭作擲金音。

四一五·過沙場作

萬里塵飛滿目愁，沙場望斷是山邱。呼風烏鳥銜腸肺，拜月妖狐戴髑髏。此日天陰聞哭鬼，當年血熱覓封侯。普天安得無爭戰，賣劍歸來競買牛。

四一六·小住

此間小住亦殊佳，花覆茅檐竹掩齋。半壑半邱饒逸興，一觴一詠暢幽懷。時惟見短歡須盡，物不求多願易諧。君看蕭蕭白楊處，英雄多少已塵埋。

四一七．題友人詩後

宮人老去縱花鈿，敢與徐妃共鬥妍。忽捧華箋披麗句，如遊玉海泛珠船。青山已見紅堆杏，秋水何當白綻蓮。一語報君須記取，由來此事本通禪。

四一八．新歲作

鼘鼓催殘歲又遷，眼中春色為誰妍。少來愁日皆歡日，老去增年是減年。鳥語亂叢驚客夢，花開異地冷賓筵。吾生今已六旬六，何事千秋差可傳。

四一九．結交

結交未到難臨頭，誰識賢姦逈不侔。逆耳箴規皆藥石，快心談笑亦戈矛。燈張綺席蛾爭赴，坭落空梁燕不留。卻怪詩人好高論，漫云涇渭要同流（山谷詩：「濁涇清渭要同流」）。

四二〇．次匀酬黃益三[180]

桃源一入幾經年，慼子多情賜錦箋。海內風塵還逐鹿，洞中雞犬已昇仙。詩名久羨黃山谷，酒量今輸白樂天。自笑老夫頭似雪，看花時復傍香肩。

四二一．聞政府屈從日本之所要求，感而有作[181]

強鄰乘間恣要求，念我宗邦集百憂。國苟能治誰敢侮，官惟惜死乃貽羞。捐軀尚可為雄鬼，穿鼻何甘作老牛。痛定諸公須努力，莫耽逸豫忘前讎。

四二二．夏夜納涼（時寓九龍）[182]

高屋通天有小臺，閒眠竹簟看雲開。山間明月當頭照，江上清風拂面來。且向此中澄念慮，更於何處著塵埃。從知人世本無事，蠻觸紛爭殊可哀。

四二三．丁巳十月之望歸隱敝廬有作[183]

奔走風塵五十年，歸來陵谷幾更遷。山河破碎餘殘日，庭院荒蕪鎖暮煙。訪舊半經身化

180 黃益三：見卷三〈贈懲戒場長黃君益三〉，注41。
181 題意：指一九一五年日本與袁世凱政府秘密簽下之「二十一條」不平等條約。
182 時寓九龍：一九一六年，左秉隆由新加坡遷居香港九龍，住彌頓道九十二號。
183 題意：丁巳（一九一六年）農曆十月十五，左秉隆由九龍遷回廣州，顏其所居曰「安樂窩」。

土，消愁安得酒如泉。而今莫更談家國，老我心空不是禪。

四二四—四三一．題祖坡居士《宋臺秋唱圖》八首[184]

一

秋風落日獨登臺，滿目雲煙撥不開。龍馭已隨滄海逝，鯉門猶湧怒潮來。歌聞遺瓦聲鏘玉（真逸[185]有〈遺瓦歌〉），誌考殘碑淚溼苔。俛仰乾坤無限恨，祗應看劍更揮杯。

二

宋帝行宮何處尋，九龍城外石嶔嶔。環山翠竹可人意，繞徑黃花傷客心。殘局當時思共挽，同舟今日忍相侵。蒼茫獨立空搔首，返照荒臺落葉深。

三

王氣銷沉七百年，高臺依舊峙江邊（按：據蘇澤東《宋臺圖詠集》，「峙」作「宋」）。更無畫棟描金鳳，祗有枯槐咽暮蟬。片石摩挲空涕淚，九州瞻眺尚風煙。卜居吾欲從茲去，安得茅茨三兩椽。

四

俯瞰南溟夕照間，如龍夭矯九峯環。今非吾土成雄鎮，昔是王臺剩破山。填海難消精衛恨，擎天翻羨石頭頑。披圖強和群賢唱，淚灑西風鬢已斑。

五

片石嶙峋三字存，淒涼舊事忍重論。夜深杜宇空啼血，秋冷厓山欲斷魂。大地於今無淨土，遺民從古老荒村。悲歌當哭知何補，所冀人間風化敦（按：《宋臺圖詠集》，「所冀」作「亟盼」）。

六

獨上高臺望八荒，雲山渺渺海茫茫。誰令此地淪殊域，猶憶當年是富場[186]。二帝遺靈應不滅，三忠餘烈豈全亡。我來無限滄桑感，弔古詩成引恨長。

---

184 題意：蘇澤東（一八五八—一九二七），字選樓，號祖坡。宋臺，即宋王臺，原址在香港九龍馬頭角海濱一處山上，據傳南宋末年端宗趙昰與其臣僚逃避元兵追捕，流亡至此。清亡後陳伯陶等遺民發掘有關史蹟，復向港英政府申請保護遺址，招引文人登臺雅集唱詠，以寄寓亡國之痛。《宋臺秋唱圖》即按此而作。圖有二幅，一為伍德彝所繪，一為劉揚芬所繪。

185 真逸：陳伯陶（一八五五—一九三〇），號象華，一字子勵，晚年更名永燾，又號九龍真逸。廣東東莞人。光緒十八年（一八九二）進士，殿試獲一甲第三名（探花），授翰林院編修、文淵閣校理、武英殿協修。歷任雲、貴、山東鄉試副考官、南書房行走、江寧提學使。光緒三十二年（一九〇六）派往日本考察教育。回國後在南京創辦方言學堂及暨南學堂。官至江寧布政使。宣統二年（一九一〇）棄官南歸。清亡後移居香港九龍。一九一三年住九龍官富場，署所居曰「瓜廬」，以遺老自居。著有《瓜廬文乘》、《瓜廬詩乘》、《元朝東莞遺民錄》、《明朝廣東遺民錄》、《明東莞三忠傳》等。曾作有〈宋行宮遺瓦〉一詩。

186 富場：即官富場。南宋初年設於九龍東部一帶之官家鹽場，今名觀塘。宋帝臣僚逃亡至九龍，據云即於此地一片石上休息，該石因稱宋王臺。

七

築垣圖畫更徵詩，好事深衷世豈知。古蹟留將遊客賞，幽光闡慰隱君思（按：《宋臺圖詠集》，「慰」作「盍」）。可憐玉璽沉江冷，無復丹心扶國危。悵望千秋同一轍，何堪袖手看殘棋。

八

吾粵耆英多鳳麟，胡天生使不逢辰。登臨但託詩言志，著述還驚筆有神。廬繫匏瓜同碩果（真逸所居題曰「瓜廬」），盤供薇蕨等香蒓。菊泉他日薦秋曉（按：《宋臺圖詠集》，「菊」作「寒」），合配九龍真逸人。

四三二．登西樵大科峯[187]，感而有作（月泉社[188]題限用歌勻）

群峰聯峙若城羅，峻極于天獨大科。四堡三臺[189]收一覽，九龍雙馬[190]俯相摩。紫姑仙去壇仍在，黃寇烽銷海尚波。詩詠曹松誰嗣響，月泉吟客感偏多。

四三三．有感（排律一首）

風鶴頻聞總不驚，依然歌舞頌昇平。瓊樓玉宇衝霄起，酒譜茶經盡日評。月照塘蓮酣睡鴨，煙籠隄柳亂飛鶯（陳塘[191]長隄煙花尤盛）。旌旗雲擁無僧院，鐙火星搖不夜城。籌餉計窮明縱賭，爭權心熱厚增兵。帝民黨鮮謀公益，醫律師多盜大名。載道經堂同唾棄，沿街士女並肩行。幾遭白馬紅羊刼，還聽鎗林彈雨聲。老我雄心消欲盡，悲歌惟有涕縱橫。

四三四・戊午[192]生日作

今朝又值祝齡辰，來歲今朝滿七旬。差幸免為行路客，不妨遲作杖鄉人。任兒嬉戲舞兒綵，生我劬勞思我親。四海況當窮困日，何心舉酒燕嘉賓。

四三五・春日登鎮海樓[193]

高樓百尺鎮南蠻，前帶珠江後枕山。煙雨萬家春樹裡，玲瓏雙塔[194]夕陽間。騎羊杳杳仙何去，化鶴翩翩我獨還。城郭不堪更回首，與誰同醉一開顏。

---

187 西樵大科峯：廣東南海縣西樵山，有七十二峯，以海拔三四四米之大科峯為主峯。

188 月泉社：應為當時廣東一個詩社。與元初宋遺民謝翺等於浙江吳溪成立之月泉吟社不同。

189 四堡三臺：南海縣大壢鎮有大歷、大圃、扶南、梯雲四堡。三臺，指廣州白雲山三臺嶺。

190 九龍雙馬：西樵山有九龍巖，在龍爪峯旁峽谷中。又有雙馬峰，在西樵最高峯大仙峯左側。

191 陳塘：在廣州黃沙至泮塘一帶，舊為高等娼妓集中地，俗稱大寨。

192 戊午：一九一八年。時左秉隆居於廣州。

193 鎮海樓：又名望海樓，俗稱「五層樓」。在廣州越秀山小蟠龍崗上。始建於明洪武十三年（一三八〇）。一九五〇年後改為廣州博物館。

194 雙塔：指廣州懷聖寺光塔與六榕寺花塔。懷聖寺光塔始建於唐代，原名呼禮塔，波斯音讀作「邦克塔」，據云因「邦」與「光」在粵語中音近，遂誤稱為「光塔」。花塔始建於梁大同三年（五三七），後毀於火，北宋紹聖四年（一〇九七）重建。花塔為六榕寺中舍利塔。塔角飛檐如花瓣，塔剎又似花蕊，加之塔身紅白相間，遂稱花塔。

四三六．過雨花寺[195]尋謁何不偕[196]先生墓

高士荒墳何處尋，浮岡岡上草深深。豐碑再共青松樹，生氣還如白日臨。閱盡滄桑公撒手，歌殘禾黍我傷心。一杯清酒望塵酹，又聽雨花鐘磬音。

四三七．登鎮海樓[197]作

我欲遠窮千里目，獨登樓上且徘徊。三江水向東南去，五嶺雲從西北來。引鴿已無幢蓋插，呼鸞空有木棉栽。南邦自古稱雄鎮，此日憑臨賸刼灰。

四三八．詩酒

吟詩飲酒風流事，要識風流何自來。詩到興高吟幾句，酒當歡甚飲三杯。嘔心徒自傷生耳，罵座能毋惹禍哉。況託英雄遭末路，侑觴重遣婦人陪。

四三九．先祖[198]考妣合葬於番禺帽峯嶺[199]，邇因道路不靖，久疏祭埽，遙望松楸，泫然感賦

每到清明祭埽時，夢魂飛繞帽峯悲。與民除莠無良吏，替我焚錢有誼兒（誼兒瑚佳居近先祖墓）。尋穴多年勞子力（先父[200]先叔性喜堪輿，尋十餘年，始獲此地），登科幾慶發孫枝（先兄[201]及

諸姪多登科第，而霈姪[202]為癸卯一甲第二人）。旁人豔羡牛眠地，只是蒼苔蝕墓碑。

四四〇・山居雜詠

兩版柴扉掩薜蘿，三間草屋傍巖阿。花無俗韻何妨少，竹有風情不在多。問字人疑楊子宅，吟詩自比邵雍窩。閒來高臥北窗下，未覺流光疾似梭。

四四一・寄九龍真逸（陳子礪先生伯陶）[203]

舊事回頭憶兩京，賜書移牘感深情（隆在北京荷公賜書楹聯，及領星洲，送生徒就學南京出，

195 雨花寺：在佛山市小沙浮崗，清順治年間，古止和尚於該處山麓築茅屋以安瓶鉢，鄉民高其行，乃出資為其建堂舍。歷年經六次重修，一九九四年又作大規模重建。

196 何不偕：何絳（一六七二—一七一二），字不偕，號孟門，廣東順德人。明亡後，與陳恭尹圖謀抗清，事敗後隱居。詩文聞於世，與何衡、陳恭尹、梁槤、陶璜號稱「北田五子」。著有《不去廬集》。其墓在雨花寺後山，墓道由邑中名士岑學呂建於一九四五年，今已不存。

197 鎮海樓：見本卷〈春日登鎮海樓〉，注193。

198 先祖：左秉隆祖父左逢春。

199 帽峯嶺：又名帽峯山。在廣州北郊白雲區太和鎮與良田鎮交界處。北起華坑，南至羅布洞，東至沙田，西達頭陂。為廣州市區最高山。

200 先父：左秉隆父左璋。

201 先兄：左秉隆兄左秉桓。

202 霈姪：左秉桓子左霈。見本卷〈遊學署喻園賦呈徐公花農〉，注75。

有誤殺一案，公時管理學務，文移數次，案乃結）。忽尋紅磡[204]青山去，驚見黃冠白髮生（隆寓九龍，得見公於紅磡）。盛會不逢秋菊薦，悲歌聊和暮蟬鳴（丙辰[205]九月十七日，公集同人祀宋遺民趙秋曉，隆以未得與會為憾。迨友人囑和《宋臺秋唱》，乃作七律八首以付之）。聞公新著遺民傳（公著《宋東莞遺民傳》及《勝朝粵東遺民傳》），拜讀何時眼一明。

四四二．香港金陵酒店[206]留題

江樓春暖幕初開，薄晚停舟買醉來。玉蕊花偎騷客座，金陵酒泛謫仙杯。當窗一水香霏霧，隔岸千峯翠作堆。借問秦淮舊遊侶，風光可似石塘隈（店設石塘嘴[207]）。

四四三．舟泊甲子門[208]觀宋端宗象（限光匀）

雙壁嶙峋插海邊，仰瞻遺像淚潸然。停舟慘淡悲今日，駐蹕淒涼憶昔年。浪濺螭頭苔蘚蝕，塵侵龍表蔓藤纏。何堪更向厓山去，啼血惟聞有杜鵑。

四四四．雲路試馬（限用寒匀）

老來空抱寸心丹，拜將何人更築壇。路入青雲天地闊，鞭揮白馬雪霜寒。書生在賤輕投筆，志士居閒喜授鞍。仰視龍山葱鬱甚，不應無地託身安。

四四五·教場牧牛[209]（限用尤勻）

偶攜竹杖此間遊，蔓草荒煙滿目愁。昔是教場看走馬，今成牧野放耕牛。衛身刀劍何容賣，當道豺狼正可憂。掛角漢書行且讀，須知武備要勤修。

四四六—四四九·七十自壽[210]詩四首

一

我生同日降文昌，首點朱衣願未償。卻被一津呼學士（牛津大學贈稱學士[211]），漫叨三國贈

203 陳伯陶：見本卷〈題祖坡居士《宋臺秋唱圖》〉，注185。

204 紅磡：香港九龍地名。由大環與紅磡灣組成。或稱一九〇九年打井時，因井水呈紅色而得名。然一八六〇年清政府與英國簽署《北京條約》，將九龍半島割讓，條約中附圖，已有紅磡之標示。

205 丙辰：一九一六年。

206 金陵酒店：即金陵酒家，創於一九一〇年，乃第一家以「酒家」為名之食肆。位於屈地街電車總站前。營業至上世紀六十年代。

207 石塘嘴：位於香港島西。上世紀初為妓院集中地，大寨達七十餘家，妓女近二千人，酒樓四十家，因有「塘西風月」之稱。

208 甲子門：在廣東惠州，後稱甲子鎮。南宋景炎二年（一二七七）春正月，宋端宗逃避元兵，舟次於此。

209 教場：或即廣州東教場，又稱東較場。因在廣州東郊而得名。現為廣東省人民體育場。一八三九年虎門銷煙後，林則徐於此組織演練西洋武器，學習西法練兵，並經常在此閱兵。二十世紀初曾於此舉行多次集會示威活動。

210 七十自壽：作於一九一九年。

211 牛津大學贈稱學士：見本卷〈牛津大學校頒贈學士銜名，詩以紀之〉，注143。

勳章（法、比、日三國贈佩寶星[212]）。歸歟魯叟還刪定，去矣虞溪更顯揚。景仰前徽清抱娩，敢勞親友為稱觴。

二

匆匆歲月易蹉跎，七十年齡一剎那。南北東西洋歷徧，古今中外帙披多。空當悟後拈花笑，興到豪時對酒歌。小築園林成小隱，旁人錯比邵雍窩（或為書室題曰「安樂窩」）。

三

風霜飽歷尚餘生，投老深思見太平（用放翁句）。恩沐五朝殊未報（自道迄宣），年高三葉竟何成。國中許我今扶杖，海內憑誰早息兵。願借麻姑一杯酒，澆腸酩酊到河清。

四

親恩罔極一昊天，此日追思倍黯然。客喜歌賡松柏句，我懷詩詠蓼莪篇。巾箱世業期長守，清白家風[213]願久傳。且發兒蒙勤養正（銘兒同日開蒙[214]），綵衣不用舞堂前。

四五〇—四五一．鑄山太親家八秩雙壽，花燭重諧，恭賀以詩（二首）

一

綵舞頤廬日漸長，飛來鳧舄晉霞觴。十年長我松仍茂，雙影超群桂並芳。序齒尊同文潞國，出身高媲郭汾陽（古來名將惟郭汾陽由武舉出身）。華林九老星璀燦，忝屬絲蘿仰末光。

二

花燭重輝照洞房，老翁還戲作新郎。兒孫繞膝同扶醉，夫婦齊眉又促妝。指屈而今周甲子，頸交依舊宿鴛鴦。良緣固結知何似，似較金剛石更剛（結褵周甲，西人謂之金剛石期）。

四五二—四五五．次韻和金子才[215]〈重建劉夢得先生陋室〉七律四章

一

不從平地起高樓，一室馨香萬古浮。戶牖更新邀月入，江淮依舊繞階流。芳徽景仰誰能嗣，勝蹟銷沉我亦愁。幸有州官猶好事，數椽重建姥邱頭。

二

水有龍兮山有仙，靈昭名著萬斯年。蹤追諸葛子雲後，席占微之居易先。細竹含煙青入幕，新苔著雨綠侵筵。生當異代官同地，興廢應關夙昔緣。

---

212 同上，注145。

213 家風：原稿作「風家」，據上聯改。

214 銘兒：左銘，左秉隆側室黎氏所生第二子。

215 金子才：劉禹錫「陋室」在今安徽和縣。民國年間重建，室中有石碑一方，碑首篆書「陋室銘」三字，正文楷書，文後有記，為嶺南人金福保補書。金氏後記云：「唐和州刺史劉夢得先生陋室，舊有碑銘，為柳誠懸所書。兵燹久沒，碑亦無存。子才弟來宰歷陽，又三年，鳩工重建，囑余補書以存舊跡，爰握管書之，並誌數語以告來茲。」是以知金子才為嶺南人金福保之弟。餘待考。

三

才豐遇嗇古猶今，辜負詩豪捧日心。元白望風傾慕久，王裴推轂見知深。居州未遂飛騰志，築室還依寂寞林。一樣聲華雙刺史，劉郎去後又逢金。

四

鎮西樓[216]上鼓鐘鳴，主祭人來奠酤清。文進一篇申敬意，詩呈四首寄遙情。州中自古稱和睦，海內如今望太平。安得同濡君子化，澆風陋俗與時更。

四五六—四五九．次勻和趙公[217]（名藩，字劍川，號石禪，交通部長）〈綠牡丹詩〉七律四章

一

故令花與葉同猜，煞費天工巧剪裁。映日青衣環玉案，迎風翠袖舞瑤臺。芳心怯冷仍微斂，薄面含羞只半開。姚魏漫誇黃紫貴，獨憐歐碧久裴回。

二

賞花人莫妄生猜，花亦如詩尚別裁。碧玉綠珠皆姊妹，穠桃郁李盡輿臺。羞隨凡品爭先放，獨抱孤芳殿後開。戲蝶遊蜂無賴甚，紛紛飛去又飛回。

三

合否更名我亦猜（李東陽詩：「合避金仙號，更名萼綠華。」[218]），脫丹換綠出新裁。移歸七寶莊嚴剎（花植六榕寺內[219]），化作千重翡翠臺。光現浮圖從地湧，瑞呈華萼應時開。憑闌笑語尋香客，莫折花枝插帽回。

四

俗眼看花易見猜，如何花葉色同裁。前身幻化菩提樹，此日照空明鏡臺。榕蔭園中青草合，風幡堂下綠花開。我從塔影鐘聲外，染得天香帶月回。

---

216 鎮西樓：在和縣。和縣古稱歷陽。《古今圖書集成》卷一二七引《明一統志》：「（鎮西樓）在州治前，明洪武初參軍郭景祥建，正統二年重修。」

217 趙公：趙藩（一八五一—一九二七），一字樾村，一字界庵，別號蝯仙，晚號石禪老人。雲南劍川人。光緒元年（一八七五）舉人，曾任四川臬台，官至川南道按察使。後棄官回鄉。嘗參與雲南獨立運動，當選民國第一屆國會眾議員。後回雲南，力贊其門生蔡鍔之反袁護國運動。一九一八年任廣州交通部長。一九二〇年辭職回滇，任雲南省圖書館館長。著有《向湖村舍詩初集》、《向湖村舍詩二集》、《向湖村舍雜著》，並編纂《雲南叢書》等。

218 此兩句見於明・薛蕙《李子西送佛頭青花，得自永寧王宮中，蓋牡丹之殊異者。喜而賦詩且改名為萼綠華云》一詩。

219 六榕寺，見卷二〈古寺〉，注34。

四六〇—四六三．北園[220]修禊七律四首

一

久居城市厭風囂，祓禊欣逢上巳朝。郭外閒尋芳草去，溪邊斜插酒旗招。同來舊日聽泉館，嬾訪前村寶漢寮[221]。我欲祈年邀介祉，紛紛細雨潤新苗。

二

幾回虛約踏青遊，此日勞人得暫休。園有茂林堪小憩，院無公事待參謀（園為省議院中人俱樂部）。扶筇且向浮橋渡，泛酒還隨曲水流。眼底滄桑誰更閱，金迷紙醉不知愁。

三

風光彷彿曲江濱，大好停驂一滌塵。似蟹山橫城北郭，如蛇水赴屋東鄰（近園一帶岡名「彭蟹下田」）。紅棉遠映朱闌艷，綠柳低遮白板新。回首妖氛彌四望，何當捧劍出金人。

四

放鶴聽鶯撲蝶天，北園高會嶺南賢。新車健馬聯冠蓋，妙舞清歌雜管絃。酒飲花間飛玉琖，茶烹竹裡汲冰泉。歸來醉問城何在，一角微芒鎖暮煙。

四六四—四六五．再贈黃表甥孫[222]（二首）

一

忽聞風雨留人住，容我重攄未盡情。學校育才思得士，慈親養子望成名。交遊切莫輕隨俗，刻苦還須慎衛生。體此箴言相贈意，知君終不負茲行。

二

負笈髫齡獨遠征，暫歸聊慰倚閭情。三旬暑雨仍南越，一路涼風入北京。媿我無能紓國難，羨君有志振家聲。倘逢霈與權[223]相問，為道吾將事釣耕。

220 北園：戴肇辰等修、史澄等纂《廣東省廣州府志》卷八十四〈古跡略二．署宅．番禺縣〉載：「北園在小北門內舊貢院左，明黃佐書院，今廢。」（據張府志）或即後來廣州之北園酒家所在地，在今小北路。

221 寶漢寮：即寶漢茶寮。見本卷〈過寶漢茶寮〉，注100。

222 黃表甥孫：即黃蔭普。見卷首商衍鎏題詩，注1。

223 霈與權：左霈、左權均為左秉隆姪。左霈，左秉隆姪。見本卷〈遊學署喻園賦呈徐公花農〉，注75。左權，未詳。

卷五

五絕

四六六・十五夜

夢回酒初醒，獨坐涼亭上。風月靜無邊，蛩聲自悽愴。

四六七・身我吟

身為我所託，莫認身是我。我若常在時，雖無身亦可。

四六八・四時集句

春風扇微和，夏雨生眾綠。秋月圓如珪，冬冰粲成玉。

四六九・招友彈琴

古調不聞久，何人為我彈。今宵明月好，松下一琴安。

四七〇・中元夜飲於酒家，有客善飲而不能詩者，起謂余曰：「君能贈我一詩，我當浮一大白。」因即口占以應之曰

我是詩中聖，君為酒裡仙。我歌君且飲，莫負此中元。

四七一—四八四．南齋書小樂府（五絕十四首）

解璽綬

收淚復彈絃，璽綬自茲解。有臣高枕眠，佛蓋風中擺。

舉體熱

夜夜望嬌妻，復夢舉體熱。豈知頭上貂，換得頸中血。

開西邸

峨峨雞籠山，赫赫宰相邸。說法聚名僧，不聞論治體。

牛埭稅

撓船過牛埭，驅牛牛不前。問牛何觳觫，怕抽過埭錢。

律書成

讀書不讀律，法淪胥吏手。讀律不通經，才堪致用否。

疑主傳

袁粲宋忠臣，何疑為主傳。私心忌諱多，信史難再見。

雲龍門

兵變雲龍門，主望得臣助。尚書對客棋，祭酒吐車去。

棺折頸

頭墜身不僵，棺壓門生亡。慚愧尹公佗，取友必端方。

遺弟酒

殷勤遺弟酒，願弟勿多事。聞變高枕眠，弟早解兄意。

主籤帥

主帥典王籤，非以斬王首。王失馭帥方，逆鸞得藉手。

古遺直

眼見廢兩君，辭官託朽老。遺直雖豔稱，潔身苦不早。

方噉粥

不聽阿戎言，卒致舉家哭。試問享大烹，何如噉稀粥。

索香火

萁豆生同根，相煎何太果。願君屏遙光，勿再索香火。

二義士

袁馬不臣梁，豈非真義士。蕭齊代禪間，僅見一人死。

四八五·謁韓甥墓

弔君君豈知，默默情難已。淚溼紙錢灰，陰風吹不起。

四八六·雪夜吟

長安風雪夜，獨臥夢難成。惟有鑪中火，相依最有情。

四八七·望見番古佛島[1]

行行半月餘，望望無涯涘。曉見一山浮，天晴人亦喜。

四八八·錫蘭[2]曉起

侵曉憑幽欄，菩提初放花。饑烏不畏人，攫食入窗紗。

1 番古佛島：未詳。

四八九・霸羅[3]曉行

早起望山行，忽失山所住。濛濛雲氣中，樹杪參差露。

四九〇・分水坳旅亭小憩

赤道苦炎熱，清涼別有天。旅亭閒小憩，客坐恨無氈。

四九一・獨立

深院寂無聲，倚欄閒獨立。紛紛涼月中，帶雨蕉獨濕。

四九二—四九七・己酉[4]六十閏壽六首

一

一世三十年，六十成再世。甲子況重花，當活百廿歲。

二

我生尼父後，花甲四十周。倏屆耳順年，望道心悠悠。

三

道末迄宣初，回首逝如電。慙媿五朝臣，冷眼空觀變。

四

繞膝有孫曾，居鄉不用杖。自笑老尤顛，風流還自賞。

五

天遣兒遠歸，桃觴為我獻。逾期仍及斯，天亦從人願（鉞兒[5]歸自外洋，適逢閏壽）。

六

雅意難固辭，酬賓以杯酒。薄醉賦短章，舉頭瞻南斗。

四九八．讀地志

五海環三洲，綿延一片土。獨得沖和氣，文教開千古。

2 錫蘭（Ceylon）：即今斯里蘭卡。
3 霸羅：馬來西亞怡保舊名。霸羅（Paloh）即錫礦場之意，又音譯埧羅、巴羅等。因怡保舊有錫礦場，故名。
4 己酉：一九〇九年。時在新加坡總領事任上。
5 鉞兒：左鉞。左秉隆三子。見卷二〈癲兒歌〉，注38。

四九九・讀歐史

羅馬起七村，卒跨三州地。惟有安息國，翹然能自治。

五〇〇・讀史

謝豹猶知恥，風貍尚抱慙。倘教孫皓在，光遠爾何堪。

五〇一・遊魂

貧人多厭世，富者每貪生。不識臨終日，遊魂孰較清。

五〇二・舟中遠眺

遠望之罘山，風景真奇絕。日出林煙消，千峯仍帶雪。

五〇三・晚眺

斜日忽西墜，遠山生暮靄。一抹鮮赤霞，灼灼蒼林外。

五〇四・倚樓觀書

把卷倚書樓，疏簾半上鉤。不知斜日落，紅上雪霜頭。

五〇五・詠自鳴鐘

丁丁日夜鳴，一聽一心驚。白盡英雄髮，應知是此聲。

五〇六—五〇七・寓言二首

一

人各有良田，可以藝黍稷。棄置不自耕，但生荊與棘。

二

井泉久不汲，苔長多泥滓。日日攜瓶來，依然清徹底。

五〇八・訪素馨斜[6]

觸露穿蹊徑，來瞻黃氏祠。花墟人已散，香冢認迷離。

五〇九—五一〇．詠史二章

一

使氣不為強，忍氣方為壯。君看楚霸王，刎頸烏江上。

二

使氣不為強，忍氣方為壯。君看張子房，進履圮橋上。

五一一—五一二．慈父謠二章

一

望汝興吾宗，遣汝就外傅。汝飲狂泉歸，傾覆我門祚。

二

憐汝弓鞋緊，放汝一線鬆。汝隨蕩子去，敗壞我家風。

五一三．飲香港太白樓[7]

太白不到處，居然有酒樓。把酒望長庚，遙憶濟盜州。

五一四—五一六・三上吟（三首）

一

何處為文好，為文於馬上。涼風拂面來，吹我心花放。

二

何處為文好，為文於厠上。消融渣滓除，清氣自流暢。

三

何處為文好，為文於枕上。思秉夜氣清，悟徹鬼神狀。

五一七—五二二・南海李君蕭堪[8]（一作龕）宗顥於吳市中得米海嶽靈璧研山[9]歸，喜而徵詩，爰賦五絕六首以應之

一

蕭堪今米芾，榕下一亭築。靈璧此專藏，朦朧煙水綠。

6 素馨斜：屈大均《廣東新語》：「素馨斜在廣州城西三角市，南漢葬宮人之所。有美人喜簪素馨，死後遂多種素馨於上，故曰素馨斜。至今素馨酷烈，勝於他處。」

7 太白樓：見卷三〈黃處達招飲於香港太白樓〉，注40。

8 李宗顥：見卷二〈李蕭堪得米海嶽靈璧研山歸，喜而徵詩，代作一首〉，注30。

二

富人求不得，天以錫窮士。士窮石亦窮，莫逆兩相視。

三

憒石仍惜石，不換金盈斗。人笑君何顛，我獨曰否否。

四

意適輕富貴，神物不易遇。一拳石之多，誰復知其趣。

五

顯晦各有時，豈惟石如此。物色及風塵，能如君者幾。

六

風霜已飽經，靈璧老更靈。莫教飛上天，化作長庚星。

五二三．久雨

雲壓四山幽，人愁天更愁。天將雨作淚，日日替人流。

五二四．秦始皇

秦政事焚坑，愚民適自愚。不知陳涉輩，曾讀幾多書。

五二五．種桃

種桃環小池，清曉此閒眺。忽見一枝開，美人窺鏡笑。

五二六．不傲

不傲才方大，學深心自虛。從來招物忌，多為友延譽。

五二七．黃雨亭[10]表甥孫臨別出箑索書，題此以贈之

臨岐走書此，留以慰相思。振翮奮鵬飛，吾於汝厚期。

9 米海嶽靈璧研山：同上，注31，32。

10 黃雨亭：見卷首商衍鎏題詩，注1。

卷六

七絕

五二八・倫敦軍裝庫[1]（內有牢獄，多古名流字跡）

危臺高聳碧江邊，劍氣刀光夜燭天。多少英雄從此逝，獨留泥爪鎖寒煙。

五二九・綵衣會

不辭裝點百般難，為博親朋一笑歡。看似尋常兒戲事，卻留萬國古衣冠。

五三〇・邱園[2]

陰陰花木倚雲栽，小小柴扉對水開。草色平鋪斜照裡，何年飛塔自東來。

五三一・理治門[3]

萬木陰中百草茸，鹿鳴何處覓行蹤。晚涼最愛停車望，無數樓臺淡霧封。

五三二・汗頓宮[4]

花繞樓臺水繞牆，迷人曲徑轉羊腸。瑤池夜捲西風冷，去作葡萄滿架霜（有葡萄一樹[5]，百餘年物，實成，專以貢君）。

五三三．水晶宮[6]

倫敦橋畔水迴環，雲氣迷濛日色殷。別有琉璃新世界，玲瓏雙塔出林間。

五三四．布來敦[7]

仙樓佳氣鬱蓬萊，山色平分鬼斧開（有山名鬼谷[8]）。夜半魚梁舒遠眺，兩橋燈引海帆來。

---

1 倫敦軍裝庫：或指倫敦塔（The Tower of London），除最高之白塔外，周圍有十三塔，其一為軍械庫。城堡內多牢獄，曾關押多位政要名人，被處死者亦不在少數。

按：左秉隆在英國作詩甚夥，遠超本集所見。據曾紀澤日記（光緒七年六月十八日）載：「評閱省齋詩二首，芳圃詩一首，子興（左秉隆）《英倫雜詠》絕句六十首，松生題詞詩二首。」又同年六月二十日載：「評閱子興《紀行雜詠》詩二十首。」又六月二十五及二十六日俱云：「評閱子興詩。」

2 邱園（Kew Gardens）：倫敦最大之植物園。在倫敦西南郊泰晤士河畔列治文區。原為英國皇家園林。最早興建於一七五九年，時喬治二世與卡洛琳王后之子威爾斯親王之遺孀奧古斯塔派人在所住莊園中修建三點五公頃之植物園，為邱園之始。一八四〇年，移交政府管理，並逐步向公眾開放。

3 理治門：即倫敦列治文（Richmond）區，鄰近泰晤士河，有眾多公園及自然保護區。

4 汗頓宮：即漢普頓宮（Hampton Court Palace），位於倫敦西南泰晤士河畔之列治文區，為英國都鐸王朝及斯圖亞特王朝之皇室官邸。一五一四年，由樞機主教托馬斯．沃爾西（Thomas Wolsey）所建。

5 葡萄一樹：漢普頓宮中，有一稱為Black Hamburg之葡萄樹，據稱在一七六九年種植。

6 水晶宮（Crystal Palace）：在倫敦海德公園內，建於一八五一年，是英國為第一屆萬國工業博覽會而建之展館建築。由玻璃與鐵構成。一九三六年毀於火。曾紀澤日記（光緒五年四月初九日）載：「湘浦、清臣、夔九設筵於水晶宮，請余與眷屬同往遊觀。……酉初到宮，遊觀良久。戌初飲宴，余與眷屬另室一席，主人與松生、凱生、子興、省齋諸君別設一席。」

五三五・德蘭[9]（英北府名，有臺存焉）

三年三度左郎來，慚愧虛名費麝煤（蹤跡所至，頃刻間新聞紙傳播殆徧）。轉瞬秋風吾去矣，何年更上德蘭臺。

五三六・舟泊西貢

瀾滄江畔暮冬天，野稻如雲萬頃連。釣罷昆侖漁舍去，夕陽林下起炊煙。

五三七・謁拿破侖第一墓[10]

縱橫闢地萬千里，冷落投荒五六年。冠世英雄今已逝，佳城葱鬱尚依然。

五三八・蘇北道上

車回曲徑深林裡，水繞群山亂石中。天氣微寒初逗雪，遙看一片玉玲瓏。

五三九・地中海

千山疊繞三洲接，一水分流兩派通。月上潮來看不見，只緣身在地之中。

五四〇・過印度洋

果然佛海異尋常，慧雨慈雲護法航（予乘法公司船）。嗟我未能登彼岸，又從天竺過天方。

五四一—五四二・壬午[11]生日（二首）

一

海角天涯寄此身，年年客裡度生辰。今朝一事差堪慰，躋彼萱堂拜老親。

二

雷鳴大地正春分，苦旱炎荒久望雲。願祝今晨一杯酒，化為甘雨灑紛紛。

---

7 布來頓：即布萊頓（Brighton），英國東南部東薩塞克斯郡布萊頓—霍夫之海濱市鎮。

8 鬼谷：或指布萊頓之魔鬼堤壩（Devil's Dyke），山谷深一百米。

9 德蘭：今譯杜倫（Durham），在英國東北部，有古杜倫城堡。

10 拿破侖第一墓：拿破侖墓，在巴黎塞納河南岸榮軍院（L'hôtel des Invalides）。戴鴻慈〈出使九國日記〉光緒三十二年二月初七日載：「往遊拿破倫墳。外院數間，滿儲軍器、盔甲之屬，及拿破侖生平常用衣服、器物。中間供基督釘死十字架像，四柱以文石為之，光可鑒人。其下為墓門，扃鑰甚嚴。守者引入視，則石棺存焉，聞為俄國所贈，圍以石欄，雕其將佐功臣形像環列。上下三層，傑構巍峨，莊嚴明淨。石壁俱刻拿破侖故事。其建築之壯麗，與華盛頓墓迥殊。蓋華盛頓崇尚質樸，意主謙遜，與法人奢華相侈、好大喜功固不侔也。」按：左秉隆乃隨載澤等一批使節出訪各國，非與戴鴻慈等同行。

11 壬午：光緒八年（一八八二），時左秉隆第一度任新加坡領事。

五四三—五四四．癸未[12]生日（二首）

一

去歲題詩母在茲，今朝舉酒倍相思。遙知阿母逢人道，是日吾兒誕降期。

二

南望紅江北望河，遙憐兩地各風波（越之紅江方亂[13]，我之黃河正決[14]）。朝廷自有匡時相，許我銜杯且放歌。

五四五．臨池

塵緣淨後身無累，心地清時理自明。水底魚游看不見，祗因風浪未曾平。

五四六．偶成

好鳥鳴春自得意，閑雲出岫本無心。靜觀時到欣然際，我不吟詩詩自吟。

五四七．靜坐

清水一盂香一炷，蒲團趺坐到三更。寂然萬念消都盡，現出圓光頂上明。

五四八—五四九．醉題疑雨蓬廬（二首）

一

官閑卻得恣遨遊，笑把蘭篙學刺舟。乘興偶來花亦喜，白紅蓮放淺深溝。

二

酒盡歌殘醉眼迷，拈毫題句小窗西。歸來不覺山村暮，一路涼風送馬蹄。

五五〇．詠蕉

昨從郊外踏青回，乞得靈苗手自栽。一夜小窗春雨足，朝看日射雀屏開（此蕉之葉酷肖雀屏）。

12 癸未：光緒九年（一八八三）。

13 紅江方亂：是年三月法國命交趾支那海軍司令李維業（Henri Riviere）第二度進犯越南北部。清政府命黑旗軍首領劉永福率部馳援。十一月，法軍統帥孤拔（Amédée Courbet）於越南紅河三角洲之山西地區，與黑旗軍與清軍開戰，並佔據山西地區。

14 黃河正決：是年順天府水災。另武同舉編纂《再續行水金鑒》記曰：「光緒九年齊河至利津黃河七縣決溢五十三處。」

五五一・檳榔

金盤滿貯子纍纍，裹以扶留欲寄誰。聊贈美人供細嚼，當含冰麝點臙脂。

五五二・戲作

小婢生來面帶痳，循牆穿徑去偷花。忽然觸動蜂飛起，誤認香腮是兩衙。

五五三—五五六・火山（四首）

一

偶從海面望山頭，紫焰蒼煙萬丈浮。料得仙人曾住此，丹成飛去竈忘收。

二

升沉不必問君平，定卜前途得小亨。一棹偶從巖下過，仰觀旅卦演分明。

三

山圍四面火當中，無物孤生一望空。祇有白雲自來往，被他片片也燒紅。

四

產得硫黃與石脂，自能生火不須疑。請看疏雨山頭灑，可似紅爐點雪時。

五五七．蕉蕾

書家無計可鍼勞，習字餘閒且種蕉。最愛萬端青綃裡，低垂一管紫狼毫。

五五八．寄幻人

記否中秋月滿時，菩提樹下笛橫吹。而今吹笛人何在，似有餘音繞樹悲（予嘗與幻人賞月於訶林之菩提樹下，吹笛唱歌，不能忘也）。

五五九．聞柳麗川[15]病，詩以慰之

不妨腰似柔枝折，正要眉如細葉低。養得根中春意住，會看枯柳又生稊。

15 柳麗川：左秉隆姊夫。見卷四〈寄柳麗川姊倩〉，注17。

五六〇．送黃梅樵[16]回粵

送君此日返鄉閭，莫道南遊興趣疎。飽看蠻花骯草外，還題一萬卷圖書（新購圖書萬卷，君為題識）。

五六一．睡聞兒啼

簿書披罷又圖書，深夜方休體欲酥。鄉入黑甜猶未半，驚回枕畔泣呱呱。

五六二．獨坐

獨坐空庭古樹根，人聲已寂鳥無喧。此時心與誰相似，萬里青天月一輪。

五六三—五六四．率成（二首）

一

從來不作千秋想，縱有吟哦只小詩。仍恐他年傳誦徧，不教句法太離奇。

二

筆到神來任所之，化機一片自相隨。更從何處覓消息，已是空空了了時。

五六五・蘭

傍巖披石映蒼苔，淺碧花含曉露開。不有春風遞香氣，何年空看美人來。

五六六—五六七・狂吟（二首）

一

狂吟不解趨時好，但吐胸中無限情。自飲自歌還自笑，後來容有子虛生。

二

繡鳳雕龍汨性靈，世間那得有真經。分明好語由天造，說與旁人總不聽。

五六八・領署旗杆被風吹折，作此以自慰

門榜曾經墮地裂，旗杆今又從根折。何如百鍊千錘人，坐鎮年年堅似鐵。

16 黃梅樵：未詳。

五六九·有感

百歲光陰幾許時，更堪拌命索新詩。古來多少驚人句，埋沒深深世不知。

五七〇·立言

欲作千秋不朽人，立言先務去陳陳。請看賈陸桓劉輩，論序語書皆曰新。

五七一·葉夢得

一代詩宗葉夢得，流鶯不用用啼鶯。謫仙亦有春風句，想是禽經尚太生。

五七二·閱舊作

雨灑蕉窗獨坐寒，重將舊作傍燈看。向來照眼如花句，陡覺今宵一刻殘。

五七三·宿野寺

風摧黃葉四山秋，旅客孤眠野寺幽。道是形單仍有伴，一宵抱著一衾愁。

五七四．為諸生評文有作

欲授諸生換骨丹，夜深常對一鐙寒。笑余九載新洲住，不似他官似教官。

五七五．西施

艷色妖姿絕世無，憑誰寫作浣紗圖。含顰也似憂亡國，一轉秋波竟沼吳。

五七六．弄玉

為愛吹簫嫁史官，學成跨鳳上雲端。生天也要同攜手，不把蕭郎陌路看。

五七七．題《具美集》

四子共成詩百篇，箇中佳句儘堪傳。不須強覓前人比，菊竹梅蘭各自妍。

五七八．睡起

近覺吟詩太損神，誓焚筆硯不重親。今朝睡起無聊甚，恰對桃花紙色新。

五七九．中元夜與客飲於新燕南樓[17]，醉占一絕

新燕南樓景色新，月光如水草如茵。與君今夕須同醉，醉後看他醒眼人。

五八〇—五八一．次勻和羅其孝[18]（二首）（時客吉隆）[19]

一

時局今成馬下坡，勒銜無力奈愁何。先鞭處處期君著，莫學王郎斫地歌。

二

來巡海畔值春明，苦聽農人說久晴。安得隨車布膏雨，欣欣草木盡敷榮。

五八二．苦熱

端居斗室熱如煎，何處納涼意最便。我欲攜將冰簟去，幽篁深裡聽飛泉。

五八三．中秋夜城上觀燈

獨上城樓縱目時，萬家燈火望中彌。怪他月到今宵滿，不露清光些子兒。

五八四・偶成

日循陳迹若牛磨，未老先驚髩已皤。償我辛勤無別事，一牀兒女笑聲多。

五八五・學海堂[20]探梅

為訪梅花悵不逢，叩門驚散滿園蜂。誰知學海藏香海，書氣還兼花氣濃。

五八六・鎮海樓[21]遇雨作

斗覺山雲四面遮，亂風吹雨入樓斜。最憐一片紅棉舞，飛上朱闌化晚霞。

17 新燕南樓：在新加坡。《叻報》一八九〇年十月一日刊有署名「滄瀛過客芷瀟氏」所作〈小集新燕南口號贈□良明經〉。見卷一〈贈力軒舉考廉〉，注5。
18 羅其孝：未詳。
19 吉隆：即馬來亞首都吉隆坡。
20 學海堂：見卷四〈遊廣雅書院〉，注65。
21 鎮海樓：見卷四〈春日登鎮海樓〉，注193。

五八七—五八八．哭錕兒[22]（二首）

一

五兒惟此產中華，名汝華生望更奢。豈意此邦非汝土，西歸何處是兒家。

二

碧草寒煙閉墓門，三雛同葬馬家園（謂芳姪、錕兒，暨漢良姪孫）。清明時節行人過，雨不紛紛也斷魂。

五八九．鎮海樓[23]春望

一層登罷又重登，登上層樓最上層。放眼萬家春樹裡，濛濛煙雨隱疏燈。

五九〇．珠江即景

上下燈光接水光，低懸茉莉拂衣香。客從橋背船頭過，彷彿穿花蛺蝶忙。

五九一．觀魚龍燈雜戲

簫鼓聲中笑語譁，魚龍曼衍競相誇。可憐今夜燈如許，祇照天南幾里花（是時北方未靖）。

五九二・即事口占

依依楊柳自風流，上有紅妝倚翠樓。漱齒似嫌香茗[24]冷，雪花輕唾一低頭。

五九三・遊南荔園[25]

紅雲綠霧繞方塘，不辨荷香與荔香。好雨初晴斜照裡，數聲蟬唱晚風涼。

五九四・贈羅雪谷[26]

覽徧名山與大川，歸來合眼埽雲煙。丹青自古多能手，誰悟盲羅一指禪（雪谷盲後作指頭畫尤工）。

22 錕兒：左錕，左秉隆次配夫人陳氏所生第四子。
23 鎮海樓：見卷四〈春日登鎮海樓〉，注193。
24 「香茗」二字難辨，或作「素蓴」。
25 南荔園：在廣州。待考。
26 羅雪谷：羅清（一八六二—？），字雪谷，廣東番禺人。同治中曾遊日本。工指頭畫，為晚清指畫大家。徐珂《清稗類鈔》卷三載：「羊城羅雪谷能作指畫，惟作畫時，須於指甲中藏棉花少許。」

五九五・元旦試筆

眼中萬象盡更新，吾亦埽除心上塵。更願夷氛從此靖，九州同日樂熙春。

五九六・登鎮海樓[27]

前臨華屋後荒邱，隔斷中間是此樓。共道城南好風景（按：「好風景」，原稿「風景」前插入「好」字，惟句末又有另一「好」字，作「風景好」，未知孰是），幾人思想到回頭。

五九七・草鞋洲[28]（在甘竹灘口）

一洲宛在水中央，細草蒙茸古石長。恰似達摩遺隻履，潮來潮去自低昂。

五九八・觀繅絲

一機旋轉萬機隨，理亂當知若理絲。覓得繭頭紛自解，此中繅婦是吾師。

五九九・遠望橫江[29]（江上有蛇嶺，前對豬頭山）

如蛇山勢赴江門，欲把豬頭一啖吞。幸有馮夷伸巨擘，至今長彖巋然存。

六〇〇・送長谷川歸日本並呈南條文雄[30]上人

化雨偶停桃李愁，天涼身健早回舟。倘逢故友煩君問，梅子如今已熟否。

六〇一・中秋夜與友人飲於粵秀山之應元宮[31]，醉後口占

醉餘行繞小迴廊，竹影蕭疏樹色蒼。好是山歌齊唱處，萬家燈火月如霜。

---

27 鎮海樓：見卷四〈春日登鎮海樓〉，注193。

28 草鞋洲：在廣州西陲，南海市黃歧以北。形如草鞋，因名。又名潯峰洲、金沙洲。戴肇辰等修、史澄等纂《廣東省廣州府志》卷十〈輿地略二・順德縣〉載：「龍江山脈由此而始……一自天河渡草鞋洲為星槎，西南順風最秀。東為蓮花，又東為定山。」甘竹灘，位於南海順德區龍江鎮。戴肇辰等修、史澄等纂《廣東省廣州府志》卷十〈輿地略二・順德縣〉載：「山自番禺來者……新會來者，一自繼龍江左支東渡海，為石壁，為瓜洲，皆峙海中。石壁即企　壁也。至甘竹激為灘……」

29 橫江：在廣東順德。戴肇辰等修、史澄等纂《廣東省廣州府志》卷一〇〈輿地略二・順德縣〉載：「馬鞍諸山則自橫崗、豬頭崗而渡水。」

30 南條文雄：見卷四〈題南條文雄上人詩稿〉，注7。

31 應元宮：在廣州粵秀山麓。清初由尚之信所建。三藩之亂後，被辟為佛寺及道觀，後又成為文人遊歷之所。第二次鴉片戰爭時被毀。

六〇二・登太平山[32]

巨石嶙峋吐曉煙，海風吹散日初懸。一圈山繞一泓水，上是樓臺下是船。

六〇三・東望洋[33]

葡人家本住西洋，到此如何不望鄉。高築石臺知有意，要看旭日出扶桑。

六〇四・舟過沙腰[34]

竹園桑市繞江隈，舟渡沙腰折復回。水自順流人倒走，推篙齊唱一聲唉。

六〇五・遊浛洸開元寺[35]

我來訪古謁禪宗，不見開元報曉鐘（寺有開元曉鐘[36]，今已失）。抗賊高僧[37]何處去（黃巢奔粵時，寺有高僧抗之），門前洭水自淙淙（浛洸即古洭邑[38]）。

六〇六・由蘆苞[39]至西南

東西雙塔遠相望，閱盡來船與去航。十里山圍平野濶，雨濛濛處草如秧。

六〇七・沙上題詩

一片平沙似紙鋪，鴻飛不到爪痕無。戲將椽竹題詩句，送與江干老釣徒。

六〇八・到禪山[40]見火輪車

春江澹澹鳥飛回，斜倚蓬窗倦眼開。一縷青煙林外起，村童遙指火車來。

---

32 太平山：在香港島西部。又名扯旗山、爐峰及域多利山，為港島最高峰。原稱硬頭山，據稱一八〇九年赤臘角海戰後，海盜張保仔向官軍投降，遂將山名改為太平山。

33 東望洋：東望洋山（Colina da Guia），古稱琴山，俗稱松山。澳門半島最高山嶽。山名東望洋，乃相對西望洋山而言。葡萄牙語源於當年率荷蘭軍攻打澳門之將領名稱。

34 沙腰：未知是否指廣東東莞市石碣鎮之沙腰村。

35 洽洸開元寺：在廣東英德洽洸鎮。建於唐，清咸豐及光緒朝兩度重修。現為洽洸街大樹腳居民委員會辦公室，僅存樓一座，廂房數間。

36 開元曉鐘：明代釋德清詠此鐘云：「明河清淺澹疏星，古寺靈禪宿百靈。一擊曉鐘驚大夢，不知誰最獨稱醒。」又鄒衍中詩云：「疏鐘原自佛分身，點點慈悲為醒塵。試問開元至今日，不知曾度幾何人。」

37 抗賊高僧：《重修開元寺碑記》載云：「蓋聞寺之名何自昉也，世傳黃巢奔廣州時，入寺叱僧曰：『惜寺乎？惜命乎？』僧曰：『惜寺。』遂殺之，無血，但見光噴頂上如蓮花，殿柱有劍散形，巢乃舍去。」

38 洭邑：《元和郡縣誌》載：「洽洸故城，本漢含洭縣也。」建於西漢，又稱白鹿城。王韶之《始興記》云：「含洭有白鹿城。晉咸康中，郡人張魴作令十年，甚有惠政，白鹿群遊，取一而獻之，故以為名。」

39 蘆苞：廣東佛山三水區轄下鎮。地處珠江三角洲腹地，有「小廣州」之稱。

40 禪山：即廣東佛山。唐貞觀二年（六二八），該地塔坡崗掘出銅佛三尊，因名佛山。禪、佛對稱，故又稱禪山。

六〇九．到四會[41]

行上高原望野田，短桑新發嫩秧鮮。偶逢村老為余道，此處潮來水接天。

六一〇—六一一．下步墟[42]觀放鸕鷀（二首）

一

火籃高照竹排頭，幾箇鸕鷀結隊游。撥剌一聲江水響，魚兒銜出雨中漚。

二

細雨斜風沙上蹲，頸繩牢繫倍驚魂。夜深放到江心去，只許銜魚不許吞。

六一二．倒懸和尚頭（二五五—二五六）

斷崖臨水勢嶙峋，絕似高僧欲舍身。石髮不生頭濯濯，半翻觔斗倒窺人。

六一三．十五夜作

空階月白樹亭亭，鳥雀無聲戶已扃。獨倚紙窗閒覓句，一鑪紅對一鐙青。

六一四．路遇蒙婦戲作

項後髮彎似月圓，紅雲兩朵聳雙肩。皮韡珠帽誰家婦，行過風生總帶羶。

六一五—六一六．平居（二首）

一

過眼駒光易百年，可堪膏火自熬煎。平居莫道無佳趣，身健心閒即是仙。

二

未來休逆去休追，事至還須及早為。閒固優遊忙亦好，水流雲駐總相宜。

六一七．大寒後二日得霰

殘冬猶覺曉寒微，雪不成花帶雨飛。莫怪天時今亦變，有人關外嘆無衣（時聞奉天告賑[43]）

41 四會：廣東肇慶轄下市。因為境內西江、北江、綏江、龍江四水會流之地，故名。
42 下步墟：未詳。
43 奉天告賑：光緒三十年（一九〇四），日俄戰爭爆發，奉天省城災民達十餘萬。

六一八・元日立春

迎春賀歲一朝中，二十年間兩度逢（自丙戌至乙巳[44]）。昔日海南今冀北，鴻飛無定漫留蹤。

六一九・遊白雲觀[45]

我來雲裡訪邱仙，欲學燒丹恨不傳。但見兒童橋背立，爭抛白打打金錢。

六二〇・白雲觀看跑車

輪蹄奔走盡桓桓，士女如雲夾道看。今日中原須尚武，不嫌塵滓污仙壇。

六二一・遊琉璃廠[46]

輪蹄絡繹蹴紅塵，盡是尋芳隊裡人。一串山查幾沙燕，車邊斜插鬧春新。

六二二・覺生寺[47]觀大鐘

清晨跨馬出郊坰，來看洪鐘與佛經。卻怪蒲牢撞欲碎，眾生仍睡未曾醒。

六二三・雪後望西山[48]

紅呢小帽策驢行，言訪西山出鳳城。忽見銀屏迎面立，四郊風定雪初晴。

六二四・入內觀春聯

宮門洞闢慶元辰，聯語觀來句句新。天上不誇朱紫貴，但將素絹寫宜春。

六二五・夜宴法國使署

座上嘉賓貴莫當，藩王貝子尚書郎。歡娛中外開春宴，花燦燈明酒亦香。

---

44 丙戌至乙巳：丙戌，一八八六年。乙巳，一九〇五年。

45 白雲觀：在北京西城區西便門外。始建於唐，為唐玄宗奉祀老子之聖地，名天長觀。金代重修，改名太極觀，後毀於火。蒙古成吉思汗十九年（一二二四），長春真人邱處機在此暫住，二十二年（一二二七）成吉思汗傳旨，改名為長春宮，供奉邱處機。同年邱處機逝世，其弟子尹志平在該處東側建道院，取名白雲觀。

46 琉璃廠：在北京和平門外，以出售圖書及筆墨紙硯之店鋪著名。元朝在此設官窰，燒製琉璃瓦。明代復加以擴充，因名琉璃廠。清代京城實行「滿漢分城居住」，此地以漢族官員居住為多，各地會館亦多建於此，官員及赴考士人常聚集此地逛書市，遂成京都雅遊之所

47 覺生寺：在北京市海淀區。建於清雍正十一年（一七三三）。雍正十二年所立《敕建覺生寺碑文》云：「以無覺之覺，覺不生之生，所謂覺生也。」乾隆八年（一七四三），將萬壽寺之永樂大鐘移至覺生寺，故又稱「大鐘寺」。

48 西山：在北京，為太行山支脈，古稱「太行山之首」，又稱「小清涼山」。為京郊遊覽勝地。

六二六・海宴堂[49]陪各國使臣女眷覲見

海宴堂開近午天，內臣傳旨賜瓊筵。飛來百鳥朝丹鳳（堂舊名百鳥），風送和聲入紫煙。

六二七・立夏後作

海棠花落刺梅開，柳絮榆錢點翠苔。客裡不知春已去，薰風吹暖入窗來。

六二八・酌玉泉[50]

攀松扶石出崖邊，來試人間第一泉。涼沁心脾清徹骨，詩成笑看水珠圓。

六二九・仁壽殿[51]陪各公使女眷覲見

寶鏡高懸金殿開（殿額題曰「大圓寶鏡」），簪笄萬國早朝來。瓊花不惜親分賜，更遣宮妃勸酒杯。

六三〇・舟回玉河[52]

日斜風定晚涼時，駕艑（艑名「安瀾」）隨波泛碧漪。兩岸綠楊如畫裡，凭闌遙見釣絲垂。

六三一・馬纓花

白馬朱纓炫日華，雞鳴爭謁大官家。野人門外無車跡，剩有蒙茸一樹花。

六三二・宴集雲山別墅[53]

別墅筵開遠市塵，花為四壁竹為鄰。紅欄扶我登樓去，看徧雲山繞帝闉。

六三三・聽喇嘛誦經

師來再拜始登壇，紅帶黃袍似宰官。喇叭聲停梵音起，牛鳴深甕轉喉難。

---

49 海宴堂：即海晏堂，圓明園建築之一。由正樓及後工字蓄水樓組成，是園中最大之歐式園林。正樓下有一大型噴水池，左右呈八字形排列十二生肖人身獸頭銅像，晝夜十二時辰依次輪流噴水。

50 玉泉：位於北京西郊玉泉山上。明時列為「燕京八景」之一。明、清兩代，為宮廷用水水源。八國聯軍入侵，大部毀於火。

51 仁壽殿：位於北京頤和園東宮門內。乾隆清漪園時期稱為「勤政殿」，建於乾隆十五年（一七五〇）。光緒十二年（一八八六）重建，改今名，取《論語》中「仁者壽」之意。為慈禧太后及光緒帝住頤和園時朝會大臣、接見外國使者之地。殿內「大圓寶鏡」匾額，為慈禧太后所書。

52 玉河：在北京東城區，又稱御河。乃通惠河之一段，由郭守敬主持於元至元三十年（一二九三）修建完成，為京杭大運河一部份。

53 雲山別墅：應在北京，餘未詳。

六三四・謁龍王廟[54]（廟在昆明湖，前對佛香閣與排雲殿[55]）

平湖孤嶼石門開，為謁龍宮泛棹來。四面荷花三面柳，香雲擁處是樓臺。

六三五・題談瀛客旅館[56]

地有仙居便不同，竹幽花秀石靈通。結鄰惟許白沙伴（館中供奉白沙先生），世界微塵一埽空（君顏其額曰「世界微塵」）。

六三六・遊保定蓮池書院[57]

四面回廊繞曲池，紅橋橫跨碧漣漪。納涼最好知何處，水心亭上藕香時。

六三七・車發都門

熙朝政治欲更新，四國諮詢遣重臣。莫謂參軍雙鬢白，登車攬轡尚精神。

六三八・舟發塘沽[58]

飆輪竟敢破冰行，水底魚龍夢不驚。沙口候潮涼月上，倚闌閒話到三更。

六三九・放洋

曉鐘催我上樓船，東望扶桑日正懸。二十八年重放眼，者番親見地球圓。

六四〇・紅葉館[59]即席口占

野館風多樹半傾，更無紅葉動詩情。臙脂抹上花容去，幻作翩翩舞蝶輕（館中歌妓作蝴蝶舞）。

54 龍王廟：在頤和園昆明湖龍王島上。又稱廣潤靈雨祠，位於始建於元代之西堤上。乾隆修建清漪園時，將西堤以東闢為新湖區，形成昆明湖。原西堤上之龍王廟成為湖心島，即今南湖島。為清代重要祈雨之地。

55 佛香閣與排雲殿：俱為頤和園建築。佛香閣在萬壽山前山高二十米之方形臺基上，南對昆明湖，背靠智慧海。仿杭州六和塔而建。乾隆時在上築九層延壽塔，至第八層時「奉旨停修」，改建佛香閣。排雲殿亦為萬壽山前建築，原為乾隆為其母后六十壽辰而建之大報恩延壽寺，慈禧重建時改為排雲殿，殿名取自郭璞〈游仙詩〉：「神仙排雲出，但見金銀臺。」

56 談瀛客旅館：在北京，餘未詳。

57 蓮池書院：在河北保定，始創於清雍正十一年（一七三三），由直隸總督李衛奉旨創辦。初名直隸書院，因在保定蓮池內，故又名蓮池書院。

58 塘沽：五大臣出洋考察，是從天津出發。載澤《考察政治日記》光緒三十一年十一月十七日載：「巳正，乘火車至塘沽，登『新濟』輪船。未初二刻，展輪碾冰行。閱二時，出大沽口。行未逾時，阻沙候潮。」十八日載：「申初，舟發大沽。」

59 紅葉館：在日本東京。明治十四年（一八八一）設立，為專門接待外國政商文人之場所。一九四五年大空襲時被毀。載澤《考察政治日記》光緒三十二年正月初九日載：「酉正二刻，大隈伯爵代表東京同仁會，歡迎宴於紅葉館。」

六四一．贈亞雅音樂會[60]諸生

一自伶官散四方，中原雅樂久淪亡。諸生欲復虞韶舞，律呂研求莫厭詳。

六四二．過田中市宅遇雪

圍坐不知樓外寒，紛紛雪落白成團。主人家有園林好，自起開窗縱客看。

六四三．由舍路[61]赴聖保羅[62]途中作

繞山穿洞出平原，看盡松間石溜奔。野老多情偏愛客，送將花果上輶軒。

六四四．舟載火車渡河

鐵軌猶疑一線通，豈知車已在舟中。渡河今又開生面，不用飛橋掛碧空。

六四五．贈鄭蘭生[63]（生精工藝，有志報國，奈無招之使通者）

誰謂中原少哲人，鄭生工藝巧無倫。可憐報國心雖熱，猶是他邦羈旅臣。

六四六・旅順館[64]小酌

食必牛羊久厭羶，遇逢鄉味口流涎。如何一代調羹手，也似東坡以肉傳（紐約華人酒館多標「李鴻章雜碎」[65]四字）。

---

60 亞雅音樂會：由曾志忞於一九〇四年創辦於東京，前身為沈心工所創之「音樂講習會」。為中國首個新式音樂社團，以「發達學校社會音樂，鼓舞國民精神」為宗旨。載澤《考察政治日記》光緒三十二年正月十二日在箱根記曰：「午初，亞雅音樂會學生假玉泉樓開歡迎會。始至，合奏軍樂；繼嚴智怡彈洋琴；會員唱《白雪歌》；王大霖彈風琴；李僑洋琴；會員唱《懷帝鄉歌》；張銓緒吹小喇叭；會員唱《渭城曲》、《古行軍歌》，更疊和之；教習鈴木夫人復奏洋琴；會員合奏軍樂，唱《中華帝國歌》。既闋，謝教習指授之誼，勉學生以激揚忠義，陶淑性情，毋負立會之宗旨，僅以為娛樂之用。『若討論益精，他日歸定國樂，修古文明之舊，此尤所厚望於諸君矣。』至樓下合照一相而散。」

61 舍路：美國城市，今譯西雅圖（Seatle）。

62 聖保羅：美國明尼蘇達州州府。

63 鄭蘭生：梁啟超《新大陸遊記》載：「中國初次出洋學生，除歸國者外，其餘尚留美者約十人。余皆盡見之。捨嘆息之外，更無他言。內惟一鄭蘭生者，於工學心得甚多，有名於紐約。真成就者，此一人矣，然不復能為中國用。」惲毓鼎《澄齋日記》光緒三十四年（一九〇八）四月十二日載：「美國新出一種麥生炮，每一分鐘能出三百六十子，每子又分為百小子，既多且速而及遠，為火器最新最利者。其實創自我中國人香山鄭蘭生。鄭精製槍炮，能發明新式，突過西人炮。署『蘭生』二字，譯者誤『蘭』為『麥』。中外皆詫為泰西利器，不知出於華人手也。其徒范棟臣（國梁），現為陸軍部所用，製造之才，遠遜其師，然在中國已首屈一指。」

64 旅順館：在紐約。載澤《考察政治日記》光緒三十二年二月十五日載：「辰正抵紐約……酉正二刻，梁公使邀往旅順樓華餐。」

六四七・遊美京博物院[66]瞻仰皇太后聖容

聖母恩聯萬國歡，御容不禁遠人看。寫生妙手推神似，搓蠟成形欲肖難（英京蠟人館[67]亦有聖容，殊不肖也）。

六四八・觀美京藏書樓[68]

黃金鋪地玉為樓，壯麗真堪冠九州。莫羨看書人有福，即來瞻眺亦難修。

六四九・渡大西洋

五洋最險是西洋，風捲濤翻天上揚。幸有巨艘長百丈，星期一度又他鄉（船名「羅波的」[69]，為輪船中第一巨艘）。

六五〇・謁蘭柏宮[70]（宮為英大教長所居，與議政院一水相隔）

此宮彼院兩相望，一水平分各一方。問政人來不問教，中原自有文宣王。

六五一．遊路義第十四故宮[71]

幾人稱帝此宮中，舊事回思一夢空。卻愛銅龍能戲水，閒來畫閣倚涼風。

---

65 李鴻章雜碎：又稱雜碎（Chop Suey），盛行於北美之中國菜。因一八九六年李鴻章遊美國而聲名大噪。然在李鴻章往美國前已出現於華人餐館。以豬肉或雞肉絲，加拌綠豆芽、芹菜絲、筍絲、青椒絲、洋葱絲、大白菜絲或雪豌豆等混炒而成。梁啟超《新大陸遊記》載：「雜碎館自李合肥（鴻章）遊美後始發生。前此西人足跡不履唐人埠，自合肥至後一到遊歷，此後來者如鯽。……合肥在美思中國飲食，屬唐人埠之酒食店進饌數次。西人問其名，華人難於具對，統名之曰『雜碎』，自此雜碎之名大噪。……李鴻章功德之在粵民者，當惟此為最矣。然其所謂雜碎者，烹飪殊劣，中國人從無就食者。」

66 美京博物院：指美國華盛頓國家博物館。慈禧畫像，一九〇四年於聖路易世界博覽會陳列，後收藏於此館。作者為美國女畫家凱瑟琳．卡爾（Katherine Carl）。

67 英京蠟人館：指倫敦杜莎夫人蠟像館（Madame Tussaud's）。光緒三十一年（一九〇五），載澤、徐世昌、端方等赴日、歐、美等國考察，在法國蠟像館見到慈禧及光緒蠟像。後蠟像復於英國展出。

68 美京藏書樓：指美國華盛頓之國會圖書館（Library of Congress），成立於一八〇〇年。

69 羅波的：似是「波羅的」之誤。載澤《考察政治日記》光緒三十二年二月二十日載：「卯正二刻，登英白星公司『波羅的克』輪船。梁公使、夏偕復及學生商人等來送。辰正，開往大西洋。昔大北公司造世界大船二，一即所乘之『達柯達』船。白星公司於一千九百四年造此船以勝之。船長七百二十五英尺，廣七十五英尺，載二萬八千噸，馬力一萬五千匹，日用煤十八噸，每小時行十七海里，為世界行海商船第一。」

70 蘭柏宮（Lambeth Palace）：坎特伯里大主教在倫敦之官方寓所。在倫敦蘭柏區，泰晤士河南岸。最早之建築物可追溯至一四四〇年。

71 路義第十四故宮：路義第十四，即法王路易十四。故宮，指凡爾賽宮，位於巴黎西南郊外伊夫林省省會凡爾賽鎮。一六六一年動土興建，一六八九年竣工。載澤《考察政治日記》光緒三十二年三月二十八日載：「午餐後遊法故宮。宮為路易十三建，路易十四落成，重樓廣廈，閎麗無儔。四壁繪法歷代故事，及路易十四一生事蹟。有數廊，皆列名人石像，雕熔精絕。有密室，設路易十四所御之衾榻、几案、鐘鏡之屬。」

六五二・觀法國女子演銃

飛燕登臺兩翼張，火珠連發綻衣裳。回眸一笑櫻唇啟，白玉膚柔幸未傷。

六五三・隨澤公[72]覲英皇[73]

廿八年間兩入宮，前隨侯去後隨公。不知王母今何在，喜見龍顏與舊同。

六五四・遊柏明涵[74]

聞道鄉中降使星，萬千食指一時停。免冠揮手呼聲震，如此歡迎向未經。

六五五・比國道上作[75]

四行森木五通衢，車馬人行各一途。望到綠陰將盡處，紅雲湧地錦成區。

六五六・遊比京大樹林[76]

深林蔽日綠陰濃，幾轉疏籬曲徑通。行到水邊亭半露，樂聲縹緲出煙叢。

六五七．謁美總統[77]

客至開門手自親，望之初不異平民。數間白屋依青草（總統居處稱曰「白屋」），猶見茅茨古制新。

六五八．舟入麻六甲海峽[78]，尚會臣[79]星使得詩二句，予為譖易一字，續成此詩

一抹樹痕平似岸，幾重山色淡於煙（「淡」原作「遠」）。詩人好句真如畫，海峽風光滿

---

72 澤公：指載澤。見卷四〈次匀奉和澤公印度洋舟中作〉，注148。

73 英皇，即愛德華七世。一九〇一至一九一〇年在位。載澤《考察政治日記》光緒三十二年四月十七日載：「偕尚、李、汪三使率參贊左秉隆恭賫國書，赴泊金漢宮覲英君主呈遞。行鞠躬禮，讀頌詞。英主免冠受書，答詞。」左秉隆曾於一八七九年隨曾紀澤（劼侯）出使英國，故詩中有「前隨侯去後隨公」之句。

74 柏明涵：指伯明翰（Birmingham），當時英國第三大城市。載澤《考察政治日記》光緒三十二年四月二十一日載：「博明漢率利造鐵路車廠總辦、下議院議員武洛柏遜李麥，召以專車，邀往彼廠一遊。……時促，未及遍閱而出。廠中工人四千餘，皆出脫帽歡呼。……博明漢居民七十餘萬，工廠林立，商業殷盛，為英之第三都會。」

75 題意：載澤《考察政治日記》光緒三十二年閏四月初三日載：「未正二刻，抵比國奧斯登海口。」

76 比京大樹林：或指哈勒（Hallerbos）森林。在比利時首都布魯塞爾南郊哈勒鎮。是時載澤、李承鐸、尚其亨一路使團，與戴鴻慈、端方一路使團，在比利時會合。戴鴻慈《出使九國日記》光緒三十二年閏四月十二日載：「往遊大樹林，茂蔭參天，萬綠如洗，小山盤亙，淺水瀠環。車行山間，時見流水，忘路之遠近，洵勝地也。」

77 美總統：指西奧多．羅斯福（Theodore Roosevelt）總統，一九〇一至一九〇八年在位。載澤《考察政治日記》光緒三十二年二月十七日載：「巳正二刻，偕尚、李、梁三使率參贊左秉隆、周樹模、柏銳等乘火車行。申正抵華盛頓都城。」次日又載：「申初，偕尚、李二使率參隨謁總統羅斯福，敬問皇太后皇上聖安，謹對如禮。復握談少頃，辭氣沖穆，器宇沉雄，令人起敬。」

目前。

六五九．說書

馱無細馬載無輿，蓮步何能去說書。賴有吳兒身手健，一肩扛起翠裙裾。

六六〇．江干觀潮

日光斜照海門開，一線濤頭滾滾來。駐馬江干時極目，怒雷驚吼雪成堆。

六六一．遊孤山[80]

當年處士無妻子，祇有鶴梅堪自娛。今日纍纍塚相伴，不應還說此山孤。

六六二．謁蘇小小墓[81]

西泠橋畔有孤亭，瓦礫成堆草色青（相傳加瓦冢上可愈頭痛）。料得月明香冢上，也應顧影惜零丁。

六六三・彭亨[82]途次作

亂山喬木鬱葱蘢，百轉千回一徑通。穩坐飛車數碑石（立石道旁以紀里數），不知身已入雲中。

六六四・移菊

新菊含苞未綻金，移栽松徑護雲深。不嫌自污全清節，誰識淵明愛汝心。

六六五・題張船山[83]《秋聲圖》

數莖衰柳一寒蟬，風致蕭疏意態娟。別有會心歐賦外，聲聲寫出是秋天。

---

78 麻六甲：今譯馬六甲（Malacca），海峽位於馬來半島與蘇門答臘島之間。

79 尚會臣：尚其亨（一八五九—一九二〇），字惠丞，一字伯恒，號會臣，晚號達庵。奉天海城人。隸漢軍旗。平南王尚可喜第七子和碩額駙馬尚之隆八世孫。光緒十八年（一八九二）進士。官福建布政使。光緒三十一年（一九〇五）出洋考察。

80 孤山：杭州西湖中最大島嶼。宋代林逋隱居於此。

81 蘇小小墓：即慕才亭。在杭州西湖西泠橋畔。

82 彭亨（Pahang）：馬來西亞其中一州，為諸州中面積最大者。

六六六—六六七．聞上海開萬國禁煙會[84]作（二首）

一

萬國衣冠集滬濱，議除鴉片救吾民。維新要藉群公力，莫問誰為發起人。

二

功本天成不敢貪，熟時摘果我應慚。西來浩劫如洪水，不謂消於一夕談（英國教士屢爭禁除鴉片不果，予再使英[85]，與二三下議院員痛談此事，釋其疑難，乃決從之）。

六六八．生孫

甲子花經兩度開（去歲六十閏壽[86]），孫枝初發又春回。旁人莫笑香山老，還有明珠孕蚌胎。

六六九．端午日作

遙想珠江競渡時，柳陰花舫眾娥嬉。風回水面嬌聲送，蛋女頻呼賣荔支。

六七〇・路遇香車有頻回顧者，爰賦是詩

只見潘車載果還，誰將青眼顧香山。多卿賞識風塵外，覽鏡無如鬢已斑。

六七一・哀挽車者

手挽車奔汗雨流，驕陽暴背喘難休。可憐軀幹強如許，不作兵農作馬牛。

---

83 張船山：張問陶（一七六四—一八一四），字仲治，一字柳門，號船山、蜀山老猿，四川遂寧人。著名詩人、詩論家、書畫家。乾隆五十五年（一七九〇）進士。曾任翰林院檢討、江南道監察御史、吏部郎中、山東萊州知府。辭官後寓居蘇州虎邱山塘。著有《船山詩草》，與袁枚、趙翼合稱「性靈派三大家」。《清史稿》卷四八五有傳。

84 萬國禁煙會：一九〇九年二月一日，國際鴉片委員會會議在上海外灘匯中飯店召開，史稱「萬國禁煙會」。與會者包括中、美、英、法、德、俄、日、意、荷蘭、葡萄牙、奧匈帝國、暹羅、波斯（伊朗）十三國代表。促成一九一二年之《海牙鴉片公約》。

85 予再使英：光緒三十一年（一九〇五），左秉隆充頭等參贊官，隨五大臣出洋考察，與英國國會議員議禁煙事。載澤《考察政治日記》光緒三十二年三月十五日載：「戌初二刻，大律師韓喀請宴，座中多下議院紳員。駢列之某君昌言曰：『中國之害，莫甚鴉片，若貴國果能禁種，英議院深表同情，亦議禁印度煙出口。』當命譯人（按：或是左秉隆））答云：『諸君厚意宏願，深為感謝。歸國必陳述偉論，力請朝廷籌議挽救之策，以絕禍厄。他日求諸公大力贊成，療敵邦之鴆毒，倡公德於世界，君言實為發起。敝國之人，同銘不朽矣。』」

86 去歲：己酉：一九〇九年。見卷五〈己酉六十閏壽〉六首，注4。

六七二．花蝶吟

將開未開花一枝，欲下不下蝶還飛。此趣此情難再得，半醒半睡見依稀。

六七三．移居

凸字樓頭窗不安，簾垂七面拂朱闌。移居卻喜依山靜，樹茂泉清白晝寒。

六七四．題家庭樂攝影

歷更兩代五朝新，一點浮雲寄海濱。笑謂嬰兒吾類汝，倦眠饑食不知嗔。

六七五．答客問

有田不歸非忘家，有官不做非忘國。田多盜賊官多憂，歸不得兮做不得。

六七六．寓所在嘉樹山[87]下，有野生草藥含紅點綠彫，紅剩遂變成花。又盆中玫瑰花瓣卸後，花心又吐新葩，詩以紀之

剪綠裁紅葉變花，園多瑞氣樹多嘉。一株玫瑰尤奇絕，落剩芳心又吐葩。

六七七・苦吟

不辭辛苦鏤脾肝，總覺吟來句未安。界判人天爭一字，黃金何日始成丹。

六七八・新歲吟

老人怕見歲時遷，酒飲屠蘇讓少先。今日兒童應倍喜，一年兩度賀新年。

六七九・席上口占

搔首渾忘白髮新，每逢花好輒沽春。風流莫謂儂無分，玉女從來伴老人。

六八〇・食贏蟹

句經琢後又重磨，閒繞松間且自哦。滋味但堪供細嚼，雪贏霜蠏不須多。

87 嘉樹山：今稱良木山（Bablmoral Hill）。在新加坡紐頓（Newton）及植物園附近。

六八一．詠硯

硯田無稅儘堪耕，鴝眼何須論死生。但不損毫能發墨，石交吾與汝同盟。

六八二．憑眺

家住新洲六月中，何來霜染半林楓。憑樓最愛山頭樹，老葉青青嫩葉紅。

六八三．檢書

父兮早歿兄先死，色笑杳然久違矣。偶檢殘書雙淚流，朱痕墨跡空浮紙。

六八四．夜吟

山居四畔只荒林，獨坐空堂苦自吟。一點殘燈如豆小，風風雨雨夜沉沉。

六八五．看花

杜牧麤才未足誇，揚州一覺信堪嘉。徵歌買笑尋常事，只管看花莫戀花。

六八六・即事

對門有女臥看書，若箇逍遙得似渠。一榻橫懸雙樹下，香風吹透翠雲裾。

六八七・偶題

扁舟一葉煙波裡，破屋三間風雨中。杖履飄然自來往，仰天長嘯萬愁空。

六八八・遲書不至

客舍亞洲南盡處，心驚鴻雁北飛時。那堪明月牀前照，更遣家書到手遲。

六八九・倚門眺望

貧家居隘樹仍栽，樓閣參差對面開。景是隔牆看更好，何須圈入宅中來。

六九〇・有感

操戈入室忍相攻，都道無私但為公。大好河山今破碎，真人何日起田中。

六九一・斯人[88]

斯人心計亦殊工，賺得河山入手中。欲化龍飛飛不去，到頭春夢一場空。

六九二・觀書

休云斗室膝難安，靜坐真如海樣寬。最愛清晨書到手，時來新意誤隨刊。

六九三・六月二十六日作

狂風吹雨入樓來，簾自高飛窗自開。起視江心翻白浪，不知檣楫幾多摧。

六九四・偶成

看看紅日已西流，得退休時且退休。一宿兩餐吾願了，餘生此外更何求。

六九五・到家

入門笑問爾何人，諦視方知是妾身。別未八年容已改，世間何物得長春。

六九六・回粵後初入酒座小酌

化鶴歸來百感生，風光非復舊羊城。尋常行處酒家有，入戶惟聞麻雀聲。

六九七・長隄[89]

昔年此地半荒空，只有漁家繫釣蓬。一自築隄開路道，樓臺燈火徹宵紅。

六九八・徐君桂山[90]、劉君子登[91]招予飲於文緣[92]

亞字闌干卍字亭，一尊開向水清泠。故人今日杯重把，風送花香□畫櫺。

---

88 斯人：此詩似諷袁世凱稱帝。

89 長堤：在廣州珠江北岸，呈東西走向。清初為珠江河道，後因淤積，至清末形成陸地。光緒十二年（一八八六），因廣州交通閉塞，張之洞建議在江邊築馬路，一九一二年底竣工。

90 徐桂山：未詳。應與卷二〈奉呈勞次薌太史〉中之徐桂珊為同一人，見注53。

91 劉子登：或指廣州著名醬園致美齋之第八代傳人。

92 文緣：或指廣州「四大酒家」之一之文園酒家。舊在荔灣區文昌路。其門聯曰：「文風未必隨流水，園地如今屬酒家。」園內亭臺池閣，池上建有亭閒，雅座小桌，樓下大廳禮堂，樓上房座，翠綠環繞，園中亦有散座，內設泥牛瓦童，石山盆景供客賞玩。名菜有江南百花雞（蝦丸火腿釀雞）。一九二〇年拆馬路時，本由文昌路一直拆建，建路官有所需索不果，改由路口隔鄰之民房直通曾巷。致文園宴客時，車不能入。繼而文昌路口又新開西南酒家，車馬便利，文園生意頗受影響。日軍佔領廣州後被毀於火。（摘自《廣州文史》荔灣第五輯）。

六九九．宴長隄酒樓

高樓臨海接雲天，玉椀金杯列綺筵。時愈艱難人愈侈，殘膏能受幾回然。

七〇〇．題陳覲侯[93]《祖硯齋詩稿》

木壞山頹大雅亡，師門回首每神傷。能詩幸有文孫在，猶帶梅窩古硯香（朗山師[94]著有《梅窩詩詞集》）。

七〇一．有感

幸無烽火照邊庭，大將及時明政刑（按：原稿「將」字形似「好」字，但據句意，作「將」較恰當）。底事鬩牆重鑄錯，待他剪紙補疏櫺。

七〇二．索益三[95]贈花

君家末麗頗離奇，一本花開五色披。昨夜小園春雨足，可能分贈兩三枝。

七〇三・登華鏡樓照像

我如金粟現蟾宮，影上華樓明鏡中。一點靈臺誰照見，應知相色本來空。

七〇四・題《帶經堂詩話》康乃心事後[96]

塔上題詩事偶然，一經稱賞萬人傳。漁洋去後布衣老，海內誰操風雅權。

七〇五—七〇七・題《閱微草堂筆記》[97]（三首）

一

要義提完四庫書，平生精力竭無餘。道人閒坐觀周易，更與增編鬼一車。

---

93 陳觀侯祖硯齋詩稿：陳觀侯，陳良玉孫。餘未詳。本書卷二有〈觀侯世兄出其先祖朗山師所藏陳古樵畫囑題，為賦七古一章〉。

94 朗山師：陳良玉，見卷二〈觀侯世兄出其先祖朗山師所藏陳古樵畫囑題，為賦七古一章〉，注17。

95 索益三：未詳。

96 題意：《帶經堂詩話》，清王士禛著。康乃心事後，《帶經堂詩話》卷十載：「薦福寺即唐勝容院也，有小鴈塔……左壁有康乃心〈題秦莊襄王墓〉絕句云：『園甫衣冠此內藏，野花歲歲上陵香。邯鄲鼓瑟應如舊，贏得佳兒畢六王。』……龔節孫（勝玉）為言康字太乙，郃陽名士，長安語曰：『關中二李，不如一康。』」

97 《閱微草堂筆記》：原名《閱微筆記》，清乾隆五十四年（一七八九）至嘉慶三年（一七九八）由紀昀編成。內多狐鬼神仙、因果報應之紀聞。

二

我生何事類伊川，說部從來不喜觀。獨聽先生說狐鬼，見星一點識天寬。

三

依附儒家說理精，幾人心解力能行。何如學佛談因果，普把慈航渡眾生。

七〇八．過華林寺[98]九老堂見昆吾師[99]遺像有感

九老芳蹤世莫追，談經誰更及吾師。我來堂上瞻遺像，猶憶當年侍坐時。

七〇九．題陳文忠[100]畫像

一代風流晉安石，千秋節義宋文山。可憐鬼唱秋墳後，無復荼蘼照玉顏（相傳公營洛墅，有鬼題句於壁云：「掘盡千墳作一池，不栽花柳種荼蘼。他年花落人亡後，荊棘滿園君自知。」後公殉節，果符鬼讖）。

七一〇．題《南海續百詠》[101]

皓首窮經老鄭元，緒餘猶有可傳言。等身著述悲零落，行世今惟此卷存。

七一・過海幢寺[102]即景

佛境千秋此寺誇，我來瞻眺獨咨嗟。香消煙冷鼓鐘歇，只有悲風吹暮笳。

七二・不去廬[103]

去亦徒然胡不歸，結廬羊額掩柴扉。鶴書遮莫聯翩至，作我高歌採我薇。

---

98 華林寺：在廣州荔灣區九下路西來正街。原名西來庵。梁武帝普通七年（五二六），達摩東渡至此地登岸建庵。清順治十二年（一六五五），宗符禪師自漳州至，重建此庵，改名華林禪寺。九老堂，一九二四年因廣州政府開闢馬路，被拆毀。堂前原有蘇廷魁所撰聯曰：「諦觀活水游鱗，供老胸懷宜淨土；漫擬閑雲野鶴，翻新圖畫即香山。」

99 昆吾師：樊封，字昆吾，廣州駐漢軍正白旗人。道光初阮元創學海堂，援例捐為國子監生。曾任兩廣總督祁

墳幕僚，後獲通判之職。晚任學海堂長。同治九年（一八七〇）鄉試賜副貢生。編有《駐粵八旗誌》，又著有《三朝御製詩注纂》、《論語注商》、《大學集解》、《讀孟稽疑》、《海語閣日記》、《樸學山房文集》等。

100 陳文忠：陳子壯（一五九六－一六四七），字集生，號秋濤。廣東南海人。明末「嶺南三忠」之一。以起兵抗清殉國，諡「文忠」。此詩末注云「營洛墅」，未知其事。

101 《南海續百詠》：又作《南海百詠續編》，樊封著。仿方信孺《南海百詠》作。初刻於道光二十六年（一八四六）。

102 海幢寺：在今廣州海珠區同福中路與南華中路之間。南漢時該處有千秋寺，後廢為民居。明代為郭氏花園。清初光牟、池月二僧向園主郭龍募緣得地建佛堂，依佛經「海幢比丘潛心修習《般若波羅密多心經》成佛」之意，取堂名為海幢寺。

103 不去廬：明遺民何絳齋號。徐珂《清稗類鈔》鑒賞類三載：「順德羊額鄉仁里坊有古屋，砌石為牆，夾木為柱，相傳為明末義士故居，其額曰不去廬。蓋明季大兵入粵，何不偕兄弟與屈大均、陳巖野諸人謀反抗，先後響應，誓死不去，以是顏其齋。」何絳，見卷四〈過雨花寺尋謁何不偕先生墓〉，注196。

七一三・還金井104

家貧身老病交侵，廿載猶還客子金。世上貪夫窺此井，何堪以手自捫心。

七一四—七一五・答涓生書（二首）

一

伻至開緘讀素書，愁聞陰雨病相如。勸君莫更耽佳句，滿目雲煙要埽除。

二

雨滴愁心夜不眠，攬衣起坐小燈前。蕭蕭學唱吳娘曲，聽到香山病霍然。

七一六・儒生

經書尚有可疑語，史冊尤多難信辭。食馬去肝魚去乙，儒生莫被古人欺。

七一七．岑霍山[105]貽陳元孝[106]詩云：「獨憐一代夷齊志，錯認侯門是首陽。」予頗疑之。及觀元孝〈扶胥歌〉云：「送君有作兼群公，鳳皇今已飛梧桐，和鳴律呂賴公等，且放野鶴閒雲中。」乃知岑句過當，爰賦是詩

鶴本無心與鳳遊，鳳時有唱亦相酬。豈同凡鳥競趨附，巢父如何規許由。

七一八—七二一．題《國朝嶺海詩鈔》[107]（番禺凌藥洲評纂）（四首）

一

清初遺逸放悲歌，尚有餘音喚奈何。一自涵濡深雨露，洗妝磨盾唱聲和。

---

104 還金井：在廣東順德倫教羊額村。戴肇辰等修、史澄等纂《廣東省廣州府志》卷十三〈輿地略五．順德縣〉載：「還金井在羊額村。昔何絳以友金藏此，後老而還，其子井今存。過客每憑臨而歎焉。（據《五山志林》、《順德志》參修）

105 岑霍山：岑徵（一六二五—一六九九），字金紀，號霍山。廣東南海人。明崇禎間諸生。明亡，棄儒冠，與陳恭尹同隱西樵山中，以賣文授徒維生。後泛三江，走金陵，復北遊燕趙間，過故宮戰壘，英豪遺跡，多憑吊寄懷之作。每詩脫稿，惟與二、三知己放聲吟誦十數遍，即投狂瀾或烈焰中，故存世甚少。著有《選選樓集》。《三編清代稿鈔本》錄有其詩。陳伯陶《勝朝粵東遺民傳》卷一有傳。

106 陳元孝：陳恭尹（一六三一—一七〇〇），字元孝，晚號獨漉子，又號羅浮布人。廣東順德人。陳邦彥子。與屈大均、梁佩蘭並稱「嶺南三大家」。著有《獨漉堂全集》。

107 《國朝嶺海詩鈔》：凌揚藻輯成於嘉慶二十五年（一八二〇），二十四卷，收錄清代廣東六百四十位詩人作品。凌揚藻，見卷一〈讀書雜詠〉，注43。

二

從來嶺海稱詩藪，豈獨南園十子賢。底事玉洲[108]橫白眼（張玉洲不閱粵人詩），只知野鶩味新鮮。

三

藥洲門內信多才，二十三人巨手推（編中選凌氏詩凡廿三人）。篋有錦囊思共賞，須知子弟要栽培。

四

搜輯詩家六百餘，祇聞吾黨有舒徐（舒和、徐榮[109]）。珠遺滄海知多少，誰闡幽光一慰予（吾友劉君藻堂[110]嘗別編駐粵旗人詩為一集，惜未果而卒）。

七二二．詠荷

一片荷遮半畝塘，輕搖水月足清涼。不須更說花香遠，縱使無花葉亦香。

七二三—七二四．寄霈姪[111]（二首）

一

聞說長安不易居，阿咸眠食近何如。故園修竹今成幄，只是清陰獨伴予。

二

憶昔臚傳第二聲，蓬門深幸有光榮。獨憐春去花初放，徒抱幽芳閱棘荊。

七二五·題李子長[112]畫

一鴉蹺據一枯枝，醉眼觀來愈覺奇。署款無名空有姓（李字下半特長，亦雅謎也），高人不顧俗人知。

七二六·讀《碧溪詩話》于忠肅見夢事[113]書後

後輩不知前輩事，妄加疑議到于公。古來多少含冤事，安得魂皆入夢中。

---

108 玉洲：張錦麟（約一七四四—一七七七），字瑞光，一作瑞夫，號玉洲。廣東順德人。幼絕慧，有雋才。十歲通經能詩，以「碧天如水雁初飛」句得名，時呼為「張碧天」。乾隆二十三年（一七六八）中舉。著有《少遊草》。

109 舒和、徐榮：舒和，字達行，一字趣園，駐防廣東旗籍人。官保陽協鎮，詩從《碧霞書屋詩鈔》附錄采出。徐榮，見卷三〈家藏黎二樵手書古詩十九首，為人以徐鐵孫墨梅偷易攜去，近於友人處觀二樵墨蹟，因感而作〉，注31。

110 劉藻堂：未詳。

111 霈姪：左霈，見卷四〈遊學署喻園賦呈徐公花農〉，注75。

112 李子長（一四三六—一五二六）：明畫家，名孔修，號抱真子。廣東順德大良人。善畫禽畜、蟲魚、山水、花鳥。晚年隱居杏壇羅水村及南海西樵。光緒《廣州府誌》卷一二一有傳。

113 《碧溪詩話》：清朱文藻（一七三五—一八〇六）撰。此書未曾寓目，于忠肅見夢事待考。

七二七・朱筠[114]

五百人間未見書，幸邀清署為收儲。朱筠不遇純皇帝，心力能無枉費歟。

七二八・名將

毛錐不事事長槍，幾輩真能定四方。名將出身由武舉，古來惟有郭汾陽。

七二九—七三〇・大暑前三日遊荔枝灣[115]作（二首）

一

綠陰蓬館夕憑欄，多少輕舟泛碧瀾。卻恨逐流行欲盡，不逢圓顆綴枝丹。

二

行上橋頭左右望，酒亭花舫晚風香。海山仙館[116]今何在，賸有頹垣漏夕陽。

七三一—七三四・消夏雜興（四首）

一

夏來暑氣夜仍留，何以消之興轉幽。臥聽小窗蕉葉雨，細敲詩句滌閑愁。

二

夏來煩熱苦脣焦，何以消之興卻豪。一櫂藕花香裡去，碧筩杯吸綠葡萄。

三

夏來赤日火雲烘，何以消之興不窮。淨埽石牀梧一坐（按：「梧」字或有誤，或作「猶」），手揮綠綺引薰風。

四

夏來晝永寂無歡，何以消之興未闌。約得高僧閒對奕，竹泉深繞石枰寒。

---

114 朱筠（一七二九—一七八一）：字竹君，又字美叔，號笥河。僑居北京大興縣，入籍順天。乾隆十九年（一七五四）進士。酷愛金石詩書。乾隆三十七年（一七七二），奏言翰林院藏《永樂大典》，內多逸書，請加採錄，並核對得失，遂輯出逸書五百餘部，次第刊行，流播海內。著有《笥河文集》四卷。

115 荔枝灣：全名荔枝灣涌，位於今廣州荔灣區。荔枝灣有新舊之分。舊者位於荔灣路駟馬涌彩虹橋附近。新荔枝灣指龍津路至多寶路一帶，即泮塘周圍之西關涌，清末起被稱為新荔枝灣。今之荔枝灣，多指後者。公元前二〇六年，劉邦遣陸賈至廣州勸趙佗降，時陸駐於今西村，築泥城，並於河岸種花、藕及荔枝，荔枝灣由此得名。

116 海山仙館：原位於荔枝灣，為十三行行商潘仕成之豪宅。，與頤和園、拙政園齊名。道光十年（一八三〇）後，潘仕成購得唐前荔園，改作園宅，時稱潘園。海山仙館之名，乃來自門前楹聯：「海上神山，仙人舊館。」為兩廣總督耆英所書。後潘氏破產，園宅被衙門拍賣，為一蒙師所得。幾經變遷，園館已蕩然無存。

七三五—七三六・前題（二首）

一

冬至畏寒思熾炭，夏來愁暑欲懷冰。豈知熱散由心靜，祇恐塵根去未能。

二

深居大廈納涼風，沉李浮瓜興不窮。誰憶田間人作苦，汗揮如雨氣如烘。

七三七・鵁鶄圖（限用虞勻）

正平賦後道君摹，應與凡禽性絕殊。底事能言常默默，含愁也似怕貍奴。

七三八・鷺鷥圖（限用虞勻）

何處飛來片影孤，衝風浴水傍葭蒲。劇憐絲髮如霜雪，不受丹青一點污。

七三九・乘火車由港返省

尖沙嘴至大沙頭，樹色山光處處幽。車站瞬經三十六，停輪初見午煙浮。

七四〇—七四一・遊大良[117]（二首）

一

順邑精華萃大良，五峯環拱水雲鄉。我來未覽西山勝，飽看石山祠內藏（時馮氏大宗祠[118]開賽石山會）。

二

寒氣侵人夜不眠，滿江煙雨送歸船。昨宵曼衍魚龍戲，猶是風清月白天。

七四二・八斛開一自壽[119]

笑向春風把酒甌，醉歌那管世沉浮。百年歲月知餘幾，七十而今出一頭。

117 大良：廣東佛山順德中部城鎮。
118 馮氏大宗祠：待考。
119 八斛開一：左秉隆七十一歲。時維一九二〇年。

卷七

雜體

七四三—七四四．清明後堂姪[1]回粵，敬作二詩遣告先人之墓，以申哀悃（二首）

一

吁嗟父兮，欲覓音容，夜無夢兮。吁嗟父兮，欲至墓旁，風莫送兮。瞻望白雲，我心慟兮。（一章）吁嗟父兮，亦既生我，胡又棄我。匪父棄我，寔命坎坷。（二章）細雨霏霏，溼我征衣。我遊既遠，何日言歸。屆此佳節，敬告以詩。（三章）

二

嗚呼三兄[2]，自兄棄我，十有六年。我遊既遠，念兄潸然。茲屆清明，雨飛半天。我魂欲斷，莫致兄前。臨風憑弔，哀音孰傳。假詞將情，有姪言旋。和墨以淚，寫此短篇。用告兄墓，焚共楮錢。嗚呼三兄，鴒原望斷，夫復何言。弟居海表，兄葬天邊。死生兩地，欲見無緣。魂兮來享，再拜申虔。

七四五—七四八．詩戒四章

一

聖有明訓，辭取達意。豈曰出言，弗貴流利。得之匪艱，觀之近易。語非天成，熟路宜避。

二

儒者吐辭，金粹玉粹。屠沽兒語，詎容一字。簫韶在御，元酒盈尊。載言載笑，靄然春溫。

三

山回水轉，目接不暇。一往直前，酒闌花謝。將落忽起，欲擒先縱。餘味曲包，循環可誦。

四

欲吐不吐，似藏匪藏。帷燈匣劍，隱隱含光。是由養到，豈容效顰。豪放已極，漸入深醕。

七四九・彼草

彼草維何，託根於木。葉短而肥，花素以馥。開必同時，合須信宿。詩以志之，敢質郭璞。

1 堂姪：本書卷四有〈示堂姪〉、〈送堂姪回籍完婚〉二首。
2 三兄：左秉隆有二兄弟，一為左秉桓，一為左秉勳。餘未詳。

七五〇・流連[3]

南有喬木，實大耳圓。殼如蝟縮，玉粒珠編。初聞欲嘔，食久彌鮮。不亦宜乎，名曰流連。

七五一・自警

先師有言，非禮勿視。豈惟女色，易亂人意。交遊言行，圖畫書史。一有不正，避當如矢。苟為中傷，拔之弗起。詩以自警，貽我孫子。

七五二・觀奈阿格拉大瀑布[4]

上是平湖，下是深阬。一瀉千丈，雪噴雷鳴。物激則怒，性順不驚。鑒此飛瀑，可以息爭（是時美禁華工入口[5]，力與我爭，議久未定）。

七五三・藝蘭

我芸我圃，藝我芳蘭。其葉早抽，其花晚殘。何以致之，曰是無難。熏以風日，不熱不寒。培以水土，不溼不乾。勿傷厥和，生氣斯團。

七五四・讀《孟子》

人有良貴，是謂天爵。爵得自天，人莫能削。

七五五・勸學

益人神智，莫如書籍。不學面牆，開卷有益。

七五六・擬古樂府

雛拙而安，鵲巧而危。蜣穢而飽，蟬潔而飢。寧為雛拙，不為鵲巧。寧為蟬飢，不為蜣飽。

---

3 流連：即榴槤。

4 奈阿格拉大瀑布：今譯尼亞加拉瀑布（Niagara Falls）。在加拿大安大略省與美國紐約州交界處。印第安人稱為Onguiaahra（後稱Niagara），意即「巨大之水雷」。載澤《考察政治日記》光緒三十二年二月十四日載：「巳正，抵奈亞葛拉埠。地方官商等來迎謁，至勃諾培特客店早餐後，乘馬車往觀大瀑布，西人稱為世界第一者。溘上游河湖所匯，群山四束，亂流瀉石而下。適承澗壑，奔騰砰湃，環赴深潭，遂成殊觀。蜀江諸灘，無其陡峻，而壯闊猶過之。」

5 美禁華工入口：光緒三十一年（一九〇五），美國新任駐華公使威廉姆（William W. Rockhill）欲迫清廷續簽「華工禁約」，經多番爭議，清廷終未續簽。是年左秉隆隨五大臣赴東西洋考察政治，次年遊歷日本、美、英、法、比等國。

七五七・乙卯[6]六月初旬聞粵東大災作

胡天不弔，降此鞫凶。水繼以火，酷我粵東。高屋峨峨，良田膴膴。不為澤國，即成焦土。死者已矣，生者何堪。淒慘萬狀，能忍細談。哀呼之聲，無遠弗聞。我心匪石，如溺如焚。人亦有言，有備無患。咎應誰屬，試問諸宦。往不可追，來猶可諫。代賑以工，尚無少慢。

七五八・為士五章

豈曰為士，不如力農。我田弗耕，食誰與供。（一章）豈曰為士，不如作工。我器弗製，用乃告窮。（二章）豈曰為士，不如經商。我貨弗行，龜毀於藏。（三章）豈曰為士，不如服賈。我車弗牽，腹將焉鼓。（四章）農工商賈，昔皆士類。執業雖卑，求精匪易。業誠專精，聲聞弗墜。胡今之人，不屑從事。（五章）

七五九・題崔氏[7]《二難手札》

爛爛雙星，降于崔宅。一化為鶴，一化為石。翩翩者鶴，載翶載翔。止于曠野，言求稻粱。野無稻粱，鶴瘦以亡。粼粼者石，溫其如玉。淑在泥塗，卒供薰沐。薰沐雖供，歸隱山中。鶴石有書，貽雙黃鵠。鵠什襲之，不忍卒讀。每一追思，臨風欲哭。曰是老鶴，及我石兄。一窮一達，一死一生。二皆難得，今不復并。覽茲妙墨，猶聞歌聲。不有歌詠，曷申我情。我歌不足，誰為我續。瑣瑣姻婭，庶幾可屬。爰攜雙鯉，出以示僕。僕不敢辭，遂和一曲。嗚呼鶴石，其命雖異，其才則同。命不可爭，才固足雄。鶴富於才，孰謂其窮。鶴有令名，壽比喬松。試問黃鵠，天豈不公。我曲和罷，淒其以風。

七六〇．論詩畫

南田論畫，氣韻是主。漁洋論詩，神韻是與。詩畫同原，二論相輔。匪氣弗生，畫何成名。匪神弗妙，詩何移情。神來氣注，韻乃流行。是關學養，毋恃聰明。

七六一．題安樂窩[8]

天地一窩，我於此託。有禮則安，無欲便樂。

6 乙卯：一九一五年。是年珠江流域發生特大洪水，史稱「乙卯水災」。三角洲堤壩幾全潰決，廣東受災農田六十八萬公頃。受災人口一百五十萬以上。七月十三日下午，於廣州十三行高樓避水之商民，因燒飯又引發火災，約五百四十間房屋被毀，大量居民被燒死。

7 崔氏：應指左秉隆姻親。見卷二〈二美歎〉，注47。

8 安樂窩：左秉隆歸廣州定居時寓所名。見卷四〈丁巳十月之望歸隱敝廬有作〉，注183。

七六二・古詩多言灘險，讀之有感

灘險在石，恨不平之。常留此險，灘豈耽詩。

七六三・獨臥

映月雙門洞闢，依松一榻橫安。門外人自來往，榻中客獨臥看。

七六四・早起

領略乾坤清氣，流觀草木精神。鳥語當風欲碎，花香和露初勻。

七六五・聞庚姪[9]總領舊金山事，作此以寄之

我是新洲舊吏，爾為舊埠新官。各領千事萬事，不知孰易孰難。爾本為貧而仕，此邦素號多金。好作清官報國，前車令人寒心。

七六六・中秋無月

月欲出兮，浮雲蔽之。吁嗟雲兮，消霽何時。瞻望長空，黯無色兮。不如飲酒，且守

黑兮。

七六七—七六八・靜觀（二首）

一

采藥山巔，垂釣水湄。飲歡喜酒，吟自在詩。春融天理，蟬蛻己私。靜以觀復，樂而忘飢。

二

夏葛飲水，冬裘飲湯。陸乘車馬，水駕舟航。君子執中，沽寧有當。權之以義，何用不臧。

9 庚姪：左庚於一八八九年十月至一八九一年四月任清廷駐美國舊金山總領事。梁啟超《新大陸遊記》載：「有鄉人為余言，舊金山華人，惟前此左庚氏任領事時，最為安謐，人無敢挾刃尋仇者，無敢聚眾滋事者，無敢游手閒行者，各秘密結社皆斂跡屏息，夜戶無驚，民孜孜務就職業。蓋左氏授意彼市警吏，嚴緝之而重罰之也。及左氏去後，而故態依然。此實專制安而自由危，專制利而自由害之明證也。」

補遺

次韻奉和倉山舊主[1]，即希正是（二首）

一

久仰袁彭有祖風，喜從海外覩歸驄。誰歟謂我知詩者，自幼惟嫺矢與弓。

二

欲拯斯民出棘叢，每慚吾力與綿同。扁舟易逝功難立，十載虧拋一瞬中。（《叻報》一八八九年七月二十七日）

疊韻奉和鑄生[2]先生（二首）

一

倫敦隨節曾三載，息力分符又九年。一事無成頻覽鏡，四知常懍不貪錢。舊山逐夢來心上，新雪先秋到鬢邊。環顧瘡痍紛滿眼，何時懷抱得欣然。

二

除卻詩名與酒勳，更書裙絹付羊欣。似枯實澤陶潛筆，雖老彌成庾信文。共學火蛾趨蠟炬，誰憐野鶴立雞羣。陽春聽罷吾能和，著語輸君重萬斤。（《叻報》一八八九年年十月九日）

再疊前韻奉酬鑄老（二首）

一

自從鸞鶴分飛後，不復狂吟已二年（丁亥秋間劉少希[3]工部來遊息力，相與唱和甚歡，臨別作〈鸞鶴吟〉一篇見贈）。豈意更酬迭唱句，還如子去母來錢。筆花應許君追李，輕笥殊慚我遜邊。搜盡枯腸無好語，殘燈滅了又重燃。

二

不向麒麟閣著勳，澹然懷抱自多欣。揮毫字字龍蛇態，脫口言言錦繡文。霧鬢雲鬟常列座（君近於壽榮華賦詩，有「十八雲鬟隨列座」與「司空見慣也魂消」之句），蠻花犵鳥或為羣。聽君唱到銷魂曲，令我如親伐性斤。（《叻報》一八八九年十月二十二日）按：三疊二首刊於《叻報》

1 倉山舊主：袁祖志（一八二七—一八九八），字翔甫，號枚孫，別署倉山舊主、楊柳樓臺主等。浙江杭州人。清著名詩人袁枚孫。擅詩文，曾任上海《新報》主編。光緒九年（一八八三），隨招商局總辦唐廷樞遊歷西歐各國，歸著《談瀛錄》、《出洋須知》等。後任《新聞報》總編。鄭逸梅〈從隨園之訟說到袁翔甫〉稱其為「前上海縣袁又村大令祖悳之弟，袁子才太史枚之稚孫也。博學多才，文思敏捷，洋洋數千言，可對客揮毫，立時而就。其舊居在南門內花園弄，賃廡於福州路胡家之東，因顏其室曰『楊柳樓臺』，以為友朋敘晤之所。地以人傳，一時竟以此地作楊柳樓臺名，販夫車役皆知之，殊不易也。」袁祖志原詩載《叻報》一八八九年七月廿七日。其一云：「五大洲曾遍采風，新嘉坡暫駐游驄。追維往事偏留憾，失却詩人左企弓。」其二云：「南荒誰與闢蠶叢，覆翼流民赤子同。十載劬勞誰具述，循聲都在口碑中。」

2 鑄生：衛鑄生，見卷四〈疊韻奉酬衛鑄生六首〉，注43。

3 劉少希：見卷一〈劉少希以陶潛集及杭世駿《嶺南集》寄贈，賦此以謝之〉，注6。

一八八九年十月二十八日，已載於詩鈔。）

四疊前韻奉和鑄生詩伯（二首）

一

不見聖人生此世，幸逢大匠出當年。孔雕宰我如雕木，君鑄鯫生似鑄錢。收取寶藏官府裡，放教光射斗牛邊。撫衷慚愧陶鎔力，未有功勳勒燕然。

二

燕然雖未勒功勳，自覺平生尚可欣。缺舌聽他蠻作語，鵝毛寫彼蟹行文。有時亦共鶴鸞偶，無事還追麋鹿羣。疊和詩篇多急就，不勞月斧與雲斤。（《叻報》一八八九年年十一月八日）

十一月十五日夜宴新嘉坡胡氏園[4]，醉題一首呈主人暨同席諸君，即請正和

九冬過半氣猶和，雪色平鋪月滿坡（是日為大雪節，而坡中氣候常暖無雪，但見月白如雪而已）。玉醴酌來甜似蜜（主人出家藏陳酒欵客，味美異常），冰盤擎出小於荷（園中花木甚繁，目不暇賞。最奇者有荷一種，葉徑數尺，非極大冰盤所比也）。主承弓冶衣冠古（主人為前任領事公郎心存別駕[5]，沉默敦厚，頗有父風），客比神仙笑語多（座有凌菁臣[6]太史暨衛鑄生諸君，皆神仙中人也）。景仰前徽應愧我（胡領事聲名洋溢，忝承其後，深愧弗如），醉餘聊復一高歌。（《叻報》，一八八九年十二月十四日）

4 胡氏園：新加坡商人、前領事胡璇澤寓園，稱「胡家花園」。郭崇燾《使西紀程》卷上：「胡氏園，奇花異草，珍禽怪獸，及所陳設，多未經見。」邱菽園《五百石洞天揮麈》卷二載：「星洲明麗名園，即胡家花園故址，俗呼南生園。從胡京卿（璇澤）所設肆額名之耳。歷任使歐大臣郵舶往來，必趨星洲。郭筠仙中丞、曾劼剛襲侯，皆為載入日記。予友獨立山人（潘飛聲）《西海紀行卷》，則稱為豆蔻園。其實豆蔻園別為小區，附綴園右，不足以盡茲園也。初，胡在粵籍與英商稔習，嗣賈星洲，操奇倍蓰，名日以著。……晚闢茲園，有異鄉菟裘之志。使臣鴻雪留題，游客海山雅會，文字藻飾，遂為天南第一勝地，談瀛者恒箸錄焉。其嗣不能終保，潮人佘姓，購以二萬白金有奇。探勝重來，每起『園是主人人是客』之感。夫亦可觀世變矣！園之結構兼中西式，風廊水閣，點綴頗幽，平地數十畝，樹木扶疏，禽聲上下，殊快眩矚，絕無島上林園臃腫陋習。……去市不遠，凡有供饋，咄嗟立辦。余嘗以星洲名園，除回回商人名栖逸摩訶末者所居園而外，無能相尚。蓋有見而云然也。去秋主人蔚園觀察，（蔚園名勉然，充星洲議政局員。）樽酒見邀，飽攬其勝。曾題長句銘其柱云：『明麗著南方，樂聖長看依日月；名園開綠水，飛仙真箇住蓬萊。』格用冠首，狥所請也。明麗名園本譯音，為英京勝跡，前任三州府督施公移以題贈斯園者，亦主人為余言。」胡璇澤（一八一六—一八八〇），一名玉璣，號瓊軒，人稱黃埔先生。廣東廣州府番禺縣黃埔鄉（今屬廣州）人。隨父及叔父等人至新加坡經商，設黃埔公司。後興辦學校醫院。歷任新加坡農藝會副會長、立法院非官方議員、鐵路公司臨時總理、太平局紳，受賜C. M. G三等勳章。一八七七年被清政府委任為駐新加坡第一任領事。同年俄國又委任為俄國駐新加坡領事。一八七〇被委任日本駐新加坡領事。故身兼三國領事。卒後清廷特加贈太僕寺卿銜。

5 心存別駕：胡蔭榮，又名胡心存。胡璇澤子，曾參與左秉隆組織之會賢社活動。著有〈恭上卸新嘉坡領事府左公秉隆屏叙〉。見本書附錄。

6 凌菁臣：廣東番禺縣黃埔鄉人，胡璇澤同鄉。《叻報》一八九九年十二月十八日載其〈胡氏園奉和左子興守元韻即呈斧政〉云：「月色溶溶風漾和，此身仍似在金波。十洲海外神仙島，百子池邊菡萏荷。東道幸承鄉誼重（主人為予同邑黃埔鄉人），南荒曾布聖恩多（主人領事新洲二十餘年，流寓華人資其保護，至今稱道弗衰）。左思接踵能提唱，異域人人解咏歌（子興太守總領是任，提唱儒風，海表人文，一時稱盛）。」

又題胡氏園二首

一

問君何處是君家，一座高樓四壁花。地遠市囂塵不到，寶藏珍異氣尤華。如船藕大真無匹，似蜜橙甜更足誇。我慕園居多雅趣（園有舊題「亦雅趣」三字），也思歸種邵平瓜。

二

插竹編籬作短牆，一亭宛在水中央。魚吹細浪鱗鱗皺，鳥蹴飛花裊裊香。風習習時藤蔓舞，露瀼瀼處芰荷張。主人不禁客來往，遺愛深於召伯棠。（《叻報》一八八九年十二月十四日）

附　凌菁臣，〈奉和左子興太守胡氏園元韻〉

其一：「王謝烏衣興有家，四時競巧不因花。經搜山海珍奇富，洞啟　嬛景物華。火樹銀燈都入畫，蘭苕翡翠未堪誇。此邦若計羈塵躅，擬向安期覓棗瓜。」其二：「迢迢銀漢界紅牆，月上高樓夜未央。美酒定增邯鄲價，新橙猶帶粵江香。地從南徼開風會，天遣蠻荒作主張。後嗣箕裘好相繼，廿年遺愛比甘棠。」（《叻報》，一八八九年十二月十八日）

贈普陀山白華寺慧堂上人[7]（二首）

一

抽得閑身遠市囂，是非應付海門潮。任教几寶書飢飽，莫管六嶠呼鹿橋。水月堂虛晨磬擊，松風閣靜夜香燒。於焉已入三摩地，何用從師講律條。

二

平生愛作煙霞語，吟對高僧興倍高。豈必唱酬頻擊鉢，自攄胸臆恣揮毫。名山有約三生石，宦海無風百尺濤。底事宰官身久現，不教歸著舊時袍。（《叻報》一八九〇年三月二十二日）

新加坡吟

有客浮桴泛大洋，不知誤入是何鄉。四時萬木皆春色，晝苦炎熱夜喜涼。群巒羆列如星拱，上是樓台下城市。山竹榴槤遮四圍，胡椒甘瀝堆盈巇。如矢通衢處處通，輕車怒馬走西東。大船小艇紛無數，島嶼縈迴一望中。周圍地僅百餘里，賦稅年年增未已。路遇居民客問之，經營幾載能如此。莞爾居民為客道，吾儕不能詳稽考。但聞父老曾有言，六十年前一荒島。（錄自陳育崧編，《星華文選》三（新加坡：南洋書局，一九六一），頁一二二—一二三。）

失題

早年辛苦學彎弓，壯歲飄零似轉蓬。豈有文章驚海外，漫將頌額掛堂中。循名責實心滋愧，愛士憐才願未窮，安得人人都向化，車書一統萬方同。（錄於陳育崧〈左子興領事對新加坡華僑的貢獻〉一文）

---

7 普陀山白華寺慧堂上人：見卷四〈贈普陀僧慧堂〉，注39。

卷末

左子興領事對新加坡華僑的貢獻

陳育崧

滿清末年，因為和泰西各國交涉頻繁，不斷地派遣使節，前往歐洲公幹；新加坡是東西交通必經之途，高官大吏，星槎所至，眼見自家子民，在海天萬里外，生聚繁殖，駸成巨族。只因隔絕祖國聲教，漸和外族同化，生怕他們嘯聚外洋，為非作歹，於朝廷大大不利；又因他們人數眾多，實力雄厚，如能善為招徠，儲為國用，豈不是僑民之幸，國家之福嗎？於是一變從前擯棄的政策，改用爭取的手段，一面廢弛海禁，一面設領保僑，這是一個劃時代的措施，也是華僑史的新頁。

一八七六年（光緒二年），因馬嘉理案件，遵《煙台條約》，派郭嵩燾赴英通好，并為駐英欽差大臣。嵩燾於十月十八日從上海起程，中途經過新加坡，便策劃設置領事事宜；但他既慮人才的缺乏，又怕經費之無著，因而別開生面，物色僑民客長充承。其應支薪水，聽從籌畫，所謂領事之名可立，領事之費不可多。且客長領導僑民，乃既成的事實，英廷當無反對的理由。就在這樣的一個外交措施之下，中國第一個駐外領事，也就產生出來了。可是設領不支薪，而向僑民榨取經費的辦法，並不使僑民悅服。曾紀澤出使英法，道出新加坡，看到這個弊病，便切實加以整頓。一八八〇年（光緒六年）當胡璇澤病故出缺的時候，他即刻和英廷交涉，再不遷就選用客長充承領事的主張，而改由中國直接派遣官員就任，給予優厚待遇，一洗從前有名無實的流弊；於是他保奏使署繙譯官左秉隆充任新加坡領事官，這是中國直接派遣領事的第一人，在僑務行政史上，是具有重大意義的。

左秉隆於一八八一年（光緒七年）八月初三日領憑到任，他此行，我嘗擬之為韓之於潮，蘇之於瓊，朱之於漳。可是當日華僑社會的黑暗，僑民風氣的閉塞，較諸當日之潮、之瓊、之漳，實有過之。我們從那時的紀載，可以看得很清楚。張德彝的《隨使日記》說：

華商愚頑性成，多未歸化，有離華二三十年未歸者；有生於外邦而未到中國者；有歸英屬而不改裝者。此輩若來中土，無事則為華人；遇事則曰英屬，誠一隱患也。

吳廣霈的《南行日記》也說：

新加坡僑寓華民，聞約十萬餘，生於斯，老於斯，詭異侏儒，半成異族。

一八八一年，馬建忠赴印經檳，他在《南行記》內記他和當地僑生的談話的情景，歷歷如繪：

二十九日，晴。埠中督理瑪克奈嘉爾來寓，邀余早膳，叙談良久。瑪克奈謂本埠殷商，盡係華民，然鄙陋不可與言，惟辦事信實，故能起家。余謂是宜多設華英書院，化其鄙吝之風，僉謂良然。尋偕嘉爾回寓，中國商人承攬煮煙公司邱天德，偕代理招商局務同知銜胡泰興，併鉅富辜上達、邱忠坡等來謁。言語不通，以英語為問，但伊等又不能深解，賴嘉爾能閩廣語，為之傳譯。因知彼等生長於斯，其祖若父率來自瓊州，乘東北信風至暹羅，越嶺而來，無逾一旬；間亦有至新加坡，紆迴至此者。因問彼等何無首丘之念，嘉爾答以彼等之祖父偷越至此，本干中國禁令，則海禁雖弛，而彼等已半入英籍矣。

這便是當日左氏所面對的僑民社會的情形了。

中國駐新領事，肇始于一八七七年（光緒三年）十月五日，同年殖民地政府設置華民護衛司。第一任護衛司畢麒麟（W. A. Pickering）於六月一日視事，這絕不是偶然的巧遇，這是殖民主義者對付中國設領的一個對策。這兩個同為管理華僑事物的官吏，一個因人成事，權利毫無；一個威懾中外，炙手可熱。因此雙方牴牾之處甚多，英方指摘「中國風氣初開，為領事者，不自知職守。有侵權越分之舉」。清廷則諉為「英人忌華官號令之故，每事阻撓」。李鍾珏《新加坡風土記》說：

華人生聚既繁，事端日出，亦有領事可辦之件，皆為護衛司侵奪，動多掣肘。

又說：

護衛司專管華人一切事，名為護衛華人，實則事事與華人為難。

李氏與左秉隆有通譜之誼，於一八八七年（光緒十三年）五月來新，此書所記都是他耳濡目染的事，所以記載翔實，觀察正確。

左秉隆在這種複雜而惡劣的環境下，為僑民服務，朝夕勤勞，不遑寧處。他認為保僑之道，莫過於振興文教，來提高他們的文化水平；經他的努力倡導，華僑社會掀起了啟蒙運動的熱潮。這一個時代的成就，奠定了華僑新社會的基礎，讓我們把它分別敘述出來：

（一）義塾的倡設：新加坡義塾，原有萃英書院一間。自從左秉隆領事蒞任以來，展開興學運動。前後開設的有：培蘭書室，毓蘭書室，樂英書室，養正書屋等；加以家塾講帳之設，一時學校林立，絃誦之聲，相聞於道，正如《叻報》報導（一八九〇年三月十三日）：「叻中書塾，除自請儒師以及自設講帳者外，其餘義塾，多至不可勝言。」

（二）文會的開辦：左領事於蒞任的翌年（一八八二年），即設會賢社，出月課以課士，又把自己的薪俸捐作獎學金，以勗士子，他更親自評改學生的課藝，常至深夜不寐，我們讀他這首〈為諸生評文有作〉一詩不禁肅然起敬：

欲授諸生換骨丹，夜深常對一燈寒。笑余九載新洲住，不似他官似教官。

會賢社對當時青年的影響很大，坡中士子，無不以道德學問相砥礪，一時文風丕振；大家感奮之餘，製了一個「海表文宗」的匾額送給他，他寫了這首詩以明其志：

早年辛苦學彎弓，壯歲飄零似轉蓬。豈有文章驚海外，漫將頌額掛堂中。循名責實心滋愧，愛士憐才願未窮，安得人人都向化，車書一統萬方同。

語重心長，他對僑民的期望，是何等殷切啊！

（三）英語雄辯會的主催：會賢社的設立，是以受華文教育的僑民為對象；雄辯會卻專為受英文教育的僑生而設。它的原名叫做 Celestial Reasoning Association，這是一個辯論會的組織，每二星期在領事館集會一次，提出政治、社會、文化等問題，公開辯論。左領事親任主席，會務十分發達，僑生智識份子無不踴躍參加。下錄的一篇雄辯會印象記，是一個僑生回到北京時所寫的，這是一段動人的記錄：

這一個美麗的回憶，深印在我腦海裏，永不磨滅。我感謝葉秘書給我機會，來參觀辯論會的進行。我看到會員們一個個英姿煥發，唇槍舌劍，把討論的問題，發揮得淋漓盡致；我永遠忘不掉主席左秉隆領事的和藹的態度，明晰的言詞，理智的剖斷，真令人叫絕。僑生們獲得他的教訓，將來的成就，是未可限量的。

雄辯會自一八八二年創立，直至一八九〇年才停頓。黃公度接任領事，改會賢社為圖南社，雄辯會迄未復辦，從此僑生們便一步步地脫離了祖國的懷抱了。一八八九年，新加坡舉行光緒大婚慶祝會，雄辯會全體會員，因感謝左領事十年來卵翼的勞績，特趁此機會，向他獻上頌辭曰：

新加坡蕞爾小邦，華人居此者數十萬眾，無非閣下之子民也；若輩勤勞終日，為糊口計。大皇帝選賢與能，得人如公，領事是邦，於是民知忠君愛國之道，如今日之所表見者矣。民等忝為雄辯會之一員，受公之惠，實深且鉅，砥礪以道德，灌輸以知識，民等爰趁此機會，特於大眾之前，致其衷心之謝悃，惟公詧之。

由此可見僑生們對左領事的尊崇和愛戴了。左氏於振興文教之外，尤關心民瘼，竭力解除華僑的疾苦，像：

（一）販賣豬仔的取締：李鍾珏《新加坡風土記》曰：

閩廣沿海人民，至南洋各島謀生，雖已日久，然皆貿易之商賈、或以負販營生。……二十年來，西人開墾招工，傭值頓貴；於是販賣人口出洋者，名曰賣豬仔。設館於澳門，公然買賣。沿海人民，或被騙，或被劫，一入番船，如載豚豕。西人以賣者賤視之，即亦虐役之，其慘有不可言狀者。

左領事目擊心傷，力謀禁止。李鍾珏禁豬仔議一文，曾說明左氏交涉禁止販奴的經過：

前年中國駐坡領事官，設法議禁，英員不允。後經移請潮惠嘉道出示查禁，以為清源之策。而示懸旬日，卒為駐粵英領事斷斷於大府，檄令收回。於是拐販之徒，知中國禁令不行，益復肆行無忌。

左領事於豬仔販賣的取締，對外交涉，既不生效；對內清源，亦遭阻撓；終採下策，就地察訪，拯救而超拔之。李鍾珏說：

被拐者……由領事就地訪確，超拔遣回者，近歲較多。

左氏愛民如赤子，其用心良苦矣。

（二）婦女的保護：李鍾珏告訴我們：「頻年香港販幼女來坡，賣入妓院者，踵相接。領事憫之、率同華紳言於英總督，允下護衛司議章保護，設保良局，以時查察，於是此風小息。」

（三）海盜的破獲：當時有盜黨叫做「水陸平安」的，橫行新加坡和香港兩地，在洋船上誘劫僑民，無惡不作。其黨徒張又洽、易學荃二人，偽稱朝官，在坡偵查僑民行止，準備在海上攔劫。左領事洞燭其奸，而格於外交，終以處事精細，辦理妥協，使奸人無可逃避，渠魁受首。粵中大吏對於左氏的破獲盜黨，大為稱讚，粵憲的批文說：

張、易二人與伍同伴，復於寓中搜獲「水陸平安」字樣一紙，各色頂珠多顆。其為盜黨假官既有實，輒敢混稱勸捐，出頭庇盜，信屬奸民之尤。該領事灼知其偽，復電詢粵東藩司，以為答覆英官之據，足徵處事精細，辦理妥協。該犯既經英官拿獲，解回粵東，由英領事會同地方官收管懲辦，應聽粵大憲辦理，轉咨兩廣總督部院查照，此檄。

左氏事無巨細，必親必躬。他對勞苦小民更加愛護；大有古循吏民飢己饑民溺己溺的風範。下面《叻報》所載的故事，可見一斑：

左子與太守，理事新洲，政績循聲，莫能枚舉，今觀其所辦何昌熾失兒一案，洵無愧循吏之愛民。何子為匪黨往柔佛內山某甘蜜園中潮人黃姓為義子。太守為移書柔佛蘇丹，追回此子，又分鶴俸，以洋蚨五餅濟何之貧，父子感泣而去。

左領事在任十年（一八八一至一八九一）。這一時期，在中國史上，正當鴉片戰爭中國大門打開之後，甲午中日戰爭之前；改良主義的政治運動，漸次抬頭，中國社會也掀起了一些新的變化，朝野上下，中興的迷夢正濃。此時洋務人才，像左領事的周旋於中外之間，尚可折衝尊俎，和睦遠人，所以左氏不但和「英官浹洽」，更能使僑民悅服。三州府文件自邇集載左氏一事，可見當日領事官的威信了：

猶憶四年前，廣堯天班串演某戲，上關國體，下壞人心。事為前領事左公所聞，命駕抵園，立執其首事數人，擬置諸法。嗣各伶叩頭哀懇，立即停演，公始釋之。公今雖休養林泉，叻中之人，於此事尚津津樂道：謂公素來雅量，惟此次風行雷厲，不稍姑寬。載道口碑，即此一節，可作甘棠之蔭矣。

一八九一年（光緒二十七年），左氏卸職歸國，坡之人贈萬民傘，上德政碑。於其行也，雖在深夜三時，趕船中敘別的，馬龍車水，絡繹於道，真是一個空前絕後的盛舉。

一九〇七年（光緒三十三年）左秉隆重任駐新加坡兼轄海門等處總領事官，至一九一〇年（宣統二年）辭職。在這一時期，滿清政權，喪敗之餘，積弱愈甚，已為人民所共棄。在華僑社會裏革命思潮，風起雲湧，同時英帝國的殖民主義也已到達頂點，造成了僑民的分化和離心；摩擦衝突，險象環生。左氏在任三年，迥異昔日，一籌莫展。此時他年事也漸高了，眼見世界風雲，行將變色；國家命脈，絕續存亡，僑民處境，已成釜魚俎肉，他內心哀痛，發諸吟詠，自是嘔心之作：

十七年前乞退休，豈知今日又回頭。人呼舊吏作新吏，我視新州成舊州。四海有緣真此地，萬般如夢是茲遊。漫云老馬途應識，任重能無顛蹶憂。

華僑受人欺侮，向他投訴，他只好以息事寧人，忍辱求全相勉勵，往日豪氣，不知消磨何所了：

世無公理有強權，舌敝張蘇總枉然。外侮頻來緣國弱，中興再造望臣賢。自慙銜石難填海，差信焚香可告天。漫罵輕生徒憤激，何如團體固相聯。

一九一〇年九月，左氏卸總領事職，仍留寓新加坡。其明年十月，武昌起義，清廷傾覆，歷史又翻過了新頁了。

記事

黃蔭普

一九五八年冬，陳君育崧自新嘉坡來香港，時相過從，居恆道及外祖舅左公子興於清末時領新惠政，深表敬仰。旋聞公之遺著仍藏寒齋，乃代南洋歷史研究會商洽影印，並囑為公撰小傳。蔭普既以所藏《勤勉堂詩鈔》畀之，並媵以商雲亭、藻亭兩丈題詞及曾君希穎序文。竊以總角遠遊，久去鄉井，公之嘉言懿行，惟聞諸父執戚舊。鱗爪瑣屑，靡足以彰大節而闡幽光。茲以詩將付梓，多年私願，一旦得償。快慰之餘，謹就記憶所及公之事跡，筆其一二，藉供史家之採納。至於佳傳鴻文，仍有待於並世之賢者也。

公生於清道光三十年（一八五〇年），時世運陵替，外侮頻仍，義軍紛起，為中國數千年來一大變局。公束髮讀書，廓然有大志，深知帖括章句不足以言匡濟，一應童子試，即改研經世之學（見詩鈔〈我且歌〉篇）。十五歲投考廣州同文館，習英語及地理、數學，以文理清通，獲額外取錄。（同文館創辦時，滿漢及漢軍籍新生各有定額，公隸漢軍正黃旗，試前已選定取錄其堂姪（名庚，字秋園，曾任舊金山總領事，見〈庚姪總領舊金山事〉篇）。閱卷某將軍以公文從字順，臨時增漢軍名額一人。）肄業期滿，品學優異，咨送北京同文館進修，館給膏火，公輒移以奉母。公幼孤，家又貧也。卒業後派充英語兼數學副教習。一八七八年曾紀澤使英，羅致譯員久未得。公以曾氏某姪之介往謁，一見如故，遂以五品銜都察院都事舉使署繙譯官偕行。紀澤倚畀甚殷，公亦以師禮事之，相與講研英語，砥礪切磋。在歐數年，公更習法語，博極歐美典憲政書，學識益閎。嘗以研究所得，著《英國史記》及《新政筆記》各若干卷。一八八一年，中國得收回自派領事權，清廷始在新嘉坡置領事官。（一八八七年胡璇澤先已被委任駐新領事官，實僅名譽職，且兼領中、俄、日三國駐新領事。）紀澤薦調公疏有「該員學識俱優，有為有守」等語。公在新任領事將十年，政通人洽。時新洲政令對我國人多歧視，公反復交涉，務求其平。介紹中國文化與興辦中文學校不遺餘力，並捐廉創立會賢社，親評課藝（見〈為諸生評文有作〉篇）。暇則招致士紳學子至署舉行辯論會，以啟迪新知，溝通中西。又設同濟醫院及保良局以庇貧病惸獨，至今海甸人士猶懷惠焉。在任時著《南洋志略》如干卷，凡南洋風俗人事、開埠歷史、僑民生計，靡不詳載。公復喜岐黃倉扁之學，精研醫籍，平生所錄箚記，裒然三十餘巨冊，惜均未梓行。

公蒞任，奉母姜太夫人板輿以行。（先妣當時亦隨侍到新，未久奔父喪返粵。見〈哭麗川姊倩〉及〈苦命行為黃柳氏甥女作〉各篇。）太夫人年逾古稀，去國日久，懷鄉心切。一八八九年，公駐新將九年，陳疏請終養者三，明年乃奉母還鄉（見〈別新嘉坡〉篇）。未卸任前，駐英欽使薛福成已疏保公晉道員分省先用，加布政使銜，卸任後福成又薦擬駐香港領事，議未成而事亦寢。去新之日，各邑僑胞麕集歡送，並以「恩濃海甸」榜楄及傘幟數十面奉公，以誌去思。時李瀚章任兩廣總督，舉公總辦廣東洋務（見〈李宮保筱荃委辦廣東洋務〉篇）。一九〇二年姜太夫人棄養，一九〇四年除服始再出（見〈服闋將北行留別粵中諸君子〉篇）。任外務部頭等繙譯官兼戶部計學館教習。至一九〇五年，清廷派五大臣出國考察政治，外務部薦公任頭等參贊。公遂得遍游歐美，經濟文章與時俱進。過英國牛津大學，贈以學士學位。考察事竣還京時，國事日亟，外交需人。以公之才華政績，益以曾紀澤、薛福成、劉瑞芬、李瀚章、載澤等之疊次保薦，循例應得使持節。值親貴秉政，門多苞苴，事以賄成。公重名節、惡逢迎。（公曾言在京候調之日，駐美、日（日西巴尼亞，即西班牙之舊譯）、秘（即秘魯）三國欽差任期將滿，某親貴府閹人夤夜叩公，以示惠索三萬金，公峻拒。閹人去猶大呼「可惜，可惜！易他人非五、六萬金不辦也」云云。又言一次某親貴鋪張生辰，外務部友人知公疏於酬應，惟惜其久居人下，電囑致壽禮。公重違友人意，乃託致十金（衡以當時惡例，他人所餽當在千金），親貴恚而璧之，且責以禮物破碎云。）故空懷濟世安邦之策，未竟折衝尊俎之才，終其生祇贏得南島蠻夷長之頭銜（見黃遵憲贈公詩），及「炎洲冷宦」之自號。一九〇七年，清廷簡公任新嘉坡兼轄海門等處總領事。是年秋，再蒞新洲（見〈重領新洲〉篇），距離任已十六載矣。其時清社將屋，民心杌隉。公目睹國政昏聵腐朽，不欲同流合污。履任之後，保僑惠民雖未稍懈，然已萌退志，及任滿即堅辭。三十餘年浮沉宦海，此時幸還初服。解職之初，移寓息力。一九一六年徙香港（九龍彌敦道九十二號，見〈徙居九龍〉篇）。九月返穗垣，顏所居曰「安樂窩」（見〈題安樂窩〉篇）。從此杜門卻埽，不與世接，至一九二四年逝世，享壽七十五歲。公原配劉夫人早卒，無所出。如夫人陳氏生子四，鈺（見〈癡兒歎〉篇）、鏐、鉞（見〈癲兒歎〉）、錕（見〈哭錕兒〉），女一人。黎氏生子二，鏞、銘，女三人。

方公歸隱時，蔭普負笈北京，暑假歸省之暇，曾親承訓誨，並荷賜詩，勗以修身勤學、孝親報國（見〈黃雨亭表甥孫臨別以箋索書，題此以贈之〉及〈再贈黃表甥孫〉各篇）。復蒙將其各種著述，分類展示，嘉勉後學，沒齒難忘。一九二七年，蔭普自歐洲返國，公已歸道山，所藏書畫，歷經變亂，已多散失。抗戰期間第宅易主，遺著又復蕩佚，聞之慨嘆。戰後返穗，乃廣託書販搜求遺稿，卒於冷攤發見手鈔詩稿數冊，及手訂《勤勉堂詩鈔》七卷，乃斥重資得之。公髫齡學詩，至老弗倦。詩格清麗雋潔，尤多新意。雖囿於時代思想及歷史條件，而其憂民傷時之思，振聾發聵之作，有可傳者。惜詩鈔所錄，截至一九二一年至一九二二年，所缺尚多。然吉光片羽，亦彌足珍矣。

一九五九年六月黃蔭普謹記。

左子興先生年譜節錄

左先生秉隆，字子興，別署炎州冷宦。先生遠祖原籍瀋陽，入清改隸漢軍正黃旗，駐防廣州。民國成立后，先生回國，占籍廣州市。

一八五〇年，清道光三十年，洪秀全建號天平天國。	一歲：農曆二月初三日生於廣州。
一八六一年，清咸豐十一年	十二歲：從樊封（昆吾）學古文詩賦。
一八六二年，清同治元年	十三歲：習騎射滿文。
一八六四年：同治三年	十五歲：入廣州同文館習英語及地理、數學。
一八六七年，清同治六年	十八歲：十一月，總理各國事務衙門咨調進京考試。
一八六八年，清同治七年	十九歲：總理衙門奏保繙譯生員，並充繙譯官，准其一體鄉試，仍咨回粵，在同文館肄業，兼充將軍衙門繙譯官。
一八七二年，清同治十一年	二十三歲：廣東省憲奏保以府經歷用，並咨送北京同文館肄業。
一八七五年，清光緒元年	二十六歲：回廣州完婚，婚後應順天恩科鄉試。總理衙門奏保以州判即選。

一八七六年，清光緒二年	二十七歲：充北京同文館英文兼數學副教習。
一八七八年，清光緒四年	二十九歲：總理衙門奏保都察院都事加五品銜。曾紀澤任出使英法大臣，派充駐英使署繙譯官。十一月回籍省親，十二月乘海輪往英。
一八七九年，清光緒五年	三十歲：游巴黎、英格蘭及蘇格蘭各地。
一八八一年，清光緒七年	三十二歲：派充新嘉坡正領事官，換四品銜，八月到任。
一八八二年，清光緒八年	三十三歲：設會賢社課士。
一八八四年，清光緒十年	三十五歲：設同濟醫院，贈醫施藥。曾紀澤奏保直隸州知州分省儘先補用。
一八八五年，清光緒十一年	三十六歲：設保良局。
一八八六年，清光緒十二年	三十七歲：四月劉夫人去世。
一八八七年，清光緒十三年	三十八歲：出使英國大臣劉瑞芬奏保以知府分省儘先補用，並加鹽運使銜。
一八九〇年，清光緒十六年	四十一歲：出使英國大臣薛福成奏保以道員分省先用，並加布政使銜。二月遊馬六甲、吉隆坡、檳榔嶼、小霹叻等埠。辭新嘉坡領事官，十一月回國。
一八九一年，清光緒十七年	四十二歲：薛福成保調香港領事官，議未成，事寢。
一八九四年，清光緒二十年	四十五歲：兩廣總督李瀚章派充廣東洋務處總辦。薛福成奏請授仰光領事官，以親老辭未赴。

一九〇二年，清光緒二十八年	五十三歲：農曆二月十一，母姜太夫人歿於廣州，享壽八十五歲。
一九〇三年，清光緒二十九年	五十四歲：總辦廣東滿漢八旗學務。
一九〇四年，清光緒三十年	五十五歲：服闋赴京，充外務部頭等繙譯官。
一九〇五年，清光緒三十一年	五十六歲：清廷遣五大臣赴東西洋考察政治，派先生充頭等參贊官。 與英國國會議員議禁煙問題。
一九〇六年，清光緒三十二年	五十七歲：游歷日本、美、英、法、比、德、奧、義等國。英國牛津大學贈名譽學士學位。日、法、比三國贈佩二等寶星。
一九〇七年，清光緒三十三年	五十八歲：派駐新嘉坡兼轄海門等處總領事官。
一九〇八年，清光緒三十四年	五十九歲：巡視檳榔嶼、吉隆坡、彭亨、芙蓉、馬六甲、日里等埠。
一九一〇年，清宣統二年	六十一歲：九月辭新嘉坡總領事官，仍寓新嘉坡。
一九一六年，民國五年	六十七歲：遷居香港九龍，九月回廣州。
一九二四年，民國十三年	七十五歲：農曆四月二十三日，卒於廣州。五月葬於北郊獅帶崗之原。

旅叻潮商聯送卸新嘉坡領事府左公屏敘

欽加布政使銜賞戴花翎即補道新嘉坡領事府左子興方伯，以辛卯之冬任滿榮旋。治等託庇有年，攀留莫遂，因有不能已於言者，謹為我公陳輿頌焉。夫四誡設而民知禮義，五教敷而俗變寬和。故荀藐為政，頌起神明；王隱臨民，歌傳江海。陸雲去而人爭圖像，延魯遷而民切攀轅。瑞蓮披朱守之圖，楊柳著辛公之號。斯固循良遺愛、政績堪傳者也。而我公之治叻，則猶有過之者，蓋其難有甚焉。親王者而衣冠有度，近聖人而教化易行。是以畿甸之內，集鳳同歌；轘轅之間，鳴鳩有格。化行自邇，命出維新。叻地去中國者六千里，闢草萊者七十年，俗尚狉獉，人多渾噩。所謂勸懲弗至，痛癢無聞者。我公獨能齊之以德禮，繩之以範圍，懷之以寬柔，孚之以信義，而使闤中之士，翕然以從，化外之民，於焉以變者，一難也。威者所以行恩，刑者所以弼教，賞之不可徒勸也，則申之以懲；寬之不能濫施也，則濟之以猛。故宰治不除法令，齊民猶貴莊嚴。獨是理事一官，本從洋法，責但盡乎保護，謀不預乎誅鋤。官雖主而實賓，民有懷而無畏。我公獨能敷朝廷之德澤，格草野之澆漓，化頑劣於無形，任存移而有術。政似因而實創，治以臥而益行，二難也。從來為政之道，徑行則易，兼顧則難。況入虎穴以牧羣羊，拔狼尾以除諸蠹。敺魚有戒，惟恐潛淵；投鼠雖能，猶當忌器。肘欲伸而輙掣，心有願而多違。我公獨能推異類以腹心，導儕民於矩矱。雍容壇坫，隱寓尊攘，磨錯鋒棱，不煩辭氣。致令異服異言之輩，都懷無虞無詐之誠。用能阻措無人，設施由我。而公又每行善政，常協輿情，懼一蹶之難興，必三思而後舉。故得一木而支頹廈，片葉以蔽重山。卒使蠻貊之邦，亦秉聖賢之教，三難也。公能因難思慎，因慎思勤，座有銘而法語常新，爐有香而貞心可表。故得名通黼座，秩晉台司，寄閫外之股肱，為邦家之柱石。清如杜密，瓦器何嫌；潔比張陵，玉壺可碎。蓋非斯才不足以勝斯任，亦非斯任不足以見斯才也。又豈意十年蒙教餐、隸栟蠓者，寄托方殷，而一旦賦歸來，沐膏澤者，瞻依奚自？治等素蒙撫字，久荷提攜，指覺路於愚蒙，開利源於蒼赤。岑熙治郡，枳棘興歌；召伯巡郊，甘棠留詠。豈期依劉有願，借寇無從。橋可毀而莫挽袁公，金可鑄而難留陸令。用特敬陳微物，藉表愚誠，聊貢烏私，謹成駢語。進趙登之三篚，意有難周；饋劉寵以一錢，心猶多歉。所望元勳晉秩，丹陛揚庥，設清宴於披雲，洗濁流於化雨。悵此日挂帆歸去，願少嘗父老杯羹；卜他年持節重臨，當再遣兒童竹馬。

欽加布政使銜賞戴花翎即補道新嘉坡領事府左公秉隆德政頌：

公有德澤，我民是施。公有庇宇，我民是依。公有雨露，我民是私。公有誥誡，我民是規。公有訓迪，我民是師。賢哉我公，民莫敢欺。

花翎二品封職治愚弟陳宜敏頓首拜撰、花翎同知治愚弟黃江永頓首拜書

光緒十七年歲次辛卯孟冬吉旦

原載《叻報》，一八九一年十一月十二日

恭上卸新嘉坡領事府左公秉隆屏敘

國家龍興遼瀋，奄有寰區，聲教所臨，戎夏慴服。三百年深仁厚澤，早已彌綸宇宙之間。異域之士，知中國有聖人，於是不遠重洋，莫不航海梯山而至，獻贐而來王者千百國，羅琛而列肆者億萬人。我朝廷志切懷柔，德敷綏輯，譜寰宇大同之盛治，開古今未有之宏規，遣使西洋，以通聘問。惟英吉利屬東南洋各埠，向無中國領事官之設。歲丙子郭筠仙侍郎銜出使英、法、俄邦之命，持節歐西，道出新洲。耳先太僕名，爰命輕車過訪，諮以時事，相與慷慨悲歌，用是託先太僕以腹心。抵英後即入告彤廷，表先太僕為新洲領事。拜命之下，即矢以身許國，宵旰圖治，以冀仰答朝廷高厚之恩。不意過於憂勤，甫越三年，竟以積勞見背，終以賚志未酬為憾。於時遺差需人接辦，即蒙曾惠敏公奏派我子興世伯夫子大人，以承斯乏。蓋惠敏素重我夫子才品，知叻地向居化外，民多頑梗，非夫子不足以佈化宣猷也。辛巳之秋，軺旌戾止，榮仰瞻慈宇，已一望而知為有道之人。而公亦青眼特加，引榮列諸門下。公餘有暇，常招榮到署，諄諄勗勉，以道義相期。榮因得追隨杖履者十年，久坐春風，故感公者最深，而知公者亦最切。公之善政，久矣昭昭在人耳目，又何待榮贅陳。而榮所以拳拳服膺者，則曰知大體、別彝倫、振文風、敦禮讓也。初，叻民習於洋俗，不知帝力，公蒞叻後，身為表率，宣播朝廷威德，於是叻民知漢家儀制自有不同，乃漸知心戀宗邦。公復於恭逢萬壽，以及歲時朔望之辰，莫不肅整衣冠，率領眾紳商，望闕叩頭，以申嵩祝。居恒不忘忠愛，雖屋漏，儼對神明。其辦理交涉也，悉以尊國體、利民生為主。叻民初不知學，未免倫紀攸乖，於是邀集各紳商，慷慨輸將，選循謹之士，使宣講聖諭□訓諸書，導民於軌，民乃漸知禮義。而以叻地文風為未足，爰創會賢之社，每月以詩文課士。紅氍絳帳，教澤日新，自愛之士，爭拜門牆。故治叻十年，民俗翕然以適，不必稍事勉強，而遂就我範圍。雖刑政出自洋官，而教化之功，則悉資公任也。蓋公學術純粹，品行端和，寓嚴於寬，鎮譁以靜。故自能使異邦臣庶，咸知朝廷大一統之尊者，公之力焉。此外一切善政，叻中父老自能言之，抑亦公之餘事耳。榮隨侍有年，見聞最確，竊幸先太僕未竟之志，而公竟之，先太僕未成之功，而公成之。更得賢竹林、樹南大兄，能仰體公之心以為心，贊勸罔懈，俾無遺憾。榮方冀常依函丈，進德有資，不意公以任滿錦旋，未克長遂瞻依之願，情難自已。爰將私意所及，發而為詞，敬上我公，庶使昭示來茲，垂諸永久云。

花翎同知銜候選州判蔭生世譜受業姪胡蔭榮頓首拜撰上，同知銜世譜姪羅乃馨頓首拜書上。

原載《叻報》，一八九一年十一月十三日

People 458

勤勉堂詩鈔：清朝駐新加坡首任領事官左秉隆詩全編

作　者—左秉隆
校　注—林立
浮羅人文系列主編—高嘉謙
特約編輯—蔡宜真
校　對—林立、蔡宜真
封面設計—倪旻鋒
行銷企劃—林進韋
排　版—極翔企業有限公司
總 編 輯—胡金倫
董 事 長—趙政岷
出 版 者—時報文化出版企業股份有限公司
一〇八〇一九台北市萬華區和平西路三段二四〇號七樓
發行專線—（〇二）二三〇六—六八四二
讀者服務專線—〇八〇〇—二三一—七〇五．（〇二）二三〇四—七一〇三
讀者服務傳真—（〇二）二三〇四—六八五八
郵撥—一九三四四七二四時報文化出版公司
信箱—（一〇八九九）臺北華江橋郵局第九九信箱
時報悅讀網—www.readingtimes.com.tw
電子郵件信箱—ctliving@readingtimes.com.tw
人文科學線臉書—http://www.facebook.com/jinbunkagaku
法律顧問—理律法律事務所　陳長文律師、李念祖律師
印　刷—紘億印刷有限公司
初版一刷—二〇二一年一月八日
定　價—新台幣五五〇元

時報文化出版公司成立於一九七五年，
並於一九九九年股票上櫃公開發行，於二〇〇八年脫離中時集團非屬旺中，
以「尊重智慧與創意的文化事業」為信念。

勤勉堂詩鈔：清朝駐新加坡首任領事官左秉隆詩全編/左秉隆著；
林立校注. -- 初版. -- 臺北市：時報文化出版企業股份有限公司,
2021.01
面；　公分. --（People；458）
ISBN 978-957-13-8486-3（平裝）

851.482　　109019276

ISBN 978-957-13-8486-3
Printed in Taiwan